Ediciones ryr

ESTRELLA ROJA

Colección Literatura del Futuro

ESTRELLA ROJA

Novela utópica

Aleksandr Bogdánov

Bogdánov, Aleksandr

Estrella Roja / Aleksandr Bogdánov. - 1a ed . - Ciudad Autónoma de Buenos Aires : RyR, 2017.

248 p. ; 17 x 12 cm.

Traducción de: Alejandro Ariel González.
ISBN 978-987-1421-92-3

1. Literatura Rusa. 2. Traducción. 3. Estudios Literarios. I. González, Alejandro, trad. II. Título.
CDD 891.73

Publicado con el apoyo del *Instituto de la Traducción*, Rusia

Primera edición: Ediciones ryr, Buenos Aires
Responsable editorial: Gonzalo Sanz Cerbino
Diseño de tapa: Sebastián Cominiello y Mariana Volpe
Diseño de interior: Jeremías Costes
www.razonyrevolucion.org.ar
editorial@razonyrevolucion.org.ar

Una estrella errante

Aleksandr Bogdánov, la ficción, la ciencia y la revolución

Eduardo Sartelli

1. Introducción

Resultaría muy fácil escribir una introducción *bizarra* a la obra de Aleksandr Bogdánov y a esta novela en particular. Hay muchas razones para no tomarse en serio al autor de *Estrella roja*, desde su defenestración por Lenin hasta su vampírica muerte. En el medio, historias que bordean el delirio y pretensiones que podrían habitar el más fantástico de los mundos, todo ello ornamentado con marcianos socialistas y torturadores de la Cheka. Científico loco, conspirador revolucionario, filósofo amateur, visionario místico, peligroso ultraizquierdista, teórico del totalitarismo, padre de la ciencia ficción: cualquiera de estas caracterizaciones podrían aplicarse (se aplicaron y se aplican) a un personaje que parece haberlo hecho todo. Quizás por eso, y por el fracaso final de la Revolución Rusa, hoy Bogdánov se ha transformado en una estrella de moda.[1]

---

[1] Sobre los avatares de la figura de Bogdánov, Zenovia Sochor ha señalado que su positivismo probablemente hiciera que otros marxistas no ortodoxos (como Gramsci, Lukács o Korsch) ganaran un lugar en el escenario occidental, aunque también haya que anotar en el mismo sentido el desconocimiento del impacto político del Proletkult y su identificación con el ultra-izquierdismo (que hizo también que en los '60 su figura sirviera para

En efecto, tras décadas de olvido, o más bien de recuerdo despectivo, nuestro autor ha saltado a la fama y su nombre aparece por todos lados: la editorial Brill ha iniciado la publicación de la *Alexander Bogdánov Library*, diez tomos de sus obras más importantes, traducidas al inglés para la Historical Materialism Series; uno de los escritores de moda sobre el cambio climático, Mckenzie Wark, lo ha transformado en el inspirador de sus reflexiones sobre el tema y ha editado parte de sus trabajos; la más reputada saga de la ciencia ficción contemporánea, al menos para los especialistas marxistas en cultura como Fredric Jameson, la "trilogía marciana" de Kim Stanley Robinson, tiene a los "bogdanovianos" como protagonistas de la revolución; seminarios y charlas se organizan en Europa y EE.UU. sobre su trayectoria; una amplísima bibliografía se dedica a repasar sus textos y las controversias en las que actuó directa o indirectamente; una editorial española lo promociona como pionero del Steampunk, etc.[2]

Mucha de esta reivindicación tardía es confusa en sus motivaciones y hasta contradictoria con las características específicas de la trayectoria política e intelectual de Bogdánov. Hay, probablemente, una sola causa por la que vale la pena prestar atención a semejante individuo: habiendo sido uno de los protagonistas del mayor proceso revolucionario de la historia de la lucha socialista, tiene entre

---

denostar la revolución cultural china). Sochor se extiende largo y tendido sobre las razones por las que Bogdánov no fuera rehabilitado nunca en la ex URSS y a su texto remitimos al lector. Véase Sochor, Zenobia: *Revolution and Culture. The Bogdanov-Lenin Controversy*, Cornell University Press, Ithaca and London, 1988.

[2] Véanse Wark, Mckenzie (comp.): *Molecular red*, Verso, London, 2015; Robinson, Kim Stanley: *Marte rojo, Trilogía marciana I*, ePub, r1.0; Robinson, Kim Stanley: *Marte verde, Trilogía marciana II*, ePub, r1.0; Robinson, Kim Stanley: *Marte rojo, Trilogía marciana III*, ePub, r1.0; Womack, Marian: "Post-facio", en Alexander Bogdánov: *Estrella roja*, Nevsky Prospects, Madrid, 2010.

sus manos, no solo una evaluación peculiar de su derrotero, sino, sobre todo, una propuesta estratégica alternativa. Detrás de ella se encuentra (y la sostiene) toda una concepción del socialismo, que no solo es solidaria con esa estrategia, sino que se funda en una perspectiva filosófica coherente con ella. Dicho de otro modo, se trata del raro caso de alguien que tiene algo diferente para decir sobre lo que ya se ha dicho mucho, sin demasiado éxito. Cuando se enfoca su trayectoria y su obra desde esa perspectiva, todo lo aparentemente *bizarro* se comprende en su verdadero valor, incluso cuando algún aspecto de ese vasto cuadro no necesariamente repudie ese adjetivo. Se trata, entonces, de la invitación a viajar por un territorio muy conocido y familiar, de la mano de quien tiene la capacidad de mostrar algo que no se vio, que no se quiso ver, que no se pudo haber visto. El resultado, una extrañeza que permite pensar, de nuevo, lo que se suponía ya dominado, masticado y digerido: la Revolución Rusa y su fracaso. O lo que es lo mismo, nuestro fracaso y las semillas de la victoria que nos espera.

2. El hombre y su mundo

La biografía del filósofo soviético es relativamente sencilla, aunque plena de avatares. Bielorruso, nacido en familia de maestros rurales en 1873, Aleksander Malinovsky estudió medicina mientras militaba en Narodnaya Volia, la organización populista, sufriendo cárceles y sucesivas deportaciones. Rápidamente se pasó a la socialdemocracia marxista y comenzó su larga carrera como propagandista, adoptando el apellido de su compañera, Natalia Bogdanovina.[3]

Dentro de la socialdemocracia se convertirá en aliado fundamental de Lenin y será, consecuentemente, uno de los fundadores

---

[3] A lo largo de su vida, Bogdánov adoptó cerca de 22 seudónimos. Véase Cirino de Mattos, Max: "Uma introdução à tectologia de Bogdánov: Reflexões para a transdisciplinaridade?", en *Prisma.com*, nº 18.

del bolchevismo, siendo en su interior tan importante como aquél. De papel destacado en la Revolución de 1905, saldrá de ella con posiciones que Lenin caracterizará como ultraizquierdistas.[4] Su grupo pasará a llamarse "otzovista" ("ultimatista") por exigir el retiro de los diputados socialdemócratas de la Duma, y con él disputará la dirección de Lenin. El partido se romperá en 1908, guardando Bogdánov por un momento la mayoría. Sin embargo, su facción será expulsada por los leninistas al año siguiente. A partir de allí, se concentrará en la organización de escuelas de formación de cuadros, apoyado por Gorki, en Italia. El núcleo de su concepción ahora se encuentra en el problema del papel de la conciencia en el proceso revolucionario. Un grupo importante de dirigentes bolcheviques lo acompaña en la experiencia (Pokrovski, Lunatcharski, Gastev, Kollontai, etc.) e incluso personalidades sueltas del mundillo socialdemócrata europeo (Trotsky, por ejemplo), mientras otras se abstienen para no entrar en la rencilla interna rusa (Kautsky, Luxemburgo).

Poco dura esta etapa: en 1914 rompe con los otzovistas y retorna a Rusia, enlistándose como médico en la guerra que acaba de empezar. Con la revolución en marcha, Bogdánov es uno de los impulsores, junto con varios vperistas (por *VPeriod* o *Adelante*, el periódico de los ultimatistas) de su último experimento político, el Proletkult u Organización de Cultura Proletaria. De un éxito arrollador en sus comienzos, el Proletkult se transformará en un obstáculo político para la dirección leninista, al punto que Lenin utilizará en su contra a sus mejores hombres (como Trotsky) y se empeñará él mismo en su combate. Tardará un par de años en estrangularlo, forzando a Bogdánov a recluirse en sus estudios filosóficos y científicos, no sin antes ser detenido durante semanas por

---

[4] Bogdánov fue representante bolchevique en el soviet de San Petersburgo en 1905.

la Cheka en 1923, acusado de ser el inspirador de la creciente oposición que se amontona a la izquierda de la dirección bolchevique.

Defenestrado, nuestro héroe volverá una vez más al primer plano con la fundación, en 1926, del Instituto de Hematología y Transfusiones Sanguíneas, resuelto a partir del "éxito" de sus investigaciones en el tema, útiles, aparentemente, para resolver una preocupación particular de la dirección del partido de la que hablaremos más adelante. En pleno goce de su sorprendente reivindicación, encontrará la muerte, en 1928, en uno de sus experimentos hematológicos. La revolución cultural stalinista dará pie a la intervención de muchos bogdanovianos y de un "proletkultismo" que ya no es tal, pero que quedará, desde ese momento, asimilado a la política artística e intelectual del "padre de los pueblos". Habiendo caricaturizado una experiencia única en la historia de los procesos revolucionarios, el propio stalinismo estigmatizará al Proletkult y a su mentor, y "bogdanovschina" será sinónimo, a partir de allí, para tirios y troyanos, de ultraizquierdismo totalitario. El potencial liberador de una propuesta que merece ser revisada con más cuidado quedará entonces sepultada bajo una triple lápida: la del estalinismo, pero también la de Lenin y la del trotskismo.

3. El filósofo

Recordando al lector que no tenemos espacio aquí para un análisis in extenso de la obra de Bogdánov, no podemos avanzar, sin embargo, sin examinar el punto de partida filosófico de su pensamiento.[5] Ello es así por dos razones: su coherencia sistémica, por un lado; su relación con Lenin, por otro.

---

[5] Como se verá al final, el principal obstáculo para el análisis de una obra vasta y compleja, se encuentra en la ausencia de traducciones de sus textos fundamentales a algún idioma "occidental".

En efecto, si empezamos por el último punto, el autor de *Estrella Roja* ha pasado a la "posteridad" como un idealista cuyos "errores" filosóficos lo alejaron del movimiento revolucionario. Añadiendo una palada más de tierra, comentaristas sucesivos pretenden encontrar, en ese mismo idealismo, no solo el germen del stalinismo, sino, peor aún, la ideología propia de la burocracia. Es obvio que el nudo de esta interpretación, que presume que Bogdánov no es marxista sino, en el mejor de los casos, un "machista" políticamente radical, se encuentra en la crítica que Lenin enarbola en *Materialismo y empiriocriticismo*. Veamos primero a qué reacciona Lenin, para luego tratar de hacer un balance de su intervención y de las que, a posteriori y basadas en él, desarrollaron el argumento original.

Digamos, de entrada, que la experiencia bogdanoviana no constituye un rayo en un cielo sereno. La evidente crisis de la Segunda Internacional, muy a las claras ya a fines del siglo XIX, lleva a lo que podría ser denominado, siguiendo una terminología propia de un siglo después, la "crisis del marxismo". En realidad, como ha dicho José Sazbón, el marxismo ha vivido en crisis y la expresión "crisis del marxismo" se repite varias veces a lo largo de su historia. El periodo que examinamos aquí es uno de ellos.[6]

En efecto, el intento de reconstruir, reforzar, reemplazar, relanzar, completar o aclarar el marxismo mediante su mixtura con otras tendencias filosófico-científicas, es una tentación propia de todas estas etapas de "crisis". Tendremos así un "marxismo existencial", uno "estructuralista", otro "pragmático" y no faltará la versión "analítica". Obviamente, están siempre aquellos que piensan que basta con retornar a las bases, que se suponen "dialécticas" y, por lo tanto, el fantasma de Hegel es uno de los espectros más recurrentes en toda esta historia. Un Marx despojado de determinismo, en

---

[6] Sazbón, José: "Crisis del marxismo: un antecedente fundador", en *Estudios sociales*, vol. 8, n° 1, Santa Fe, 1995.

particular, proveniente de la economía, ha dado pie, también a un énfasis en la "lucha de clases" y a una variante "política" de la tradición. No faltan, tampoco, quienes apuestan a "Marx mismo" para dar con el marxismo "verdadero".[7] De modo que el intento bogdanoviano de conciliar las teorías gnoseo-epistemológicas de Mach con Marx, no es extemporáneo o impropio de esa misma tradición.

Sucede que el marxismo ha tenido siempre una relación conflictiva con la realidad inmediata. Por empezar, porque tiende a sumergirla, en "modo explicación", en una temporalidad mucho más larga; por otro, porque resulta muy sensible a los cambios de la coyuntura política, pero también social y cultural. De hecho, cada "crisis del marxismo" coincide con la crisis de la dirección revolucionaria, que es, normalmente, expresión de una derrota política. En la etapa que estudiamos, el aletargamiento progresivo de la Segunda Internacional se traduce en el crecimiento de las tendencias reformistas en su seno, crecimiento caracterizado por la extensión del parlamentarismo y, por ende, de la ideología liberal cuya expresión filosófica es el kantismo. Desde un punto de vista leninista, el machismo no es más que otro destacamento del ejército idealista que se amontona en las fronteras marxistas. Bogdánov es un ejemplo más del "revisionismo" que busca destruir la teoría de Marx.

Para el único rival de Lenin en la estructura del partido, por el contrario, se trata de poner al día una perspectiva que debe ser capaz de asimilar las novedades, en particular, las científicas. Se enfrentan, entonces, dos concepciones opuestas: como diría Kolakowsky, aquella que ve en el marxismo una doctrina cerrada y autosuficiente, que necesita solo de vez en cuando una limpieza general de las impurezas que fatalmente se introducen en su mecanismo

---

[7]No es muy difícil imaginar aquí las figuras de Jean Paul Sartre, Louis Althusser, Sidney Hook, Gerald Cohen, Georgy Lukács, Edward Thompson y Maximilien Rubel.

14

como consecuencia de la lucha diaria (Lenin), y la que pretende que se trata de una perspectiva en diálogo permanente con otras, a las que puede anular, destruir, asimilar o incluso adoptar si valiera la pena (Bogdánov).[8] Como veremos más adelante, en el fondo la discusión es otra, que se solapa con esta aunque no tiene con ella una relación necesaria. Es decir, se trataría de un solapamiento indebido: el mejor modo de sacar a la política revolucionaria del aletargamiento en el que la ha sumergido el socialismo alemán, con su reformismo pertinaz y elusivo, no necesariamente tiene que surgir de una disputa ontológica ni de sus consecuencias gnoseo-epistémicas. Es importante, porque esta "atadura" se reproduce en todo el arco político revolucionario europeo. Finalmente, la respuesta de Bogdánov al problema es una más de las varias ensayadas en la época y que pretenden que dicho estancamiento se resuelve con un poco de Nietzche (Sorel, Labriola) o de Hegel (Lukács). El rechazo de la "cosa en sí" kantiana, ya sea por la vía del irracionalismo abiertamente asumido (Marx más Nietzche), de un suprarracionalismo no menos consecuente (Marx más Hegel) o un escepticismo sociológico radical (Marx más Mach) presupone, en esta perspectiva, el rechazo a la "necesidad", la "cosificación" y el "fetichismo", para liberar al sujeto, su acción y su voluntad. Antes de volver sobre esta línea, veamos la base filosófica que nuestro personaje quiere dar a su aventura.

El desafío que Bogdánov pretende asumir tiene que ver, primero que nada, con un negación de toda metafísica, y luego, con las consecuencias epistemológicas de la revolución en marcha en la física. Recordemos que, en modo alguno, la influencia de Ernest Mach sobre los "machistas rusos" es la más significativa. Su sombra se yergue detrás del evento más sustantivo de la ciencia mundial luego de la teoría de la evolución: la relatividad. Y a continuación,

---

[8]Kolakowski, Leszek: *Las principales corrientes del marxismo*, Alianza Universidad, Madrid, 1985, tomo II, p. 11.

la física cuántica, es decir, el conjunto de mentes más brillante que se haya reunido jamás en una sola ciencia en un solo momento, de Bohr a Heisenberg, de Plank a Schroedinger. Juzgar a Mach simplemente como un científico idealista que tuvo el atrevimiento de creerse filósofo, puede hacernos perder la perspectiva más amplia del significado de su intervención. Recuperémosla antes de seguir avanzando.

Ernest Mach, físico austríaco nacido en 1838 y muerto en 1916, realizó aportes significativos a la ciencia, en particular en óptica, acústica y termodinámica. Descubrió el "cono de Mach" y estudió el movimiento de fluidos a velocidad mayor que la del sonido (de allí el "número de Mach", que es la cantidad de veces que un objeto en movimiento supera dicha velocidad). Lo más importante para el futuro de la disciplina tendría que ver con su crítica del concepto de espacio absoluto, que daría pie al trabajo de Einstein y la teoría de la relatividad especial. Su influencia se extendió más allá, como filósofo, creador, junto con Richard Avenarius, de una corriente particular del positivismo, el empiriocriticismo. Hijo, según Althusser, de la crisis de la ciencia de su época, un fenómeno tan recurrente como la "crisis del marxismo", el empiriocriticismo no es más que otra vuelta de tuerca de raíz idealista kantiana, que es casi el sentido común de los científicos puestos en filósofos aficionados.[9] Es, más específicamente, un segundo positivismo.

El positivismo, al menos en la variante original debida a Comte (1798-1857), afirma que el único conocimiento real es el que se ajusta a la observación de los hechos. Es una afirmación, entonces, básicamente anti-metafísica. Como toda proposición debe reducirse al enunciado de un hecho, se renuncia al estudio de las "causas últimas". A lo sumo, se puede escalar en el conocimiento hasta la formulación de leyes que pongan orden en el caos de los hechos. El conocimiento absoluto, sin embargo, es imposible, aunque todo

---

[9]Althusser, Louis: *Lenin y la filosofía*, Era, México, 1970.

conocimiento que se precie de sí mismo, debe ser capaz de prever. Como puede verse, el positivismo cae rápidamente en aporías de claras reminiscencias kantianas y termina en un formalismo que busca refugio en el método como forma de saltar el hiato que separa lo que el universo es de lo que permiten conocer las capacidades humanas. Observación, experimentación, comparación, el método científico positivista cierra las grandes preguntas por la vía de un retorno a la religión "de la Humanidad", una especie de mixtura kantiano-feuerbachiana.

Este kantismo latente en el "primer" positivismo, se hace más fuerte en el "segundo". Pretendiendo ser más consecuentes en el carácter anti-metafísico de la ciencia, Mach y Avenarius se propusieron crear una "economía del pensar" en la que estarían excluidos los conceptos de sustancia, causalidad y necesidad, considerados a priori del pensamiento que no pertenecen a la experiencia.[10] El mundo se vuelve "un conjunto de elementos-sensaciones neutrales" en el que los elementos físicos y las sensaciones están "indisoluble-mente coordinados, es decir, existen juntas".[11] Partiendo de una perspectiva marxista, Bogdánov cree necesario complementarla con los resultados de este segundo positivismo, pero tratando de superar sus limitaciones idealistas reafirmando la unidad de la materia: el empirio*monismo*.

¿En qué consiste el "empiriomonismo"? Es crucial aquí escuchar al autor mismo en lugar de reproducir lo que sus críticos dicen de él, a fin de evitar otro caso de lo que en otro lado hemos llamado

---

[10]Esta interpretación sigue siendo dominante en la física cuántica, en particular en la interpretación de Copenhague. Véase Arroyo Pérez, Eduardo: *Ciencia y Consciencia. La interacción entre mente y materia*, RBA, Rodesa, 2016.

[11]Álvarez, Ricardo: "Después de Comte", en Ricardo Álvarez (comp.): *La filosofía en el Siglo XIX*, Prometeo, Buenos Aires, 2012, pp. 258-259.

"efecto Socrático".[12] Según Bogdánov, el marxismo carecía de una epistemología adecuada.[13] Marx no había desarrollado sistemáticamente sus hallazgos de juventud, en particular en las *Tesis sobre Feuerbach* y en el apartado sobre el fetichismo en *El capital*. No se podía aceptar que la ontología propia de la nueva era, caracterizada por el ascenso del proletariado, estuviera contenida en el *Anti-During*. Esta obra, que Bogdánov adjudica tanto a Engels como a Marx, expresa una ontología atrasada, que debe ser renovada. Es decir, desde su punto de vista, no existe "traición" del amigo superviviente: cualquier limitación que se encuentre allí es compartida por Marx.

Para explicar la necesidad y las características que debe asumir la filosofía del futuro, es decir, el empiriomonismo, Bogdánov ofrece una reconstrucción completa de la historia de la filosofía occidental. Siguiendo un método que le ha ganado el título de "precursor" de la sociología del conocimiento, según Karl Mannheim, el autor de *Estrella roja* ve desplegarse la historia del pensamiento como correlato del desarrollo de las potencias productivas de la humanidad.[14] Comienza con un balance de la tradición materialista, en tanto ésta y no el idealismo es la única que puede ser considerada

---

[12]Por "efecto socrático" entendemos la confusión entre lo que los críticos del autor dicen con lo que dice el autor. Así, juzgamos a los sofistas por lo que dice el Sócrates de Platón y no por lo que dicen ellos mismos. Hacíamos la analogía en relación a los trotskistas que juzgan a los enemigos o contradictores de Trotsky por lo que Trotsky dice, en lugar de tomarse el trabajo de leerlos. Véase Rosana López Rodriguez y Eduardo Sartelli: "Un largo y sinuoso surco rojo. Trotsky, la literatura y la revolución", en León Trotsky, *Literatura y revolución*, Ediciones ryr, Buenos Aires, 2015.

[13]La exposición más a mano de sus ideas ontológico-epistemológicas se encuentra en la edición inglesa de *La filosofía de la experiencia viva*. De allí extraemos lo que sigue y allí remitimos al lector. Véase *The Philosophy of Living Experience*, Brill, Leiden/Boston, 2016.

[14]Mannheim, Karl: *Ideología y utopía*, FCE, México, 1987.

apoyo adecuado para el desarrollo del conocimiento. Sin embargo, debe ser expurgada de la tendencia a la pasividad del sujeto en el proceso de conocimiento. Precisamente por eso cree necesario partir de Mach y Avenarius, a su juicio la expresión más elevada del materialismo burgués, pensado en clave marxista. Ese materialismo ha logrado superar la obsesión por la "sustancia" y la "cosa en sí", presupuesto metafísico eternamente presente en la historia de esta corriente filosófica, pero recae en el mismo pecado que critica por ser incapaz de pensar al sujeto más allá del individualismo burgués. El empiriocriticismo, entonces, es un falso monismo. Precisamente aquí aparece Marx y su afirmación de la humanidad como experiencia colectiva. Con justa razón, entonces, Jensen puede señalar que el empiriomonismo bogdanoviano tiene pretensiones "más allá" de Mach y Marx.[15]

¿En qué se basa este "monismo" post-machiano/marxiano? Parte de la convicción propia de todo materialista de que todo conocimiento es posible solo a partir del material que nos llega a través de las sensaciones. Sin embargo, dado que solo nuestras sensaciones son fuente de conocimiento, finalmente, éste se identifica con ellas: nuestro conocimiento es organización de nuestra experiencia. Por esta vía, el escepticismo humeano puede colarse como rechazo de toda posibilidad de conocer la realidad "en sí", desembocando en un solipsismo inútil. Bogdánov niega que el empiriocriticismo termine necesariamente allí, pero descubre aquí su limitación fundamental. La única forma de mantener el materialismo monista como base filosófica consiste en reconocer, al mismo tiempo, el carácter metafísico de todo aquello que no provenga de la experiencia (las categorías de tiempo y espacio absolutos, por ejemplo), pero también los problemas que acarrea la concepción

---

[15]Jensen, K. M: *Beyond Marx and Mach. Aleksandr Bogdanov's Philosophy of Living Experience*, University of Colorado, Dordretch, 1978.

del sujeto que conoce como individuo. La objetividad y la posibilidad del conocimiento surgen, entonces, del carácter colectivo de la experiencia como práctica social mediada por el trabajo. Lo que conocemos es producto de la actividad del sujeto colectivo que es la humanidad. Esa práctica colectiva es la realidad misma, que cambia y evoluciona con ella. No hay una cosa en sí que no pueda conocerse (Kant), que pueda conocerse por sustitución del sujeto (idealismo) o del objeto (materialismo), o declararse incognoscible por solipsismo (Hume, Berkeley). La experiencia humana es la realidad misma.[16]

Plejanov, con cierta displicencia, Axelrod, con más detalle y Lenin, con su particular estilo "demolición", hicieron causa común contra todo el machismo ruso, del cual el empiriomonismo bogdanoviano es una resultante particular.[17] Los argumentos de los tres son sustantivamente los mismos, esbozados por el primero, ampliados por la segunda y cristalizados por el tercero: el machismo es una propuesta filosófica infantil, propia de principiantes, que repite, con otra jerga y amparado en el prestigio de los últimos resultados de la ciencia, el mismo idealismo de raíz humeana que termina en el solipsismo. El caballito de batalla de los críticos consiste en insistir sobre la negativa de los empiriocriticistas en reconocer la existencia de la realidad más allá del sujeto. El rechazo a la cosa en sí kantiana los ha llevado a la negación de la realidad misma, condenándolos a un mundo cerrado en torno al sujeto y, por lo tanto, incapaz de dar cuenta no solo de la realidad exterior sino de sí mismo. Bogdánov insistirá en que estas acusaciones no se aplican plenamente al empiriocriticismo, pero su principal defensa será rechazar que su propuesta se encuadre por completo en la de Mach y

---

[16]La categoría de "sustitución" es muy importante en la reflexión bogdanoviana. No podemos extendernos aquí, pero véase ibíd.

[17]Plejanov, Georg: "El materialismo militante", en *Obras escogidas*, T. I, Quetzal, Buenos Aires, 1964; Lenin, Vladimir: "Materialismo y empiriocriticismo", en *Obras completas*, T. XIV, Cartago, Buenos Aires, 1969.

Avenarius. Para resumir: "Lo que afirman del empiriocriticismo no es del todo correcto", diría Bogdánov, pero de todos modos "es un saco que no se aplica a mí", completaría nuestro "filósofo".

No queda claro que esta pretensión de haber superado el machismo pueda ser considerada tal y, de hecho, sus críticos la rechazan enfáticamente. Aunque cabría un análisis más detenido, ciertamente, el reemplazo del sujeto individual por el colectivo no cambia sustantivamente un cuadro en el que la realidad es, finalmente, potencia del sujeto. No importan cuáles fueran las debilidades filosóficas del materialismo que se le opone, el empiriomonismo no parece ser la respuesta adecuada a ellas. Es en este punto en el cual *Materialismo y empiriocriticismo* permanece como una respuesta válida aunque no concluyente. Sin poder extendernos demasiado en el asunto, la respuesta leninista debe ser examinada como un ejemplo de intervención polémica: arbitraria, cargada de apelaciones a la autoridad, descarga una masa enorme de erudición superficial contra un objetivo concentrado, con un lenguaje pleno de retórica ácida. No tiene mucho más que ofrecer que lo ya contenido en las tres cartas de Plejanov (aunque su análisis de la crisis de la ciencia de fin de siglo también es un modelo de "sociología del conocimiento" y un aporte destacable, casi lo mejor del texto), pero lo hace con contundencia. Es cierto también que cuando una crítica se alarga en los detalles pierde potencia, síntoma de que los argumentos esgrimidos no tienen cada uno en sí mismo el peso suficiente. La crítica de Lenin procede, entonces, por la vía de apabullar al lector, arrinconarlo a fuerza de miríadas de dardos que se descargan sin cesar, machacando hasta provocar la rendición por cansancio. Por qué Lenin tiene que realizar tal esfuerzo, se explica por la necesidad de resultar "más papista que el Papa" (Plejanov), sí, pero también porque corre peligro de quedar fuera de la dirección de la socialdemocracia rusa.

Este resumen, estrechamente limitado por razones de espacio, no hace justicia necesariamente a la propuesta filosófica bogdanoviana ni a la crítica a la que fue sometida por Plejanov, Axelrod y Lenin, pero nos permite remarcar aquello que es más importante a la hora de entender el campo de tensiones político-intelectuales en el que queremos ubicarlo. Para lo que nos importa, la clave de la cuestión está en el carácter dinámico, creador, que Bogdánov quiere otorgarle al sujeto. Por esta vía, no es el primero ni será el último (ya hemos aludido al Lukács de *Historia y conciencia de clase* y a Sorel, por ejemplo, pero piénsese en Thompson también) en combatir la pasividad de la política de la Segunda Internacional con una reivindicación del sujeto, de su capacidad creativa y, por ende, de su voluntad. Frente a un materialismo que borra al sujeto, uno que borra la materia, apoyándose en este caso en los descubrimientos de la nueva física, tanto en la destrucción del espacio y el tiempo absolutos (la relatividad) como en la dinámica particular de la materia sub-atómica (física cuántica). Este materialismo que podríamos caracterizar como "sociológico", observa la ciencia como instrumento de la acción y a la verdad como forma de construir la realidad.[18]

---

[18]Esta apelación a la experiencia colectiva como sustento de la posibilidad del conocimiento objetivo resulta filosóficamente endeble, como es fácil de comprender. Sobre este punto machacará la crítica de Plejanov, Axelrod y Lenin, no sin cierta razón, por más que su propia posición no resulte necesariamente mejor que aquello que se critica. Nos abstenemos aquí de entrar en los detalles filosóficos de la disputa, por varias razones. Primero, porque seguramente el lector conoce y tiene acceso a los textos de los críticos que ya hemos citado. Segundo, porque esa tarea excede las necesidades de este prólogo. Tercero, porque en realidad la polémica constituye un típico caso de lo que podríamos llamar "deductivismo arbitrario": de esta posición epistemológica se deduce, *necesariamente*, esta posición política. Esta actitud lleva a enormes discusiones sobre problemas que aparecen mezclados aleatoriamente sin conexión necesaria entre sí. Se vuelven, entonces, irresolubles. Cuarto, porque más allá de la felicidad con la que los contendientes hayan desplegado sus argumentos, indudablemente el debate es expresión de problemas sustantivos e irresueltos en la ontología

No es extraño que el principal blanco de los ataques "empirio-monistas" (o de los "machistas" rusos) fuera Plejanov, cuyo materialismo es identificado con el de los enciclopedistas del siglo XVIII, pre-feuerbachianos y, por ende, doblemente pre-marxista.[19] Ese materialismo tan propio de la Segunda Internacional, con su sujeto ausente, expresaría la impotencia de la política socialista de fin del siglo XIX, esa contra la que se lanzara Rosa Luxemburgo. De allí que entre mencheviques y bolcheviques Bogdánov optara por los últimos. Parece ser que, desde su punto de vista, el Lenin del *¿Qué hacer?* carecería de una filosofía acorde a la praxis que propone.[20] Pero la praxis leninista, indudablemente era coherente con esta voluntad del sujeto contra las circunstancias. Bogdánov se pretende, entonces, el filósofo de esa praxis. Se comprende el dolor que puede haber sufrido ese auxiliar indispensable del jefe de la revolución de Octubre cuando este decidió la ruptura.[21] Se

---

marxista. Prueba de esto último es la regularidad con la que se plantea, bajo diferentes formas, el problema de la dialéctica libertad-necesidad en la tradición inaugurada por Marx y la variopinta colección de variantes y escuelas a las que han dado lugar las divergentes respuestas dadas a la pregunta que ella impone: ¿es posible la acción libre en un mundo signado por la necesidad? Es obvio que no estamos capacitados para encarar semejante tarea.

[19]Obviamente, no es el único en ubicar a Plejanov, cuya trayectoria es notablemente parecida a otros "marxistas" de la Segunda Internacional como Kautsky, en este lugar de pasividad e impotencia. Pannekoek, por ejemplo, cuestiona a Plejanov y Lenin desde una posición muy similar y con argumentos solidarios a los de Bogdánov. Incluso defiende al empiriocriticismo casi en los mismos términos. Véase su *Lenin filósofo*, en Marxist.org.

[20]Véase Kelly, Aileen: "Empiriocriticism: a bolshevik philosophy?", en *Cahiers du monde russe et soviétique*, vol. 22, n°1, enero-marzo, 1981, pp. 89-118.

[21]Una descripción detallada de la ruptura puede verse en el libro de Tony Cliff sobre Lenin, en particular, el capítulo 16, "Lenin expels the Ultra-leftists", asequible en Marxist.org.

comprende también que el bogdanovismo resultara la base filosófica de la política que Lenin combatirá y reprimirá severamente como ultra-izquierdismo, primero en relación al Proletkult y luego a las fracciones internas del Partido Bolchevique. Se comprende, porque adoptando ese lugar, Bogdánov relega a Lenin al secundario papel del organizador de ideas que no son suyas y que no comprende de modo cabal. Lenin se encuentra, en 1908, entonces, entre dos "filósofos" (Plejanov y Bogdánov) que se disputan la dirección de la socialdemocracia rusa. Conquistar para sí un lugar propio en ese nivel es la clave para entender la función de *Materialismo y empiriocriticismo* y el encono acérrimo que mantuvo desde entonces con su colaborador de antaño.

La polémica "filosófica" sobre el materialismo encubre, entonces, una disputa por la dirección política de las fuerzas revolucionarias. El triunfo político de Lenin sobre sus dos contendientes no solo encubrió sus debilidades filosóficas sino que logró eliminar del horizonte de la revolución a quienes fueron en su momento fuerzas vivas: el menchevismo, desde la derecha; el bogdanovismo, desde la izquierda. Si Lenin ganó por la "justeza" de sus posiciones (y sus debilidades filosóficas son solo aparentes, encubriendo una filosofía que habría que descubrir en su praxis) o si fue el resultado de una inconsecuencia genial (válida de la crítica de "oportunista" tanto como del elogio de estratega de la oportunidad), es discusión que no nos interesa aquí. Lo que sí nos preocupa es desmontar la imagen de los triunfadores para reconstruir la historia real. El combate de Bogdánov por la dirección del proceso revolucionario ruso constituye una perspectiva que debe ser recuperada para poder entender el proceso total.

4. Bogdánov, el científico

Bogdánov no podría ser considerado un científico por su propia práctica como tal. Muchos lo catalogan de esta manera por su profesión médica o por sus experimentos con la transfusión sanguínea. Como veremos más abajo, tales experiencias eran el resultado de una concepción particular del socialismo, no exenta de mística, y de una aproximación al tema más propia de un advenedizo audaz que de un científico metódico y profesional. Veremos también que su éxito como "hematólogo" en la URSS de los '20 deriva de una anécdota curiosa y no de su falso carácter de "precursor" soviético en el asunto de marras.

En realidad, si Bogdánov puede ser considerado un "científico" en algún modo, con cierta relevancia en el desarrollo de alguna disciplina, es el resultado de sus esfuerzos en el problema de la organización de la ciencia. Es como filósofo "organizacional" que nuestro héroe puede conquistar un lugar en la historia, es decir, es a partir de su "Tectología". Empecemos por este punto y dejemos para más adelante su fallido intento de iniciar una revolución médico-social a partir de las transfusiones sanguíneas.

Por sus estudios sobre la teoría de la organización, Bogdánov ha sido reconocido como un predecesor de Ludwig Von Bertalanffy, el creador de la teoría de sistemas, y de Norbert Wiener, el padre de la cibernética. ¿Qué es la "tectología"? Una reflexión general sobre la naturaleza de la ciencia y una propuesta de reorganización también general. Por empezar, la reflexión: la evolución de la ciencia lleva a la especialización; la especialización, a la creación de métodos, teorías y lenguajes especializados; la consecuencia lógica de este desarrollo es la insularidad y, por lo tanto, la incomunicabilidad de los resultados científicos. Esto conlleva conclusiones epistemológicas y políticas: las ciencias se resienten de la sinergia que surge de compartir resultados y de la ausencia de una perspectiva general; la jerga científica se vuelve incomprensible para las masas, facilitando la dominación social y restringiendo el carácter potencialmente revolucionario de sus conclusiones, amén de producir resultados cuyo contenido social es clasista, necesariamente. Se hace evidente la necesidad de una reestructuración de la producción científica que no es políticamente neutra ni puede ser llevada adelante por cualquier clase social. Aquí viene la "tectología": una ciencia general de la ciencia, una filosofía científica para la producción científica que, dadas sus características generales (colectivismo productivo social) solo puede ser desarrollado a pleno por la clase obrera. En eso consiste, finalmente, el proyecto de una ciencia "proletaria", no en la tontería de producir "verdades proletarias" como quisieran los enemigos de Bogdánov, sino en una reorganización general del trabajo científico en beneficio del proletariado.

La tectología deriva su nombre del griego "tekton", construcción. Bogdánov lo toma de Ernest Haeckel y expande su significado a "organización", entendiendo ésta más como proceso que como estado. Es obvio que el carácter activo de la ontología propuesta en su empiriomonismo está presente aquí. La tectología es la ciencia de la organización universal, cuya tarea es el descubrimiento de los principios generales de toda organización. Finalmente, la realidad es experiencia organizada bajo la forma de complejos que funcionan según ciertas leyes generales. "Complejo" es aquí sinónimo de lo que luego Ludwig Von Bertalanffy llamará "sistema" y que también se vincula con el desarrollo más tardío todavía de la Teoría del Caos y de las matemáticas fractales.[22] Todo tiene, entonces, un grado de organización, no importa el nivel del que hablemos (micro-macro/orgánico-inorgánico) suficiente como para ser considerado un "complejo" (una estructura arquitectónica, un sistema neuronal, el interior del átomo, la organización de galaxias o una pared de ladrillos, por ejemplo).[23] La tectología puede ser definida, por lo tanto, como la ciencia de la complejidad. Así como se señala

---

[22]Para la teoría de los sistemas, Von Bertalanffy, Ludwig: *Teoría general de los sistemas*, FCE, México, 1989; para la teoría del caos, Prigogine, Ilya: *Las leyes del caos*, Crítica, 1997; para las matemáticas fractales, Mandelbrot, Benoit: *La geometría fractal de la naturaleza*, Tusquets, Barcelona, 1997.

[23]Buena parte de esta descripción de la tectología se base en el ya citado texto de Mattos y en Poustilnik, Simona: "Alexander Bogdánov's Tektology:

su rol como "precursor" de desarrollos posteriores, también se ha remarcado su deuda con otros intelectuales, en particular Spencer y Ludwig Noiré.

Entre sus conclusiones, la tectología revela relaciones estructurales y leyes comunes a los más variados "complejos". Se construye así un meta-lenguaje formal que permite la transferencia de conocimientos entre campos especializados. Para Gorelik, el mundo de Bogdánov está constituido por mutaciones dinámicas permanentes, en el cual las diferencias de tensiones energéticas dan lugar a acciones y reacciones.[24] Las variadas formas de combinación de esas acciones y reacciones dan lugar a diferentes tipos de complejos: organizados (el todo es superior a la suma de las partes); desorganizados (el todo es inferior a la suma de las partes); neutros (el todo es equivalente a la suma de las partes). Esta clasificación es sin embargo relativa, puesto que el carácter de cada complejo depende de su relación con otros y, sobre todo, del observador. Los complejos son indiscernibles en ausencia de observador. Se encuentra aquí, otra vez, esa relación activa del sujeto con el objeto que veíamos más arriba y que encaja tan bien con la teoría cuántica o la relatividad y tan mal, al mismo tiempo, con una perspectiva materialista estricta al estilo Lenin.

Los complejos son dinámicos pero, al mismo tiempo, estables. Según Gare, el concepto de feedback puede ser observado en la tectología cuando Bogdánov describe la regulación constante propia de todo sistema.[25] Tendiendo a la regulación que conserva su existencia, todo complejo puede entrar en crisis conjuntiva

---

a Science of Construction", en https://bogdanovlibrary.files.wordpress.com/2016/08/bogdanovs-tektology-a-science-of-construction.pdf

[24]Gorelik, George: "Introduction", in Bogdanov, Alexander: *Essays in Tektology*, Intersystems Publications, California, 1980.

[25]Gare, Arran: "Aleksandr Bogdanov's History, Sociology and Philosophy of Science", en *Pergamon, Stud. Hist. Phil. Sci.*, Vol. 31, No. 2, 2000, pp. 231–248.

(interacción de complejos) o disyuntiva (disolución de los complejos). Se ha señalado, y es fácil ver, que estos conceptos no solo remiten a la teoría de la evolución darwiniana, sino a la ecología y el estudio de poblaciones. Un influjo más directo puede verse en el arte, en particular en la vanguardia rusa, en el constructivismo.[26] Resulta claro que Bogdánov se aparta notablemente de la tradición "marxista" que encuentra en la dialéctica esa "ciencia general de los sistemas", y lo hace explícitamente. Como explica en *La filosofía de la experiencia viva*, la dialéctica es una perspectiva limitada y un caso particular de la "tectología".

Bogdánov pretende que su idea "tectológica" está siendo aplicada en la URSS a comienzos de los '20 en la planificación estatal, los programas educativos, el análisis de las formas económicas de transición y el estudio de los tipos sicológicos.[27] No estamos en condiciones de medir la realidad de sus palabras. Sí sabemos de la abundancia de críticas contemporáneas. Su concepción de las relaciones entre partes pone más énfasis en la interacción que en la determinación, o al menos concibe una forma limitada de ésta. Así, se lo acusaba de sicologista por otorgarle un papel a la superestructura en el desarrollo de las fuerzas productivas. A ello se suma la perspectiva de la organización dinámica como reproducción estable, para dar pie a la acusación de "conservadora" a la estrategia socialista bogdanoviana. Como veremos más adelante, efectivamente, la experiencia del Proletkult se asienta en la creencia en la necesidad de una transformación previa de la conciencia *antes* de la revolución, un largo proceso que *culmina* con la revolución y no, como pretende Lenin, que *empieza* con la revolución. Otra vez,

---

[26]Poustilnik recuerda que el darwinismo ruso rechaza la idea de la "lucha por la existencia", rechazo que se enfatiza consecuentemente en la tectología. Esta tradición rusa anti-malthusiana se encuentra en muchos pensadores contemporáneos a Bogdánov, como Kropotkin.

[27]Sochor, op. cit.

el parentesco con *cierto* Gramsci salta a la vista. Volveremos sobre esto más abajo.

Más que por este aspecto bien interesante de su pensamiento, la imagen del Bogdánov científico se apoya en sus experimentos con la transfusión sanguínea, que son, indudablemente, lo más "bizarro" de toda su concepción del socialismo. En efecto, para Bogdánov era posible practicar un socialismo "fisiológico", es decir, una colectividad física real. A través de compartir la sangre, el tejido más obviamente distribuible entre los individuos de un colectivo, se lograría una mejora sustantiva en la condición física de la humanidad, un alargamiento de la vida y una capacidad inmune muy superior. De allí que los experimentos bogdanovianos con la transfusión eran realmente peculiares. Repasemos un poco la historia de esta práctica médica para entender de qué hablamos.

Los primeros intentos de transfusión sanguínea datan de 1820 en Inglaterra, experiencia seguida de cerca en Rusia. La práctica se extendió a la ginecología, para enfrentar las hemorragias producidas en los partos, hacia 1840-50, pero se abandonó por lo incierto del resultado. Por entonces no se distinguían ni los grupos sanguíneos ni el factor Rh, de modo que se dejó de usar hacia 1870. Los grupos sanguíneos fueron descubiertos recién en 1901 por Landsteiner, quien en 1940 descubrirá también el factor Rh. Hasta entonces, la práctica se fue extendiendo lentamente por los riesgos que implicaba. Ingleses y franceses la usaron durante la Primera Guerra Mundial, pero en Rusia recién se aplicó después de la revolución bolchevique.

La idea de que Bogdánov es un pionero ruso en el tema es falsa.[28] La preocupación por el asunto ya estaba presente en 1919, cuando se publica el primer estudio sobre transfusión entre grupos compatibles. Su autor, Vladimir Shamov, aprendió la técnica en los

---

[28]La información que sigue ha sido tomada centralmente de Krementsov, Nikolai: *A Martian Stranded on Earth*, University of Chicago Press, 2011.

EE.UU., pero no consiguió apoyo al volver a la URSS: no encontraba donantes y no podía importar los reactivos para establecer los tipos sanguíneos. Un nuevo artículo de Shamov tuvo mucho éxito entre médicos especialistas rusos, en 1921. Junto con Fedorov, su maestro, y Elanskii, su subordinado, Shamov formó el primer grupo de pioneros en transfusión sanguínea en Rusia. La práctica amplió su campo entre 1923 y 1926, apareciendo nuevos especialistas, como Bruskin, que inventó un aparato para la transfusión directa que empezó a ser construido por el Ministerio de Salud. Krementzov, a quien venimos siguiendo, concluye que al momento de aparición del instituto de Bogdánov ya existía una comunidad de transfusólogos muy activa. Que incluso ya había propuesto, a comienzos de los '20, la creación de un instituto especializado. Una comunidad que no reconocía en Bogdánov a uno de sus pares, sino más bien a un advenedizo.

Según Krementzov, la entronización de nuestro personaje en el primer instituto de investigaciones hematológicas en 1926, tiene una fuente distinta de la supuesta importancia científica de sus investigaciones. Recordemos que, por estas fechas, Bogdánov está en pleno ostracismo político: no solo el Proletkult ha sido destrozado y su mentor ya ha pasado por las cárceles de la Cheka, acusado de estimular la disidencia izquierdista contra el gobierno bolchevique. Su dedicación exclusiva a la investigación de la que hablamos es consecuencia de esta situación de aislamiento profundo. Durante los primeros años de la NEP él, su esposa y un reducido núcleo de amigos se reúne en su departamento para practicar la transfusión mutua simultánea. Es importante distinguir esta práctica de la examinada más arriba: aquella busca reponer lo que falta en el cuerpo enfermo. Es unilateral y reparativa. La versión bogdanoviana es colectiva, bilateral y evolutiva: la transfusión resulta un método para mejorar a los individuos por la vía de compartir con el resto las virtudes físicas y, como consecuencia, diluir los defectos. Este socialismo fisiológico resulta de compartir la sangre, por lo tanto, la técnica debe ser simultánea y bilateral: dos individuos se transfunden mutuamente, compartiendo lo mejor de cada uno.

De dónde sacó Bogdánov esta idea no podríamos decirlo, pero remite indudablemente a una imagen del científico que no coincide con la práctica científica de la época ni con la que él trabaja en sus textos. Más cercana al alquimista que al fisiólogo, su teoría de los efectos de las transfusiones presupone un salto gigantesco en el proceso de conocimiento, que pasa por alto la investigación pormenorizada de los detalles y va derecho a las conclusiones imaginadas más que probadas. Como sea, un testigo de la época, habiéndolo visitado luego de que comenzara con sus experimentos, comenta a miembros de la dirección bolchevique lo joven que luce, "como diez años menor". Uno de sus amigos más cercanos, Leonid Krasin, compañero de las primeras etapas del bolchevismo y cercano colaborador en la tarea de financiar al partido con las "expropiaciones", se encuentra, hacia 1925, muy enfermo. Ocupando posiciones muy importantes en el comercio exterior, Krasin forma parte del reducido grupo dirigente revolucionario. Examinado por los médicos de la dirección, se le sugiere partir hacia el extranjero, ante la incapacidad de los facultativos rusos de encontrar una solución. Enterado de los experimentos de su viejo amigo, Krasin le solicita que lo transfunda. Bogdánov, que al comienzo se niega, lleva adelante la tarea, que da un resultado repentino y notable. Tanto que llama la atención de Stalin.

Por esta época, Stalin no es todavía quien va a ser en los '30. De modo que no se trata de alguna obsesión delirante por la inmortalidad o algo por el estilo. En realidad, está preocupado por una plaga de muertes en el partido, que se está llevando a la tumba a buena parte de la dirección. Incluso se había dado ya un nombre a la posible causa: "cansancio o consunción revolucionaria". Un desorden nervioso permanente acompañado de un agotamiento no menos permanente. De hecho, el 44% de las visitas médicas de los principales jefes del partido eran resultado de desórdenes nerviosos, lo que hoy llamaríamos "burn out". Por más que se tomaron medidas, el asunto no se pudo controlar y, cuando en 1925 Frunze muere de una úlcera perforada, literalmente cundió el pánico. Se inició un debate en la dirección acerca de la forma de organizar un servicio médico eficiente, en el que participaron Rikov y Trotsky entre otros. Es en este contexto en el que Stalin convoca a Bogdánov y se monta con muchos recursos y gran pompa el Instituto que hoy lleva su nombre. Rápidamente comenzaron las transfusiones, de las que participó buena parte, si no toda la dirección.

El instituto se dedicó a la investigación en la línea bogdanoviana, es decir, de la transfusión como mejoramiento de la especie y medio de combatir el envejecimiento. Sus ideas se plasmaron en un texto publicado por el Instituto, *La lucha por la viabilidad*. El envejecimiento, como tema médico, estaba naciendo por la época y daba pie a experimentos no menos disparatados que los del dirigente bolchevique: ingerir yogurt, practicar la vasectomía o trasplantar glándulas sexuales podían alargar la vida y devolver la vitalidad perdida.[29] Bogdánov creía que las transfusiones sanguíneas renovaban la sangre y corregían los desbalances de los organismos decadentes. Así, el instituto debía seguir dos líneas de investigación: la "transferencia de inmunidad" y la "igualación de los extremos". En general, la comunidad médica tomó con reticencias lógicas este conjunto de hipótesis poco menos que disparatadas. Una confirmación de estas reticencias se hizo brutalmente presente en 1928, cuando Bogdánov intenta probar la tesis de que la inmunidad se transmitía de los viejos a los jóvenes. Quería refutar a Elanskii, que había criticado su práctica por peligrosa por la posibilidad de transmitir enfermedades. Como todo científico loco, experimentó consigo mismo, compartiendo su sangre con la de un joven enfermo de

---

[29]Véase Krementsov, Nikolai: *Revolutionary Experiments. The Quest for Immortality in Bolshevik Science and Fiction*, Oxford University Press, New York, 2014.

tuberculosis. El resultado fue la muerte. Su funeral contó con la presencia de los principales jefes bolcheviques. Bujarin hizo su encomio, Lunacharsky su obituario, se le puso su nombre al instituto, se otorgó una pensión a su viuda, pero sus sucesores al frente del organismo cambiaron completamente la línea de investigación en el sentido de sus críticos.

Bogdánov, entonces, no era un científico práctico real. Ni fue precursor de la investigación hematológica ni organizó las principales líneas de desarrollo de la disciplina en la URSS. Por el contrario, este aspecto de su actividad general es el más estrambótico, el menos reivindicable, por más que haya contribuido a cimentar su fama de "raro", "extraño" y "vampírico". Si la ciencia le debe algo a Bogdánov, probablemente ese aporte se encuentre en su reflexión sobre la sociología y la práctica organizativa del conocimiento científico, antes que en la actividad científica misma.

5. Bogdánov, la revolución y la política cultural

Ya hemos avanzado las líneas fundamentales de su historia política. Firmemente leninista en el conflicto que atraviesa al joven partido, se va "por izquierda", como líder de la fracción "ultimatista" en relación a la participación en la Duma posterior a la revolución de 1905. Luego de la experiencia de las "escuelas" y del triunfo de Lenin en la interna partidaria, la Revolución de febrero encuentra a Bogdánov en Rusia apoyando al gobierno provisional. Frustrado por la inactividad del nuevo gobierno, pone todas sus esperanzas en la Asamblea Constituyente. Sorprendentemente, el ultraizquierdista de 1908 se ha vuelto moderado durante la segunda década del siglo. El contraste con su archirrival en la interna partidaria, Lenin, no puede ser más fuerte. Es indudable que constituían un par de figuras a contramano.

La misma extrañeza produce el encontrar al defensor acérrimo de un colectivismo que llega hasta su raíz fisiológica, rechazar el comunismo de guerra. Por el contrario, Bogdánov cuestiona las concepciones que enfatizan en la práctica ese colectivismo, el capitalismo de Estado de Lenin y el comunismo de izquierda de Trotsky, desde una especie de autonomismo culturalista. A diferencia de Lenin, Bogdánov no creía en la continuidad del capitalismo de Estado luego de la guerra. Al contrario, la competencia económica, las fluctuaciones de precios y las inadecuaciones de la demanda reaparecerían rápido. No era, entonces, una fórmula destinada a quedarse en los países capitalistas y difícilmente podría imitarse en Rusia. Los comunistas de izquierda (incluso Trotsky), que se hacían ilusiones sobre el comunismo de guerra, merecían una crítica similar por el autor de *Estrella Roja*. Una economía socialista significaba la progresiva racionalización de las partes y la organización del todo y no simplemente la intervención estatal. El comunismo de guerra, en su perspectiva, va en sentido contrario. La guerra crea la figura del obrero-soldado y fuertes tensiones autoritarias, burocráticas y no cooperativas, que se combinan con una caída de la conciencia de clase obrera bajo el efecto de la influencia de soldados y campesinos. El socialismo de los soldados se reduciría a "comunismo del consumo" frente al "colectivismo de la producción" propio del proletariado. Coherentemente, criticó las requisiciones forzosas y las formas violentas de construcción del socialismo, en particular, de sus tendencias destructivas. Por lo tanto, antes que acercarlo a Lenin y Trotsky, este balance del comunismo de guerra y de la relación necesaria con el campesinado, lo aleja de ambos.[30]

En este contexto, para Bogdánov la revolución cultural se hace más urgente que nunca. Aquí es donde se ve la diferencia de estrategias: en lugar de la conciliación con el campesinado, el proletariado debía afianzar su hegemonía cultural. Sin ella, la revolución

---

[30]Preste atención el lector al discurso de Sterni, el personaje marciano que encarna la necesidad cruda y verá que Bogdánov anticipa el estalinismo veinte años antes.

fracasaría. De allí que el contenido de esa revolución resultaría divergente con lo que la dirección bolchevique tiene en la cabeza. La alfabetización y el cambio de costumbres (la revolución cultural para Lenin y Trotsky) son necesarias, pero no son la tarea *política* de la hora. Es necesario desarrollar una cultura proletaria y *aprender* a ser socialista, conclusión que el vperismo ha sacado de la experiencia de 1905. Esta es la razón por la cual son los vperistas Lunacharsky y Lebedev Polianski los que inician la historia del Proletkult con la conferencia de Petrogrado, poco antes de Octubre. El propio Bogdánov organizó otra en Moscú en febrero de 1918, donde en setiembre se hizo la primera conferencia nacional y se elige el comité central. Bogdánov va a formar parte del mismo y a dirigir su revista, *Cultura Proletaria*.[31]

Las bases de la cultura proletaria serían la valoración del trabajo como elemento central de la vida social, el colectivismo como espíritu de camaradería, la liberación del fetichismo y la unidad de método. Con ello debía revolucionar no solo el trabajo, sino el modo de vida y los sentimientos. El arte ocupaba allí un lugar de primer orden para desarrollar la sensibilidad y producir una persona completamente integrada. En este esquema, el "nosotros" era más importante que el "yo", en una batalla constante contra el individualismo.[32]

Lenin reaccionará violentamente contra la no menos violenta expansión del Proletkult. Sochor cree que la oposición leninista al Proletkult solo se entiende por su pretensión de autonomía, su apoteosis de la clase obrera sobre el campesinado y la intelligentzia y su pretensión de reconstruir la cultura pasada, además de su interés en desarrollarse internacionalmente. En relación a esto,

---

[31] Ya hemos contado la historia del Proletkult en López Rodriguez y Sartelli, op. cit. y a ese texto remitimos al lector.

[32] El "Nosotros" tendrá una larga vida en la vanguardia soviética y, por supuesto, en la oposición contra-revolucionaria. Remitimos al lector a Gastev, por un lado, y a Zamyatin, por el otro.

Bogdánov estaba firmemente convencido de que la revolución no podía realizarse en un solo país. De allí que cuando se formó un bureau internacional del Proletkult durante el segundo congreso de la Comintern, sus declaraciones fueron claramente bogdanovianas: "El arte puede organizar los sentimientos en exactamente el mismo sentido en que la propaganda ideológica organiza el pensamiento; los sentimientos determinan la voluntad con no menos fuerza que las ideas."

Para Lenin la revolución cultural incluía la lucha de clases como tarea fundamental, el rol central del partido, la ideología marxista y la asimilación de la cultura pasada. Esta tesis del asimilacionismo será criticada agudamente por Bujarin, tanto contra Lenin como contra Trotsky, que supone que el tránsito al comunismo será rápido y fácil. En el mismo sentido lo hacía Lunacharsky, cuando señalaba que la cultura proletaria era parte del desarrollo de largo plazo de la cultura socialista y característica de la dictadura del proletariado.

Sochor, que tal vez exagera el lugar que el autor de *Estrella roja* ocupaba en la cabeza de Lenin, afirma que el leninismo como ideología se va a fundar contra Bogdánov, centrado en el marxismo como piedra de toque de la nueva cultura política, la insistencia en que la única fuente de interpretación del marxismo es el partido y el rechazo a cualquier modificación de la ideología oficial. Por eso, la revolución cultural de Stalin tiene más que ver con Lenin que con Bogdánov. Éste habría llegado a la idea de que el socialismo era un objetivo de largo plazo y que dependía, en buena medida, del cambio cultural. Así lo señala en la carta en la que rechaza la oferta de la facción vperista de volver a reunir al grupo, en 1912:

"Recientemente, en el curso de mi trabajo, me he convencido de la enorme importancia de nuestra tarea revolucionaria en el campo de la cultura. He resuelto dedicarme a esta tarea cuando llegue el momento y se consiga la gente necesaria. Voy a dedicar todos mis esfuerzos a organizar una 'Unión de Cultura Socialista' que, como yo la concibo, no será una facción partidaria y no competirá con ninguna organización política específica, pero que, en los momentos cruciales, apoyará solamente al ala revolucionaria de la socialdemocracia."[33]

Como señala Bigart, el fracaso del proletariado de los países centrales en evitar la Primera Guerra Mundial potenció, en Bogdánov, la confianza en la necesidad de una revolución cultural de largo plazo como pre-requisito de la transformación social. No solo en Rusia sino en toda Europa, la transición inmediata al socialismo era una utopía "maximalista" (término que incluía a Lenin y Trotsky). La tarea del momento era la revolución democrática, base sobre la cual debía y podía desarrollarse la cultura del proletariado. Muchos bogdanovianos no van a compartir estas ideas aunque sí la perspectiva de la cultura proletaria. En efecto, muchos ex vperistas o participantes de las "escuelas", van a retornar al bolchevismo y ocuparán puestos de relevancia en el gobierno y el partido. Para desesperación de Lenin, la influencia de Bogdánov sobre importantes líderes bolcheviques es ampliamente reconocida: Lunatcharski, Bujarin, Kerzhentsev, Bazarov, Groman, Gastev, Pokrovski, pueden dar testimonio del influjo que el autor de *Estrella roja* ejerció sobre ellos. De hecho, el bogdanovismo era la segunda ideología entre los bolcheviques.[34]

La relación posterior de Bogdánov con el bolchevismo fue ambigua. Aunque Stalin y Bujarin intentaron reclutarlo para el partido, nunca se reincorporó, aunque tampoco prohijó una estructura política competidora (el Proletkult era, al mismo tiempo, mucho más y mucho menos que eso). Más allá de las "hipérboles" en la

---

[33]Citado por Bigart, John: "Alexander Bogdánov and the short History of the Kultintern", in *Alexander Bogdanov Library*, site of Historical Materialism.

[34]Véase Utechin, S. V.: "Bolsheivks and their allies after 1917: the ideological pattern", *Soviet Studies*, Vol. X October 1958, n° 2.

evaluación de su figura, el bogdanovismo representa la fuerza de las ideas más que las de la política. "Era una alternativa teórica a Lenin, más que política", afirma Sochor, aunque esta separación no parece convincente. En particular, no convenció a Lenin. Sochor insiste en que la alternativa no era entre dos pretendientes al liderazgo partidario, sino entre dos formas (leninismo y bogdanovismo) de concebir y construir el socialismo, por un lado, y sobre la relación entre revolución y cultura, por el otro. Es discutible.

La diferencia entre ambos pasa, esencialmente, por las concepciones respectivas (y opuestas) sobre la "revolución cultural": como un proceso veloz, radical y dirigido para cambiar valores y actitudes (Bogdánov), o como un lento y continuo proceso de ascenso de la conciencia (Lenin); como una exigencia primaria de la revolución, condición sine qua non del triunfo (Bogdánov), o como una consecuencia del desarrollo del proceso revolucionario consistente en la adquisición de capacidades básicas como la alfabetización (Lenin); transformación de la cultura de las masas (Bogdánov) o creación de cuadros partidarios (Lenin).

Tanto para Lenin como para Bogdánov, el proletariado no puede superar espontáneamente la conciencia sindical. De allí que para el primero la teoría tiene que provenir de fuera, de la mano del partido revolucionario. El segundo encuentra allí, por un lado, un acuerdo (la necesidad de intervención en el proceso de la conciencia), por otro, una limitación y un peligro: el limitarse a lo puramente político despoja al proletariado de un marco más amplio de acción y concentra en una élite el conocimiento real del conjunto del proceso en marcha. La revolución puede, entonces, quedarse a mitad de camino, al mismo tiempo que entronizar un grupo que expropie del poder a sus protagonistas. Ninguna revolución puede triunfar si no va precedida y acompañada por una revolución cultural, piensa Bogdánov, ofreciendo la revolución francesa como ejemplo. Más aún en un contexto en el que la masa de la población campesina acecha. El fracaso de la Segunda Internacional frente a

38

la prueba de fuego de la Primera Guerra Mundial puede explicarse más que como expresión de una "aristocracia obrera" (Lenin), como la carencia de independencia cultural de las masas en relación a sus burguesías.

Esta dependencia cultural se fomenta con el parlamentarismo y con formas de auto-organización del proletariado (partidos, sindicatos, cooperativas) que terminan funcionando de acuerdo con las leyes culturales del capitalismo, permeadas por el fetichismo: la propiedad privada, el individualismo y las normas legales y morales. Se gesta así una actividad basada en la competencia en el mercado y en el compromiso político. No son formas adecuadas para la transición al socialismo. Al contrario, gestan relaciones autoritarias que deben ser combatidas por relaciones de camaradería y de "colectivismo" en el interior del partido.

Una acusación fácil contra Bogdánov es aquella que pretende que para el autor de *Estrella Roja* la revolución es un hecho "cultural", donde no importa la toma del poder. Sin embargo, el punto de partida de su reflexión es la diferencia entre la lucha contra el capitalismo y la construcción del socialismo. Observa el proceso revolucionario como un continuo precedido y continuado por tareas culturales, contra Lenin, que cree que el proceso se desarrolla por etapas. En este punto, Sochor asimila su perspectiva a la de Gramsci.[35]

Como dice Sochor, la intervención de Bogdánov tiene dos consecuencias, una inmediata, otra de largo plazo: provoca el inicio

---

[35]Según Bigart, Gramsci será parte de los intentos de bogdanovianos como Pletnev, de mantener viva bajo una forma más diluida la Kultintern. Véase Bigart, op. cit. El mismo autor muestra la expansión internacional de la temática de la cultura proletaria en Inglaterra, Italia, Alemania, Checoslovaquia. En Francia, su influencia podría verse en la experiencia de *Clarté*, de Henri Barbusse. Como hipótesis, pensamos que la influencia del bogdanovismo como cultura proletaria podría ser rastreada no solo en Gramsci, sino también en Mariátegui y Brecht.

de la "revolución cultural" leninista; construye el contenido utópico de la "revolución cultural" stalinista.[36] Dicho de otro modo, Bogdánov moldeó el terreno sobre el cual el problema de la cultura se discutió durante toda la revolución. Sus planteos obligaron a Lenin a intervenir y, aunque resultó reprimido, no fue derrotado. El utopismo bogdanoviano continuó permeando todos los debates durante la década del '20 y resurgió durante la revolución cultural stalinista. Sin embargo, el contenido de ésta última es muy diferente de la experiencia proletkultista: lo que domina el período 1928-32 es la confrontación entre la intelligentzia surgida durante la revolución y la vieja. No se trataba de una transformación cultural de las masas, sino de una batalla en el seno del grupo dirigente, la burocracia.

Con relación a Stalin, Sochor insiste que su revolución cultural se parece más a la de Lenin, contra Brown, Biggart y Lecourt.[37] Stalin, igual que Lenin, enfatiza el aspecto de guerra de clases en el frente cultural, elemento que estaba ausente en Bogdánov. La fidelidad al partido, que fue uno de los elementos de defensa asumidos por los grupos sucesores del Proletkult para salvarse de las iras de Lenin, construyó el stalinismo. Es el caso de *Octubre*: control partidario, lucha de clases, ortodoxia ideológica. Otros proletkultistas abandonaron el partido durante la NEP (*Kustnitza*, por ejemplo) y muchos se suicidaron. El stalinismo aprovechó la hostilidad de los proletkultistas contra los especialistas burgueses y los sumó a su frente como ariete. Sochor supone que la censura de Bogdánov a comienzos de la NEP está ligada a una concepción en la cual los factores culturales pueden ser fundamentales en la perpetuación de

---

[36] Sochor, op. cit.

[37] Brown, Edward J.: *The Proletarian Episode in Russian Literature, 1928-1932*, Columbia University Press, New York, 1953; Biggart, John: "Bukharin and the Origins of the Proletarian Culture Debate", en *Soviet Studies*, vol. XXXIX, nº 2, April 1987, 229-246; Lecourt, Dominique: *¿Proletarian Science? The Case of Lysenko*, NLB, London, 1977.

un sistema social. Digamos que no es una idea aislada, en la época y en el seno de bolchevismo. Recordemos la analogía muy utilizada que vinculaba la derrota militar de los griegos por los romanos y la victoria cultural de los primeros sobre los segundos, con la posibilidad de que la victoria militar bolchevique fuera superada por su derrota cultural frente a la burguesía. Era un leiv motiv repetido por, por ejemplo, Bujarin, pero también por Trotsky.

Más allá de las potenciales tendencias restauracionistas que el atraso cultural portara, en Bogdánov se podía leer algo más peligroso todavía y que debía causar escozor a los líderes bolcheviques: que ese atraso cultural pudiera desembocar en la continuidad de la explotación y la alienación aunque la base misma fuera transformada. Lo que podía colocar a los bolcheviques como nueva clase dominante. Esta idea tampoco era ajena al clima de ideas de la época y, de hecho, fue propagandizada por anarquistas y críticos burgueses de la revolución. Más preocupante para la dirección bolchevique era la amplia recepción que en el seno del partido tenía esta crítica a la burocratización creciente y, de hecho, fue el caballito de batalla de los agrupamientos de izquierda en su interior. Precisamente, por esta idea fue apresado por la Cheka, acusado de ser el autor intelectual de las ideas del grupo Verdad Obrera, que sostenía que la dirección comunista debía ser derrocada.[38] Por esta razón también, Bogdánov va a ser considerado uno de los antecedentes de lo que luego Withfogel, Burham y Djilas van a desarrollar como "teoría de la nueva clase".[39]

---

[38]Por esta época, se denominó "bogdanovschina" al conjunto de tendencias opositoras dentro del partido, como los "colectivistas" y la Oposición Obrera.

[39]Los textos en los que estos autores desarrollaron sus ideas sobre la naturaleza de la URSS o de los fenómenos políticos que imaginan propios de ella son: Djilas, Milovan: *La nueva clase. Un análisis del régimen comunista* (se consigue versión en pdf fácilmente); Burham, James: *La revolución de los*

De esta teoría de la organización se desprende, entonces, una teoría de la cultura que le otorga un rol más importante que en las variantes economicistas del marxismo. La cultura juega un rol organizador en la sociedad y sin su análisis, la comprensión de la vida social está incompleta. La base de la división social yace en el progreso tecnológico en la producción, pero su momento formativo está en la ideología. La revolución solo tiene lugar cuando la clase dominada adquiere conocimientos y habilidades suficientes como para superar a la dominante, lo que bien leído no está lejos de la concepción marxista según la cual el proceso transformador recién termina cuando los "conquistadores" reconstruyen la superestructura a su imagen y semejanza.

Nos encontramos aquí, entonces, en el cruce que une a nuestro autor con otro personaje muy querido para nosotros, Antonio Gramsci. ¿Resulta ser, Bogdánov, como el marxista italiano un reformista culturalista, es decir, alguien que cree que la transformación social no tiene que ver con la toma del poder sino con un lento proceso de predominio cultural del proletariado? En los dos casos, hay montañas de papel a favor y en contra. En relación a Gramsci, ese tema ya constituye una industria en sí misma. No es este el lugar en el que podamos realizar una labor tan ardua como establecer orden entre tirios y troyanos en este debate, ni con relación al autor del *Maquiavelo* ni mucho menos, por razones que quedarán claras en el apéndice que acompaña a este texto, en relación al de *Estrella roja*. Sí se verá, hacia el final, que la experiencia bogdanoviana en este campo puede iluminar tareas pendientes de la izquierda actual. Probablemente se encuentre aquí el mayor legado político de Bogdánov a la revolución socialista.

---

directores, Sudamericana, Buenos Aires, 1980; Wittfogel, Karl, *Despotismo Oriental. Estudio comparativo del poder totalitario*, Madrid, 1966.

6. Bogdánov, el escritor

Quizás resulte excesivo llamar "escritor" a Bogdánov por haber editado un par de novelas, en rigor, casi una sola con una "secuela". Escribió también poemas, pero lo suyo no era la literatura. Es más, la elección de la ciencia ficción encaja bien con un ensayista preocupado por ilustrar sus puntos de vista antes que con un "literato". En efecto, esta actitud no hace más que reproducir dos características de la intelligentzia rusa: un realismo "sociológico" dedicado sobre todo a criticar la realidad rusa, por un lado; por otro, la defensa de la tecnología de avanzada como solución del atraso que se critica.

Es indudable que la ciencia ficción de Bogdánov está atada no solo a la historia del género sino a las tensiones político-intelectuales que recorrían a toda la intelligentzia. En particular, el problema del atraso técnico, social e intelectual frente a "Occidente". Una división en su interior la atravesó a lo largo de toda su historia: la de la reacción necesaria ante ese "atraso". De un lado, los "occidentalizantes", modernizadores; del otro, los "orientalizantes" o "eslavófilos", partidarios de conservar las "particularidades" nacionales. En el medio, muchas variantes. Por ejemplo, el del verdadero padre de la ciencia ficción rusa, Odoevsky, que siendo eslavófilo imagina la construcción de un ferrocarril, instrumento "modernizador" por excelencia en la época, que hacia el año 4338 une Pekín con San Petersburgo. Escrita entre 1838 y 1864, la obra expresa la ilusión de que el tren separe a Rusia de Europa y la suelde con Asia. Es una modernización pensada en el marco de las teorías nacionalistas de Herder y en el organicismo de Cuvier.[40] En la misma línea se ubica otro eslavófilo, Danilevsky.

---

[40]Banerjee, Anindita: *We, Modern People. Science Fiction and the Making of Modern Russia*, Wesleyian University Press, New York, 2012. En lo que sigue desarrollamos ideas de la misma autora, salvo que digamos lo contrario.

La ilusión ferrocarrilera, común a muchos intelectuales rusos (como Dostoievsky), se une a la construcción imaginaria de Siberia como la "frontera", tierra de promisión y oportunidades abiertas al futuro, como el oeste americano o Alaska. Siberia será la ubicación imaginaria de muchas utopías modernizantes. Indudablemente, los intelectuales se sentirán muy atraídos por esta fuerza utópica, tanto de Siberia como de la tecnología. La electricidad ejerció en el mismo sentido un tremendo impacto, ya desde el siglo XVIII con Lomonosov, y en el XX con Bely y Briusov. Este último escribió *La rebelión de las máquinas*, Zinaida Hippius "Electricidad" y Platonov, involucrado luego en el GOELRO (el plan de electrificación), *La patria de la electricidad*.

De allí el rápido desarrollo de la ciencia ficción en Rusia, siempre ligada a este problema del atraso y vinculada a corrientes que, hacia comienzos del siglo XX se mezclan con la revolución y la transformación social. Es el caso del futurismo y del cosmismo. En efecto, dos representantes de ambas tendencias, Klebnikob, por un lado y Gastev, por otro, desarrollarán la ciencia ficción "poética" ("El árbol", del primero y "Express", del segundo, por ejemplo), vinculándose con la imaginería de la teoría de la relatividad, el aeroplano, la electricidad y el cine, de gran impacto en la época (Fedorov, por ejemplo). Según Banerjee, el tema de la aviación es recurrente en la ciencia ficción soviética, dando lugar a un género particular, el "drama aéreo", como *El vuelo*, de Andreiev. Incluso los simbolistas jugaron con esta idea (Blok y Briusov, entre otros). Para los futuristas, el aviador es el prototipo de la humanidad futura.[41]

---

[41] Esta idea, obviamente, ya está en Verne y Wells. Para Verne, la revolución de los transportes es un leiv motiv del futuro. Viajar más rápido, más lejos, por todos los medios posibles: *La vuelta al mundo en 80 días*; *De la tierra a la luna*; *Cinco semanas en globo*; *Veinte mil leguas de viaje submarino*; *Robur, el conquistador*; *El expreso del futuro*. También Wells desarrolla el tema en *Los primeros en la Luna*. Se podría hipotetizar que la ciencia ficción rusa

Recordemos que estamos en la era de la velocidad. Todo el mundo quiere "moverse" y hacerlo lo más rápido posible.[42]

En esta "manía" por la aeronavegación en Rusia, como señala Brandon Taylor, surge la preocupación por los viajes interplanetarios, en la realidad y en la ficción. Si Vasili Kamenski, piloto de acrobacias y compositor de poemas "ferro-concretos", como Gastev, el "bardo de la era de la máquina", caían rendidos a la tendencia, la misma oleada afectaba otras artes (Malevich, por ejemplo) e incluso estimulaba sueños más realistas. Por esta época es que empieza a diseñar el futuro plan espacial soviético Kostantin Tsiolskovsky, el padre de la astronáutica que llevará al primer ser humano al espacio.[43]

Banerjee traza la ruta de la ciencia ficción interplanetaria que desemboca en Bogdánov: en 1892, G. Liakide escribe la primera novela rusa de viajes espaciales, una especie de "odisea astronómica" titulada *En el océano de estrellas*, preocupado, al estilo Tarkovsky o Kubrick, por los cambios sicológicos en las tripulaciones sometidas a largos períodos de viaje. Otra novela importante es *Sobre las ondas de éter*, de A. Krasnagorsky, de 1913. El mismo Tsiolkovsky escribe ficciones cortas ("En la luna", de 1893, "Sueños de la tierra y el cielo" y "Fuera de la Tierra", de 1916) y proyecta mundos artificiales para vivir en el espacio.[44] También se pueden sumar *Marte y*

---

es Verne (la técnica contra el atraso) más Wells (el análisis social contra la realidad política).

[42]Harte, Tim: *Fast Forward. The Aestetic of Speed in Russian Avand-Garde Culture, 1910-1930*, University of Wisconsin Press, Madison, 2009.

[43]Taylor, Brandon: *Art and Literature under Bolsheviks*, Pluto Press, London, 1991. Sobre Tsiolkovsky, véase Edwards, James: *Red Cosmos. K. E. Tsiolkovsky, Grandfather of the Soviet Rocketry*, Texas and Austin University Press, 2009. También, Siddiqi, Asif: "Imagining the Cosmos: Utopians, Mystics, and the Popular Culture of Space Flight in Revolutionary Russia", en *Alexander Bogdanov Library*, site de Historical Materialism.

[44]Banerjee, op. cit.

sus habitantes, de Uminsky (1896), una crítica ecológica contra las máquinas, y los cuentos de Sluchevsky.

Si bien es cierto, entonces, que Bogdánov escribe sus obras en un contexto muy productivo en la temática y en una trayectoria cultural rusa previa, también es cierto que la ciencia del momento actúa como acicate. Son dos los eventos centrales: el primero, la nueva física, en particular, la relatividad; el segundo, la astronomía y la observación de Marte. Sobre la relatividad y la nueva física diremos simplemente que el asunto fue muy debatido entre los marxistas rusos y que tuvo una influencia notable en la plástica y la poesía simbolista.[45] Sobre Marte, podremos extendernos un poco más.

En efecto, en la época Marte era objeto de una observación detallada, producto de los "descubrimientos" de Schiaparelli y Lovell. Este Marte era un planeta vivo, en el que se imaginaban canales, grandes obras de infraestructura y una civilización avanzada, ilusión que se desmoronará violentamente entre 1964 y 1971, es decir el período que va desde la Mariner hasta la Viking. Se descubrirá allí un mundo muerto, estéril y casi sin interés alguno. Habrá que esperar hasta los '90 y el renacimiento de la esperanza en un Marte al menos "microbiano", con los distintos "rovers" que examinan de nuevo el terreno marciano y los satélites que cartografían con detalle la superficie, estableciendo las bases para un mejor conocimiento de la historia del planeta. De la esterilidad, a la presencia de agua y la constatación de un pasado lejano no demasiado distinto de la Tierra. Obviamente, la ciencia ficción marciana pasa por un período de estancamiento durante el período "esteril", para relanzarse ahora no con la reflexión sobre extrañas y avanzadas culturas,

---

[45]Véase Joravsky, David: *Soviet Marxism and Natural Science, 1917-1932*, Routledge, London, 2009.

sino más bien con proyectos para acondicionar Marte para la vida humana, para "terraformarlo".[46]

En la época de Bogdánov, como dijimos, Marte estaba más que vivo. Buena parte de esta "vida" era una proyección indebida del trabajo de Giovanni Schiaparelli. Astrónomo, con importantes aportes a su disciplina, historiador de la ciencia, un científico en toda la regla, Schiaparelli se hizo famoso por sus observaciones del planeta rojo en 1877, donde entendió haber descubierto "canali" que podrían ser el vehículo de circulación de agua y, por lo tanto, de la posibilidad de vida orgánica. La traducción al inglés de "canali" como "canals" y no "chanels" enfatizó la creencia en la existencia de una sociedad avanzada (la primera expresión alude a una construcción artificial) y lanzó el mito, a pesar de que varios astrónomos reconocidos demostraron que se trataba de ilusiones ópticas. De todos modos, el mito de los "marcianos" avanzados no tuvo la dimensión que adquirió luego, una verdadera "manía", con la intervención de Percival Lowell.

Lowell, millonario y astrónomo aficionado, declaró que los canales de Marte eran prueba de que los marcianos existían y de que se estaban muriendo. Para evitarlo, traían agua desde los polos a través de los canales. Fue rápidamente desacreditado por los científicos, lo que no impidió que se impusiera a todos en la consideración popular. Es cierto que la serie de especulaciones sobre vida en el planeta rojo se remonta al siglo XVIII, con los descubrimientos de Herschel sobre las similitudes entre la Tierra y Marte. Herschel, una de las glorias de la historia de la astronomía, ya había hablado de los "habitantes" de Marte que, en su opinión, no eran muy diferentes de nosotros.[47] La aparición de Lowell en escena, fue más

---

[46]Véase Hendrix, Howard, George Slusser y Eric Rabkin: *Visions of Mars*, McFarlane & Company, Jefferson, 2011. Piénsese también en la trilogía marciana ya mencionada de Kim Stanley Robinson.

[47]En este apartado nos basamos en Crossley, Robert: *Imagining Mars*, Wesleyan University Press, Middletown, 2011.

impactante, no solo por los eventos científicos mencionados en torno a Marte, sino por un terreno ya abonado por la ciencia ficción. Lowell, por lo tanto, no era el único responsable de esa imaginación disparada. Es, en todo caso, el mayor exponente de la línea formada por Herbert George Wells y Camille Flammarion. Flammarion, astrónomo y espiritista, hizo mucho por divulgar la idea de la existencia de una civilización avanzada en Marte y de hecho fue la inspiración principal de las ideas de Lowell. Publicó, en 1892, con ocasión de una nueva oposición planetaria, *El planeta Marte*, libro de una influencia enorme, no solo en Lowell, que abandonó una carrera como crítico de arte oriental para dedicarse de lleno, gracias a su enorme fortuna, a darle continuidad a los descubrimientos de Schiaparelli. Poco después de la obra de Flammarion aparecería la primera novela utópica americana ambientada en el planeta rojo, *Unveiling a Parallel*, de Alice Jones y Elle Merchants. Este libro inaugura la tradición de usar Marte como experimento utópico. En la misma línea, en Alemania, se publica *Dos planetas*, de Kurd Lasswitz. *Estrella Roja*, en 1908, aparece, entonces, en el cenit de esta "manía marciana", precedida no solo por la reflexión científica sobre las posibilidades de tales eventos, sino sobre todo, de la tradición utópica ya iniciada.

7. ¿Steampunk marxista, utopía bolchevique o vía "empiriomonista" al socialismo?

Teniendo ya Bogdánov mucho que ofrecer para cualquiera que quiera ocuparse de su vida y su obra, no se puede negar que *Estrella roja* viene a agregarle a esa oferta un plus difícil de rechazar. No solo porque ya es extraño que un gran dirigente y teórico revolucionario escriba literatura (ni Marx ni Engels, más allá de un poema juvenil y algo por allí, ni Lenin ni Trotsky, ni Gramsci ni Rosa Luxemburgo, etc., etc.), sino por el género elegido, la ciencia ficción. Solo con ello fácilmente se puede especular con libertad

48

sobre un "caso" tan "exótico". De allí que las interpretaciones de la novela no sean siempre ajustadas a su realidad histórica, es decir, a qué quiso decir Bogdánov con su historia.

En efecto, tal vez la interpretación más libre en este sentido es la que ofrecen los traductores de Nevsky Prospects, que la definen como un "steampunk bolchevique", aludiendo a su género.[48] "Steampunk" es una variante de la ciencia ficción cuya base tecnológica sigue siendo la energía del vapor, con una estética que remite a la Inglaterra victoriana.[49] Dado que *Estrella roja* fue escrito a fines de esa época, no podría ser "steampunk", en tanto la clave de este movimiento es su carácter "retro", es decir, la ambientación en épocas pasadas, mientras que la novela de Bogdánov es contemporánea a ese ambiente. Aun así, claramente, *Estrella roja* no es el caso. Si hay algo que caracteriza a la tecnología que se expone en ella es más bien su carácter futurista incluso para el día de hoy. Baste señalar que la clave de los viajes espaciales (y de buena parte de la energía utilizada en Marte) es la misteriosa "materia negativa", que anula la gravedad y que se parece tanto a lo que hoy llamamos "energía oscura" que está aumentando la velocidad de expansión de universo, un acertijo difícil incluso para los científicos más avanzados del siglo XXI.

Para otros autores, *Estrella roja* es una "utopía bolchevique",[50] cuestión que depende mucho de cómo consideremos a Bogdánov y al bolchevismo en términos políticos. Si nos atenemos a la creencia bogdanoviana en que la tectología era la teoría que le faltaba a la práctica bolchevique, puede ser. Sin embargo, el bogdanovismo es muy fácil de distinguir del leninismo, en términos filosóficos y

---

[48]Véase Womack, op. cit.

[49]Tómese como ejemplo de esta estética *Wild Wild West, Van Helsing, cazador de vampiros, La Liga extraordinaria* o *Hellboy*.

[50]Así opinan los editores de Estrella roja en inglés, Loren Graham y Richard Stites. Véase Bogdanov, Alexander: *Red Star. The First Bolshevik Utopia*, Indiana University Press, Indiana, 1984.

políticos. Por otra parte, es cierto que esas diferencias no siempre se deben a causas profundas sino a contradicciones y diferencias propias de la lucha. Como sea, tampoco tenemos un equivalente leninista como para comparar ambas posiciones, salvo que acudamos a *El Estado y la revolución*. Si hemos de creer a Évald Iliénkov, *Estrella roja* es, más bien, una utopía "machista", lo contrario del leninismo, desde su punto de vista.[51]

Es mejor apelar a la novela misma y ver qué nos dice. De su autor, de la época, del tema que discute. Empecemos por esto último: ¿cuál es el tema de *Estrella roja*? Evidentemente, un tema importante es la descripción de las características de la sociedad futura. Otro, el de la técnica. Uno, más esquemáticamente esbozado, el de las condiciones ecológicas de la existencia humana. No obstante, el gran tema que recorre toda la novela y vertebra la acción, es el de las perspectivas y problemas de la revolución en Rusia. Iremos sacando capa a capa hasta llegar al corazón de la cuestión.

La sociedad futura, la técnica y la naturaleza

Evidentemente, la sociedad socialista está esbozada a grandes rasgos, sin mucho detalle. Ello tiene que ver con la poca extensión de la novela, pero también con el hecho de que no es el punto central de la trama. Es sí expresión de uno de los grandes temas bogdanovianos: la necesidad de ofrecer una imagen del futuro como combustible "moral" de la lucha. No se puede desear aquello que no se conoce y, por lo tanto, encuentra allí su lugar la utopía. Es un asunto poco registrado por el marxismo y más bien genera cierto rechazo, por la asimilación con el socialismo utópico que Marx combatió frontalmente y no sin razón. De todos modos, el rechazo del utopismo, la tendencia a construir idealmente sociedades

---

[51]Iliénkov, Évald: *The Metaphisics of Positivism*, cap. II, "The Positive Programm of Positivism", en Marxist.org

imaginarias en lugar de comprender las condiciones materiales concretas que hacen posible la lucha por un mundo distinto, conlleva el peligro de olvidar el objetivo de la lucha. *Estrella roja* intenta dar una respuesta a ello.

Entre las características de esa sociedad futura se encuentran el feminismo, lo colectivo, la libertad individual y la abundancia. En el socialismo marciano Bogdánov imagina una completa igualdad de géneros pero no por la vía de la instalación de derechos particulares, sino por la desaparición progresiva de la diferencia no solo social y cultural, sino incluso física, entre géneros, producto de la eliminación del patriarcado. La estructura familiar, base del patriarcado, es eliminada mediante la socialización de la reproducción humana: muy tempranamente los niños se socializan en casas-escuela, donde se mezclan con otros de diversas edades y son atendidos por personal que ha elegido voluntariamente esa tarea. Los padres pueden visitarlos cuando quieran e incluso trasladarse a vivir con ellos o elegir ser educadores. Ello no elimina el amor entre padres e hijos (aunque en la novela aparecen madres pero no padres), pero genera un espacio de socialización muy amplio que garantiza la seguridad y la libertad de los niños. Sin estructura familiar, garantizada socialmente la existencia de todos los individuos, es decir, habiendo asumido la reproducción social de la vida, los marcianos pueden tener un régimen de relaciones amorosas abiertas y simultáneas, pero ello no implica la ausencia de sentimientos. En *Estrella roja* hay amor pero no sexo, al menos no explícitamente. No porque se rechace la sexualidad, sino porque lo que se pone en primer plano es el sentimiento antes que el deseo. Mejor dicho: el sentimiento amoroso es objeto de investigación y análisis y la sexualidad se da por hecho.

Una sexualidad liberada se encuentra implícita en el socialismo marciano, como consecuencia de la inexistencia de celos y de la posibilidad de mantener relaciones simultáneas. Ello se vincula a la eliminación de la propiedad privada. Eso no significa que los individuos no se vean obligados a elegir entre posibles relaciones, ni que existan dramas amorosos resultantes de proyectos personales divergentes. Por ejemplo, el pasaje en el que la sexualidad y la familia son contrapuestas a la actividad intelectual pura, situación que afecta nada más ni nada menos que al Ingeniero Menni, un personaje clave.

No queda del todo claro el lugar de la homosexualidad en la economía amorosa marciana. En la medida en que la diferencia física entre géneros se borra (el protagonista no puede distinguir con claridad a marcianos de marcianas), ello pareciera estar habilitado. Al menos eso podría deducirse tal vez forzando la lectura de algunos pasajes, idea estimulada por las características del "feminismo" bogdanoviano, que apunta a la androginia. Esta perspectiva se sostiene en la convicción, no explicitada pero latente, de que las mujeres podrían realizar cualquier tarea, no habiendo una división sexual del trabajo (aunque en la novela los personajes con más poder son varones y se habla explícitamente de "madres" y de "instinto maternal" pero no de "padres").

La primacía de la colectividad es el rasgo dominante de las relaciones humanas en el socialismo marciano. En Marte no hay "genios", el trabajo común es el único héroe. El fin de la propiedad privada genera un tipo de conciencia difícilmente comprensible por quienes han sido educados en sociedades de clase. La ausencia de rasgos de egoísmo, de mezquindad, se deriva de la primacía de las relaciones comunitarias. No queda claro cuál es la forma de gobierno de una sociedad de tres mil millones de habitantes, de modo que un cierto automatismo social podría deducirse, aunque la novela es extremadamente parca en este punto.

Esta presencia dominante de lo colectivo, no solo no borra la voluntad, el deseo o la elección personal sino, por el contrario, los hacen posible. Los individuos no se encuentran coaccionados para el trabajo, lo eligen voluntariamente, pueden cambiar cuando lo deseen y trabajar la cantidad de horas que deseen. La jornada media se ha reducido a cuatro horas, pero hay quienes trabajan más e incluso aquellos que se obsesionan con el trabajo. Los desfasajes en el proceso productivo, la falta o el exceso de trabajo se cubren espontáneamente al solo aviso del sistema centralizado de producción. Esta cultura, donde el individualismo es disonante, es difícil de comprender para los intelectuales. De hecho, el protagonista sufre enormemente por ello y, sobre el final, llega a la convicción de que los obreros serían más capaces de asimilarla, no solo por su lugar en la vida productiva, marcada por el contacto cotidiano con otros seres humanos, sino por la carencia de prejuicios que es el resultado involuntario de la falta de educación (tienen menos que "desaprender"). Aparece aquí ya el gran tema bogdanoviano de la "cultura proletaria".

Toda esta construcción se basa en la abundancia. Marte es la sociedad de la abundancia. Cada uno toma lo que cree que necesita sin restricción alguna. No obstante, los marcianos tienen gustos sencillos y prácticos, al menos para el caso de la ropa, en la que se prefiere la comodidad y la simpleza a cualquier otra cosa. Por otra parte, la producción es rigurosamente controlada por un comando unificado del que no se dan demasiadas precisiones, cuyas características parecen ser rigurosamente técnicas antes que políticas, tal vez porque la política es un elemento ausente (no se puede saber si del análisis o de la realidad marciana).

Por supuesto, el soporte último de este experimento social es una tecnología avanzada. Donde ello más destaca es en el plano del transporte, pero luego accedemos a varios ejemplos en otro tipo de campos, en particular, en el de la energía. Esa tecnología es la única esperanza posible, fuera de la vía colonial, para superar los obstáculos de la contradicción entre la humanidad y la naturaleza, que en el poco dotado medio-ambiente marciano, amenaza con generar una catástrofe. Hay, en la construcción imaginaria bogdanoviana cierto grado de conciencia importante acerca de lo que hoy llamamos "ecología", aunque la fe en las posibilidades tecnológicas lo aleja de un "conservacionismo" favorable al "fin del progreso". Por el contrario, esta idea del progreso permanente de la humanidad es un presupuesto que se explicita en más de una ocasión.

Como se puede apreciar, *Estrella roja* está muy alejada de aquellas utopías donde lo que domina es la descripción de la sociedad ideal.[52] Se trata de pocos rasgos generales, no explorados con exhaustividad. Se entiende, porque *Estrella roja* no es una utopía, o por lo menos, ese no es su tema central.

La estrategia de la revolución en Rusia

Hay un contrapunto permanente entre las condiciones de la revolución en Marte y la Tierra. En Marte, el proceso fue facilitado por una tendencia a la centralización política como consecuencia de las limitaciones ecológicas, que debieron ser contrarrestadas por el sistema de canales que evitaran la desertificación definitiva del planeta. Algo así como la relación entre Egipto y el Nilo. Esta centralización elimina rápidamente particularismos y sus correspondientes "patriotismos", haciendo más fácil el entendimiento entre los seres humanos marcianos. Por otra parte, el capitalismo marciano se desarrolló fluidamente, terminando con todas las rémoras del pasado feudal, en especial, el campesinado. El desarrollo político marciano adquiere, entonces, un paso más suave y menos violento, hecho que no deja de tener consecuencias en la cultura y la conciencia de la sociedad. En la Tierra, por el contrario, todo tiene un tono elevado, tortuoso, plagado de masacres inútiles y avances penosos. El ser humano terrícola refleja en su sicología esa historia de violencia exacerbada. Su socialismo no podría escapar a esta marca profunda.

---

[52]Aunque Zenobia Sochor lo compara con Rudolph Bahro, comparación que podría extenderse a Ernest Mandel, la riqueza descriptiva de ambas obras, más programáticas que utópicas, está ausente en *Estrella Roja*. Véase Sochor, op. cit.; Bahro, Rudolph: *La alternativa*, Alianza, Madrid, 1980 y Mandel, Ernest: *El poder y el dinero*, Siglo XXI, México, 1992.

Esta contraposición Marte-Tierra, creemos, esconde en realidad otra: la que enfrenta, de un lado, a los países avanzados (Alemania, EE.UU., Gran Bretaña, Francia) y, del otro, a los atrasados (Rusia, sobre todo). No solo la revolución será más fácil en aquellos, sino requerirá menos violencia (el propio Marx, en más de una ocasión habló de un pasaje pacífico al socialismo, apoyado en la creencia en que una tasa muy elevada de proletarización aislaba a la burguesía). Su socialismo será más pleno. En estos, por el contrario, la revolución será más violenta y sus resultados más pobres: un socialismo "bárbaro" y autoritario. Ello está muy bien descripto por Sterni, el personaje que planea invadir la Tierra y eliminar a la humanidad porque, por sus características, no merece un planeta con tantos recursos, que despilfarra y malgasta. Su discurso en favor de esta perspectiva no podría resultar más profético acerca de los resultados de la Revolución rusa y del ascenso del stalinismo. Está aquí presente otro tema importante de la trayectoria intelectual de Bogdánov: las tendencias autoritarias y dictatoriales que surgen espontáneamente en una sociedad posrevolucionaria que carece de las condiciones adecuadas para desplegar sus virtudes y cae víctima de la necesidad.

Pareciera que el resultado final de ese viaje experimental es negativo. Sin embargo, se abre una esperanza corporizada en la relación entre el protagonista y su amor marciano: que Marte ayude a la Tierra con su cultura superior. La revolución en los países atrasados, entonces, depende crucialmente, para no degenerar, del triunfo previo del socialismo en los países centrales. Esto no solo entronca, hacia atrás, con la famosa carta de Marx a Vera Zasulich a propósito del porvenir de la comuna rural rusa, sino, hacia adelante, con la teoría del eslabón débil y los debates sobre el socialismo en un solo país.[53] Queda claro de qué lado se pone Bogdánov aquí. No es extraño, entonces, que apoye primero al gobierno provisional

---

[53]Véase Marx, Karl y Federico Engels: *Escritos sobre Rusia. II. El porvenir de la comuna rural rusa*, Pasado y Presente, México, 1980.

desde una perspectiva filo-menchevique, y que luego permanezca fiel al bolchevismo. Queda clara también la función del Proletkult en el proceso revolucionario.

En efecto: la revolución será internacional o no será; los países atrasados necesitan el auxilio de los más avanzados; la brecha entre una situación y otra debe cubrirse con un poderoso impulso destinado a la transformación de la conciencia y liberarla de las taras propias de la hegemonía cultural burguesa (y de la sociedad de clases en general). La cultura proletaria como instrumento de construcción del socialismo deviene una necesidad fundamental. El confinamiento de la revolución a los límites de un país atrasado, aislado del resto y que carga con el peso de la barbarie cultural, no pueden dar como resultado otra cosa que una nueva barbarie. No obstante, hay que intentarlo. Bogdánov está, entonces, en el centro del pensamiento revolucionario ruso sobre los problemas de la revolución. El problema de la cultura proletaria y del Proletkult debe ser pensado en este marco, como su aporte particular al proceso revolucionario de Octubre.

Conclusión

En general, la reivindicación de un personaje como este asume la forma de rescate de la voz que clamaba en el desierto y que nadie quiso escuchar: "Si se le hubiera hecho caso..." Sin embargo, los grandes procesos sociales movilizan fuerzas enormes que resultan difíciles de torcer por una voluntad individual o por una perspectiva particular. Esto es cierto. Tanto como lo difícil que es pensar en la viabilidad de alternativas a una situación histórica que, como tal, no puede repetirse en un laboratorio. Un ejercicio contra-fáctico es una audacia que no siempre se justifica por sus resultados. Y, hasta cierto punto, para un historiador es un ejercicio inútil. Más productivo es pensar qué, de todo aquello, puede tener un valor hoy.

Más allá de detalles anecdóticos, o de los referidos a la historia personal, hay por lo menos cuatro elementos que se vinculan con su vida y su obra que ameritan no un "rescate" sino una actualización. El primero, su pregunta por el marxismo. El segundo, la relectura de la Revolución Rusa. La cultura en/de/por la revolución es el tercero. El cuarto, el valor de la utopía.

Después de más de un siglo y medio de vida, el marxismo sigue vivo. Sin embargo, qué es el marxismo, si es que es "algo", es una pregunta que sigue pendiente. Bogdánov corporizó una apuesta que va más allá de las dos tradicionales a su recurrente "crisis": más que el empecinamiento en lo que está como solución suficiente o la mixtura impropia con cuerpos "extraños", la intención de superar el marxismo. Su apuesta a ir "más allá" debe ser sopesada adecuadamente, en particular por la peculiaridad que la anima, es decir, el partir de los descubrimientos más importantes de la ciencia. En algún sentido, el marxismo todavía tiene que asimilar la física cuántica. O lo que es lo mismo, superar su tendencia pronunciada a recaer en el economicismo, el sociologismo, la teleología y la metafísica abstracta inspirada en frases sueltas vaciadas de contenido ("las sociedades no se plantean problemas que no pueden resolver", "la vida determina la conciencia", etc.). Otra vez: no hay un lugar donde volver, una cornucopia de conocimientos pronta para verterse sobre nuestro presente si sabemos encontrarla, perdida en algún lugar mitológico (en Gramsci, en Luxemburgo, en Lenin, en Trotsky, en Marx, en el "joven" Marx, en los Grundrisse, o en algún manuscrito todavía inédito y supuestamente censurado por Engels o Kautsky). Superar el marxismo supone la libertad de abordar los problemas con la mente fresca y de cara a los problemas presentes. Lo haya resuelto bien o mal, sea o no el machismo una fuente válida para tal tarea, lo que cuenta es la *actitud* bogdanoviana ante la realidad.

La Revolución Rusa, en momentos de cumplirse sus primeros cien años, necesita ser revisitada. El militante revolucionario actual suele leer ese episodio crucial de la historia del siglo XX de dos maneras solo aparentemente distintas: según la leyenda "blanca", el momento definitivo de la experiencia humana, cuna de todos los logros, base del porvenir, fracasada solo en apariencia como producto de la fatalidad o una conjunción diversa de enemigos perversos; según su contraparte "negra", expresión de la malignidad de todo delirante que intenta cambiar un mundo que no puede ser mejor de lo que es. Ambas lecturas son, sin embargo, idénticas, narran la misma historia solo que la valoran de modo inverso, procediendo a silenciar episodios inversamente simétricos. Si los críticos conservadores y reaccionarios enfatizarán la represión, la muerte y la censura, el control totalitario y la omnipresencia de un Estado vigilante, silenciarán la lucha real, los enfrentamientos salvajes, el papel y la responsabilidad de las "democracias" en esos resultados, los logros históricos en la evolución material de las masas, la ciencia, la educación, etc. Los defensores, mientras tanto, pondrán de relieve las dificultades, los obstáculos, la opresión imperialista, la guerra civil, procediendo a colocar en sordina la actividad real de los revolucionarios, que no excluye nada de lo que los voceros reaccionarios señalan. Hay variantes en la "defensa": el estalinismo y el maoísmo, hasta cierto punto, el guevarismo, cierran los ojos y reafirman la fe sin mayores aditamentos ni salvaguardas. La revolución y su dirección, son buenos y sus críticos, malos. El trotskismo (no necesariamente Trotsky) reconoce parte de los "males", solo que pretende, mediante un ridículo "yo no fui", que no tuvo nada que ver con ello. Comete así dos atentados a la verdad histórica: fuerza los hechos, deforma la historia real para que su héroe no cargue con ninguna mácula, por un lado; imposibilita una mirada comprensiva de ese mismo héroe al que no se le hace ningún favor con esa maniobra. Los "leninistas" anti-estalinistas se encuentran en esta misma variante. Aceptar la revolución tal como es, con sus dos "lados" reales e inseparables, es la única forma de reconstruir la verdad histórica. Fuera de esa verdad, nada tiene valor. La figura y la trayectoria de Bogdánov obligan a una revisión crítica de esa historia.

Tan o más importante resulta recuperar el principal aporte de Bogdánov a la tradición revolucionaria: el lugar de la cultura en la lucha. Con su asimilacionismo absurdo, ni Lenin ni Trotsky tienen mucho para aportar aquí. Los trotskistas, en general, se limitan a repetir las palabras del maestro, igual que maoístas, guevaristas, estalinistas, leninistas y marxistas en general. En el mejor de los casos, se trata de rescatar al burgués "más avanzado" (Tolstoi en su momento, por ejemplo). Lo más sustancioso de la propuesta bogdanoviana es la idea de *construir* una cultura *proletaria*. No se trata de la reivindicación folklórica al estilo thompsoniano, ni de la exaltación acrítica del subalternismo, ni de la "revolución de la vida privada", contracultural, al modo hippie/autonomista. Se trata de una tarea activa, consciente, dirigida a crear los componentes de una conciencia de clase independiente de la burguesía más allá del plano inmediatamente intelectual, consciente, es decir, incluyendo el arte, la ciencia, las costumbres y, por supuesto y sobre todo, los sentimientos. La tarea del Proletkult está, entonces, todavía esperando, inconclusa.

La última cuestión, que tiene una vinculación directa con este libro, es la de la necesidad de contar, explicitar, exponer, hacia dónde queremos ir. Los revolucionarios, sobre todo los de tradición marxista, solemos explicar muy bien la realidad capitalista y los límites a la vida humana en su marco, pero carecemos de la misma capacidad para señalar lo que queremos. El rechazo de Marx al socialismo utópico ha desembocado en la sorprendente idea de que podremos construir un mundo nuevo sin saber de qué se trata. Y, por sobre todas las cosas, que podremos entusiasmar a las masas con un futuro que no somos capaces de describir siquiera someramente. Así, pareciera que aspiramos a triunfar con el único combustible procedente del rechazo al estado de cosas existente y nada más. El supuesto detrás de tan fantástica idea es que automáticamente, el proletariado liberado sabrá dónde dirigirse, sin entender que la liberación consiste, precisamente, no en el acto negativo de la toma del poder político (la destrucción del Estado burgués), sino en el positivo proceso de construcción de ese nuevo orden. Queremos construir la más lujosa y espaciosa de las mansiones sin un plano. Y queremos convencer a sus futuros dueños de que solo tienen que confiar en nosotros. La diferencia entre hacer la revolución y construir el socialismo, tan clara para Bogdánov, no tiene cabida en la izquierda revolucionaria, que a fuerza de realismo, se ha olvidado del socialismo. La reconstrucción de ese sueño es parte esencial de la tarea que nos espera. Una errante *Estrella roja* marca un camino posible.

Para seguir...

Quien quiera seguir los temas desarrollados en esta introducción, tiene muchísimo material, pero muy poco en castellano. Casi todo está en inglés o ruso, y algo en francés y alemán. Aquí tiene una selección de textos no citados en el cuerpo de la introducción.

Sobre el "machismo":

Cohen, Robert y Raymond Seeber (ed.): *Ernest Mach, Phycisist and Philosopher*, Springer, Dordrecht, 1970.

Blackmore, John (ed.): *Ernest Mach - A Deeper Look*, Springer, Dordrecht, 1992.

Sobre la nueva física y su impacto en la cultura de la época:

Faye, Jan and Henry Folse: *Niels Bohr and Contemporary Philosophy*, Springer, Dordrecht, 1994.

Pais, Abraham: *Niels Bohr's Times*, Clarendom Press, Oxford, 1991.

Mattick, Paul: "Marxism and the New Physics", asequible en *Marxist.org*.

Sobre cultura proletaria:

White, James: "Alexander Bogdanov's Conception of Proletarian Culture", in *Revolutionary Russia*, vol. 26, n° 1, 2013.

Sobre ciencia ficción:

Bould, Mark and China Mieville (ed.): *Marxism and Science Fiction*, Wesleyan University Press, Connecticut, 2009.

Slusser, George and Eric Rabkin: *Aliens. The Anthropology of Science Fiction*, Southern Illinois University Press, Illinois, 1997.

Jameson, Fredric: *Arqueologías del futuro. El deseo llamado utopía y otras aproximaciones de ciencia ficción*, Akal, Madrid, 2015.

Sobre la tectología:

Soboleva, Maja: "The Culture as System, the System of Culture", in *Alexander Bogdanov Library*, site of Historical Materialism.

Sobre los vuelos espaciales y la cultura:

Siddiqi, Asif: "Making Spaceflight Modern: A Cultural History of the World's First Space Advocacy Group", en *Alexander Bogdanov Library*, site de Historical Materialism.

Sobre la relación entre Bogdánov y otros líderes bolcheviques, además de lo citado en la introducción, puede repasarse nuestro prólogo ya citado a *Literatura y revolución*, y de paso, lo que dice el propio Trotsky sobre el asunto. Agregamos aquí el discurso de Bujarin en el entierro del autor de *Estrella roja*, que viene acompañado con una introducción de Eugeni Pavlov sobre las relaciones entre ambos:

Bukharin, Nikolai: "In Memory of A. A. Bogdanov", in Marxist.org.

Si quiere leer más, no desespere y aguarde a la edición de *Ingeniero Menni*, en cuya introducción le proporcionaremos más material. Mientras tanto, léase *Aelita*, de Alexis Tolstoi (o vea la versión cinematográfica de Protazánov) y *Una princesa de Marte*, de Edgar Rice Burroughs (o mírese las dos últimas versiones para la "pantalla grande").

Apéndice
Obras de Bogdánov en castellano, inglés y francés

La obra de Bogdánov es muy poco conocida en general. Para el estudioso que no domina el ruso, es muy difícil trabajar sobre un autor cuyas obras fundamentales permanecen en ese idioma. Esta es una reseña limitada de lo que puede encontrarse a mano, aunque no se crea que hay mucho más. En el mundo de habla castellana, muy poca cosa, que se reduce casi a la novela que el lector tiene entre manos. Existe una edición en español anterior a esta, cuya diferencia con la nuestra se explica en la nota introductoria del traductor. No obstante, el que quiera cotejar ambas versiones puede leer:

Bogdánov, Aleksandr: *Estrella roja*, Nevsky Prospects, Madrid, 2010, traducción de James y Mariam Womack, con prólogo de Edmund Griffiths y postfacio de Mariam Womack.

Si espera unos meses, podrá leer la secuela, *Ingeniero Menni*, publicada por nosotros en esta misma colección y con la traducción de Alejandro González. Fuera de esto, en castellano, queda el único texto de Bogdánov reivindicado por Lenin:

Curso popular de economía política, Editorial Marxista, Barcelona, 1937.

En inglés el panorama es un poco mejor. Obviamente, *Red Star* e *Engineer Menni* fueron traducidos y editados junto con el poema autobiográfico *A Martian Stranded in Earth*:

Bogdanov, Alexander: *Red Star. The First Bolshevik Utopia*, Indiana University Press, Indiana, 1984.

También se encontrarán textos sueltos en sitios como Marxist.org:

"Religion, Art and Marxism"
"Proletarian Poetry"
"The Worker's Artistic Inheritance"
"Socially Organised Society: Socialist Society"

En Monoskop.org se encontrará una entrada sobre Bogdánov que detalla buena parte de la producción existente en varios idiomas. Por ejemplo, la traducción al inglés de su Curso de economía:

A Short Course of Economic Science

Muy importante para los estudiosos de teoría de los sistemas es

Essays in Tektology, Intersystems Publications, California, 1980, traducido por George Gorelik

y

Tektology, Book 1, editado por Peter Dudley, Center for Sistems Study Press, London, 1995.

En Wikisource podrá acceder a

"Science and the Working Class"
"Immortality Day"

Este último, un relato fantástico de 1912. El intento más ambicioso de traducir y editar a Bogdánov en inglés (y en cualquier lengua no rusa) es la *Alexander Bogdánov Library*, para la serie de Historical Materialism en la editorial Brill. Se trata de diez volúmenes que abarcan la obra casi completa de nuestro autor, editados por los principales especialistas sobre Bogdánov de habla inglesa. Hasta ahora solo se encuentra disponible el volumen 8:

Philosophy of Living Experience

Traducido al francés, tiene el lector

La science, l'art et la classe ouvrière, Maspero, Paris.

Una bibliografía muy extensa y comentada de toda la obra de Bogdánov es la de

Yassour, Avrahams: "Bogdanov et son ouvre", en *Persee, Cahiers du monde russe et soviétique*, vol. 10, n°3-4, Julio-Diciembre 1969. pp. 546-584.

Otra:

Biggart, John, Georgii Glovelli, Avraham Yassour: *Bogdanov and His Work: A Guide to the Published and Unpublished Works of Alexander A. Bogdanov (Malinovsky) 1873-1928*, Aldershot, England and Brookfield, Vermont, 1998.

Se puede buscar mucho en el Instituto Internacional Aleksander Bogdánov, pero la mayoría en ruso.

Nota del traductor

Estrella roja se publicó por primera vez en 1908, en la editorial *Továrishestvo judózhestvennoi pechati* de la ciudad de San Petersburgo.

Fue reeditada en 1918, 1922, 1924, 1925 y 1929 como libro independiente. Entre 1929 y 1979 no se publicó, y desde 1979 apareció en numerosas antologías de ciencia ficción. En 2009 volvió a salir en forma individual.

Hasta la fecha, sin embargo, la edición más confiable sigue siendo la primera, lo que no diferencia a esta obra de tantísimas otras en Rusia y la Unión Soviética. Nos consta que en la edición de 1929 ya se introdujeron cortes, cortes que se mantuvieron y ampliaron a partir de 1979. Huelga decir que ni el autor ni la obra gozaban de la simpatía de las autoridades del Partido Comunista.

Nuestra traducción sigue la edición de 1908 e indica, en notas al pie, los pasajes que fueron censurados en las ediciones posteriores. Creemos que la restitución de dichos cortes sirve como documento y puede resultar de interés para el lector.

A mi colaborador...

Carta del doctor Werner al escritor Mirski

Querido camarada,

Le envío los apuntes de Leonid. Él deseaba publicarlos; usted sabrá encargarse de ello mejor que yo. Leonid ha desaparecido. Dejo el hospital para ir a buscarlo. Creo que lo encontraré en la región de Gorni, donde se están produciendo eventos críticos. Al parecer, ha huido con el objetivo indirecto de suicidarse. Ello es resultado de su enfermedad mental, a pesar de que estaba muy próximo a su pleno restablecimiento.
En cuanto sepa algo, le escribiré.
Un saludo caluroso.
Suyo,
K. Werner

24 de julio de 19… (ilegible)

Manuscrito de Leonid

Primera parte

La ruptura

Aquello sucedió cuando en nuestro país apenas comenzaba ese gran quiebre que continúa hasta nuestros días y que, estimo, se acerca ahora a su temible e inevitable final.

Aquellos primeros y sangrientos días causaron tan honda conmoción en la conciencia colectiva que todos aguardaban una resolución rápida y feliz del conflicto; parecía que lo peor ya había pasado, que nada peor podía acontecer. Nadie imaginaba hasta qué punto serían tenaces las descarnadas manos de los cadáveres, que oprimían y siguen oprimiendo a los vivos en sus espasmódicos abrazos.

La excitación del combate se extendía velozmente entre las masas. Las almas de las personas se abrían sin reservas hacia el futuro; el presente se esfumaba en una neblina rosada, el pasado se perdía en la lejanía, desaparecía de la vista. Todas las relaciones humanas se volvieron inconstantes y frágiles como nunca antes.

Fue en esos días que ocurrió aquello que dio un vuelco a mi vida y me sacó del torrente de la lucha popular.

A pesar de mis veintisiete años, yo era uno de los "viejos" miembros del partido. Contaba con seis años de militancia a mis espaldas, con una pausa de apenas un año en la cárcel. Había sentido antes que otros la inminencia de la tempestad y la enfrenté con más calma que ellos. La labor partidaria era mucho más exigente que antes, pero no por ello abandoné mis actividades científicas (me interesaba en particular la cuestión de la estructura de la materia) ni literarias (escribía en revistas infantiles, lo que me proporcionaba medios para la existencia). Al mismo tiempo, estaba enamorado… o me parecía que lo estaba.

Su nombre en la organización era Anna Nikoláievna.

Pertenecía a una corriente más moderada de nuestro partido. Yo atribuía ello a la dulzura de su carácter y a la confusión general de las relaciones políticas en nuestro país; pese a que era mayor que yo, la consideraba una persona que aún no había alcanzado la plena madurez. En ese punto cometía un error.

Poco tiempo después de iniciar nuestra relación, las diferencias entre nuestras personalidades comenzaron a hacerse más evidentes y dolorosas para ambos. Paulatinamente, fueron adquiriendo la forma de un profundo desacuerdo ideológico en el modo de comprender nuestra actitud hacia la tarea revolucionaria y el sentido de nuestro propio vínculo. Ella marchaba a la revolución bajo el estandarte del deber y el sacrificio; yo bajo el estandarte de mi libre deseo. Ella se sumó al gran movimiento del proletariado como una moralista que hallaba satisfacción en su moral superior; yo como un amoral que simplemente ama la vida, quiere que esta florezca y por eso ingresa en la corriente que encarna el principal camino histórico hacia ese florecimiento. Para Anna Nikoláievna, la ética proletaria era sagrada en sí misma; yo consideraba que era un accesorio útil y necesario a la clase obrera en su lucha, pero transitorio, tanto como la misma lucha y el régimen social que la había producido. En opinión de Anna Nikoláievna, en la sociedad socialista podía preverse la transformación de la moral de clase del proletariado en una moral universal; yo pensaba que el proletariado ya seguía el camino de la destrucción de toda moral y que el sentimiento social, que une a las personas en el trabajo, las alegrías y los sufrimientos, se desarrollaría con total libertad solo cuando se desprendiera de la envoltura fetichista de la moralidad. Esas divergencias engendraban a menudo contradicciones en la valoración de los hechos políticos y sociales, contradicciones que, evidentemente, era imposible conciliar.

Las diferencias eran aún más acusadas en la comprensión de nuestras propias relaciones. Ella consideraba que el amor implica ciertas obligaciones: concesiones, sacrificios y, lo principal, fidelidad mientras dura la unión. Yo, en realidad, no me disponía a entablar nuevos vínculos amorosos, pero me negaba a admitir la obligación de la fidelidad, precisamente en tanto obligación. Incluso suponía que la poligamia es por principio superior a la monogamia, ya que es capaz de brindar a las personas una vida personal más rica y una mayor variedad de combinaciones genéticas. En mi opinión, solo las contradicciones del régimen burgués hacían que, en nuestro tiempo, la poligamia fuera en parte irrealizable y en parte un privilegio de los explotadores y parásitos, que mancillaban todo con su psicología corrompida; el futuro debía traer cambios profundos también en esta esfera. Estas consideraciones sacaban de quicio a Anna Nikoláievna, que veía en ellas un intento de revestir de ideología una actitud brutalmente sensual hacia la vida[1] .

A pesar de ello, no preveía ni suponía la necesidad de una ruptura; fue entonces cuando en nuestra vida irrumpió una influencia exterior que aceleró el desenlace.

Por ese tiempo, a la capital llegó un joven con un nombre clandestino muy singular, Menni. Traía del sur ciertos mensajes y encargos que permitían adivinar que gozaba de la plena confianza de sus camaradas. Cumplida su misión, decidió quedarse un tiempo

---

[1] Desde "Poco tiempo después de iniciar..." hasta "... sensual hacia la vida": pasaje omitido en las ediciones posteriores a 1929. [N. del T.]

en la capital y empezó a visitarnos con frecuencia, mostrando una evidente disposición a trabar amistad conmigo.

Era un hombre particular en muchos aspectos, empezando por la apariencia. Sus ojos estaban tan ocultos tras unos anteojos negros que ni siquiera podía entrever su color; su cabeza era un tanto grande y desproporcionada; sus facciones, bellas pero asombrosamente rígidas e inexpresivas, no armonizaban en absoluto con su voz suave y elocuente, como tampoco con su figura esbelta, flexible y juvenil. Hablaba con libertad y fluidez, y siempre con sustento. Su formación académica era muy específica: al parecer, era ingeniero.

Cuando conversaba, Menni solía relacionar constantemente las cuestiones personales y prácticas con los fundamentos ideológicos generales. Cuando venía a casa, siempre resultaba de algún modo que las contradicciones en los caracteres y en las opiniones entre mi mujer y yo no tardaban en pasar a primer plano, con tanto relieve y agudeza que comenzábamos a sentir, atormentados, que eran insalvables. La visión del mundo de Menni era, por lo visto, similar a la mía; se expresaba siempre con mucha suavidad y circunspección en cuanto a la forma, pero con idéntica aspereza y hondura en cuanto al contenido. Sabía vincular con tanta maestría los desacuerdos políticos que existían entre mi mujer y nosotros con la diferencia fundamental en nuestras visiones del mundo, que tales desacuerdos emergían como psicológicamente inevitables, casi como derivaciones lógicas de aquellas, con lo que se extinguía toda esperanza de que uno influyera sobre el otro, de allanar las contradicciones y alcanzar algún acuerdo. Anna Nikoláievna abrigaba hacia Menni una suerte de odio unido a una viva curiosidad. El joven suscitaba en mí un gran respeto y una vaga desconfianza: yo sentía que él perseguía un objetivo, pero no atinaba a comprender cuál.

Un día de enero —ya a finales de mes- los dirigentes de ambas corrientes del partido debían discutir el proyecto de una manifestación masiva que probablemente acabaría en un enfrentamiento armado. La noche anterior, Menni vino a vernos y planteó la pregunta de si los dirigentes del partido participarían en la manifestación en caso de que esta fuera aprobada. Se entabló una disputa que pronto adquirió un carácter feroz.

Anna Nikoláievna declaró que todo aquel que votara a favor de la manifestación estaba moralmente obligado a marchar en las primeras filas. Yo expresé la idea de que ello no era en absoluto obligatorio, y que marchar deberían quienes hicieran falta o quienes pudieran ser de verdadera utilidad, refiriéndome precisamente a mí como a alguien con cierta experiencia en tales asuntos. Menni fue más allá y afirmó que, dado que el enfrentamiento con el ejército sería al parecer inevitable, en el campo de acción deberían hallarse agitadores callejeros y personas avezadas en la organización de combates, que aquel no era lugar para los dirigentes políticos y que las personas físicamente débiles y nerviosas podrían resultar incluso muy perjudiciales. Anna Nikoláievna se sintió sin más ofendida por tales consideraciones, que le parecían especialmente dirigidas contra ella. Cortó la conversación y se retiró a su cuarto. Pronto fue Menni quien se marchó.

Al otro día tuve que levantarme temprano por la mañana y salí sin despedirme de Anna Nikoláievna; regresé ya por la tarde. La manifestación había sido declinada tanto por nuestro comité como, según me enteré, por los dirigentes de la otra corriente. Aquello me agradó, porque sabía de la insuficiente preparación que teníamos para un enfrentamiento armado y consideraba esa marcha un gasto inútil de energías. Me parecía que esa decisión atenuaría un poco la acerba irritación de Anna Nikoláievna por nuestra conversación de la víspera. En mi escritorio encontré la siguiente nota:

"Me marcho. Cuanto más me comprendo a mí misma y a usted, más me doy cuenta de que avanzamos por caminos diferentes y de que ambos nos hemos equivocado. Será mejor no vernos más. Perdone".

Largo tiempo vagué por las calles, extenuado, con una sensación de vacío en la cabeza y de frío en el corazón. Cuando regresé a casa, encontré allí a un huésped inesperado: junto a mi escritorio se hallaba Menni escribiendo una nota.

La invitación

-Tengo que hablar con usted respecto a un asunto muy serio y algo extraño –dijo Menni.

A mí me daba todo lo mismo; me senté y me dispuse a escuchar.

-He leído su folleto sobre los electrones y la materia –comenzó-. Yo mismo he estudiado varios años esa cuestión y estimo que su folleto contiene muchas ideas acertadas.

Yo agradecí con un movimiento de cabeza. Él continuó:

-En ese trabajo suyo hay una observación de especial interés para mí. Usted formula la hipótesis de que la teoría eléctrica de la materia, que sin falta presenta la gravedad como una forma de atracción y repulsión derivada de las fuerzas eléctricas, debe llevar al descubrimiento de otra ley de la gravedad, es decir, a la postulación de un tipo de materia que no sea atraída por la Tierra, el Sol y los otros cuerpos celestes que conocemos, sino repelida por ellos; a modo de comparación, usted señala la repulsión diamagnética de los cuerpos y la repulsión de las corrientes paralelas de diferente sentido. Todo eso está dicho a la pasada, pero creo que usted mismo le da a ello más importancia de la que quiso expresar.

-Tiene razón –respondí yo-, creo que es precisamente por ese camino que la humanidad resolverá tanto el problema del libre desplazamiento por el aire como, más tarde, el de los viajes interplanetarios. Ahora bien, si esa idea es en sí misma certera o no, lo concreto es que será estéril hasta que no se formule una teoría exacta de la materia y la gravedad. Si existe otro tipo de materia, es evidente que no es posible dar con ella: la fuerza de repulsión hace tiempo ya que la ha barrido de todo el sistema solar, o, lo que es más exacto, ni siquiera ingresó en su composición cuando este comenzó a originarse en forma de nebulosa. Quiere decir que este tipo de materia deberá ser creado primero en teoría y luego reproducido en la práctica. Pero hoy no contamos con los suficientes datos para ello y, en rigor, todo lo que podemos es tan solo entrever el problema.

-Y sin embargo, ese problema ya ha sido resuelto –dijo Menni.

Lo miré con asombro. Su rostro seguía rígido como siempre, pero en su tono había algo que no permitía tomarlo por un charlatán.

"Puede que esté desquiciado", fue la idea que atravesó mi mente.

-No tengo necesidad alguna de engañarlo, y sé muy bien lo que digo –respondió a mi pensamiento-. Escúcheme con paciencia y luego, si es preciso, le ofreceré pruebas.

Y me contó lo siguiente:

-El gran descubrimiento del que estamos hablando excede la capacidad de individuos particulares. Pertenece a toda una sociedad científica que existe hace bastante tiempo y ha trabajado largos años en esa dirección. Esta sociedad ha sido secreta hasta hoy, y no estoy autorizado a darle mayor información sobre su origen e historia hasta que no logremos ponernos de acuerdo en lo principal. Nuestra sociedad ha ido muy por delante del mundo académico en muchas cuestiones de relevancia para la ciencia. Los elementos radiactivos y su distribución los conocíamos mucho antes que Curie y Ramsay, y nuestros camaradas fueron capaces de analizar con mayor detalle y profundidad la estructura de la materia. En el curso de estas investigaciones se previó la posibilidad de la existencia de elementos repelidos por los cuerpos terrestres, y luego se realizó la síntesis de esta "materia negativa", como la llamamos sucintamente. Después ya no fue difícil desarrollar y llevar a cabo aplicaciones técnicas de este descubrimiento: primero aparatos voladores para desplazarse en la atmósfera terrestre y luego para viajar a otros planetas.

A pesar del tono sereno y convincente de Menni, su relato me pareció demasiado extraño e inverosímil.

-¿Y se las han arreglado para hacer todo eso y mantenerlo en secreto? —observé yo, interrumpiéndolo.

-Sí, porque consideramos que eso era de suma importancia. Pensamos que sería muy peligroso publicar nuestros hallazgos científicos mientras en la mayoría de los países hubiera gobiernos reaccionarios. Y usted, un revolucionario ruso, es quien más debe estar de acuerdo con nosotros. Mire cómo su Estado asiático emplea métodos de comunicación y medios de destrucción europeos para reprimir y erradicar todo lo que en ustedes hay de vivo y progresista. ¿Es mucho mejor el gobierno de ese país semifeudal, semiconstitucional, cuyo trono es ocupado por un tonto belicoso y charlatán dirigido por ilustres estafadores? ¿Y qué valen incluso las dos repúblicas burguesas de Europa? Es evidente que si nuestras máquinas voladoras salieran a la luz, los gobiernos procurarían ante todo monopolizarlas y utilizarlas para aumentar el poder y la influencia de las clases altas. Eso es lo que menos deseamos y, por tal razón, nos arrogamos el monopolio a la espera de condiciones más propicias.

-¿Y en verdad ya han logrado viajar a otros planetas? –pregunté.

-Sí, a los dos más próximos, los rocosos Venus y Marte, sin contar, por supuesto, la desértica Luna. Ahora precisamente estamos realizando una investigación detallada de ambos. Contamos con todos los medios necesarios, pero nos hace falta gente fuerte y confiable. Con la autorización de mis camaradas, le propongo sumarse a nuestras filas; desde luego, con todos los derechos y obligaciones que ello conlleva.

Se detuvo y aguardó mi respuesta. Yo no sabía qué pensar.

-¡Pruebas! –dije al fin-. Usted ha prometido ofrecerme pruebas.

Menni sacó del bolsillo un frasco de vidrio con un líquido metálico que me pareció mercurio. Pero, extrañamente, ese líquido que llenaba no más de dos tercios del frasco no se hallaba en el fondo de él, sino en su parte superior, en el cuello, llegando hasta el mismo tapón. Menni dio vuelta el frasco y el líquido se desplazó al fondo, es decir, directamente hacia arriba. Menni soltó el frasco de las manos y este quedó suspendido en el aire. Aquello era increíble, pero evidente e indudable.

-Este frasco está hecho con vidrio común y corriente –explicó Menni-, pero contiene un líquido que los cuerpos del sistema solar repelen. La cantidad de líquido equivale al peso del frasco, por lo que juntos carecen de peso. Siguiendo este principio diseñamos todos los aparatos voladores; son hechos con materiales corrientes, pero poseen un reservorio que llenamos con la cantidad suficiente de "materia de tipo negativo". Lo único que queda por hacer es proporcionar a todo este sistema ingrávido la velocidad correspondiente de desplazamiento. Para las máquinas voladoras terrestres se emplean sencillos motores eléctricos a hélice; para los viajes interplanetarios, desde luego, esta técnica no sirve, y empleamos un método completamente distinto del que más tarde podré hablarle.

No había lugar a más dudas.

-¿Y cuáles son las restricciones que su sociedad impone a los que ingresan en ella, además de guardar el secreto, claro?

-Pues prácticamente ninguna. Ni la vida privada ni la actividad social de los camaradas se ve constreñida, siempre que no interfieran en la labor de la sociedad en su conjunto. Pero todos los que ingresan deben cumplir con alguna misión importante y delicada. Así, por un lado, se fortalece el vínculo del individuo con la sociedad, y, por el otro, se pueden ver en la práctica sus capacidades y energías.

-¿Quiere decir que enseguida me encomendarán una de esas misiones?

-Sí.

-¿Cuál exactamente?

-Debe participar en la expedición que parte mañana a bordo del gran eterónefo[2] con destino a Marte.

-¿Qué tan larga será la expedición?

-No se sabe. El solo viaje de ida y vuelta lleva no menos de cinco meses. Es posible que no regrese nunca.

-Eso lo entiendo; no es esa la cuestión. Lo que me pregunto es qué pasará con mi labor revolucionaria. Usted mismo, por lo visto, es socialdemócrata y comprenderá lo complejo de mi situación.

-Elija. Creemos que una pausa en la labor revolucionaria es indispensable para que complete su preparación. La misión no puede ser aplazada. Rechazarla equivale a rechazar todo.

Quedé pensativo. Con la aparición en escena de las grandes masas, el alejamiento de tal o cual trabajador individual era un hecho por completo irrelevante para la causa en su conjunto. Además, ese alejamiento era temporario, y, cuando regresara a mi labor, sería mucho más útil con mis nuevos conocimientos, recursos y contactos. Me decidí.

-¿Y cuándo debo partir?

-Ahora, conmigo.

-¿Me da dos horas para informar a mis camaradas? Es que mañana mismo deberán sustituirme en el barrio.

-Eso está casi arreglado. Hoy ha llegado Andréi, que ha huido desde el sur. Le he advertido que usted podía irse de viaje, y él está dispuesto a ocupar su lugar. Recién, mientras lo esperaba, le he escrito por si acaso una carta con instrucciones detalladas. Podemos dejársela de camino.

No había más nada que hablar. Destruí rápidamente los papeles innecesarios, escribí una nota a la dueña del departamento y comencé a vestirme. Menni ya estaba listo.

---

[2]Eterónefo, del latín aether –éter, aire- y navis –nave. Literalmente, nave para viajar por el éter. [N. del T.]

-Pues bien, vamos. Desde este momento soy su prisionero.

-Usted es mi camarada –respondió Menni.

La noche

El departamento de Menni ocupaba todo el quinto piso de un gran edificio que, retirado, se alzaba en medio de las pequeñas casitas de un suburbio de la capital. Nadie nos recibió. Las habitaciones por las que pasamos estaban vacías, y bajo la radiante luz de las lámparas eléctricas ese vacío parecía singularmente sombrío y antinatural. En la tercera habitación Menni se detuvo.

-Aquí mismo se encuentra la nave voladora en la que iremos al gran eterónefo –dijo señalando la puerta de la cuarta habitación-. Pero antes debo someterme a una ligera transformación. Con esta máscara me sería difícil conducir la góndola.

Se desabrochó el cuello y, junto con sus anteojos, se quitó esa máscara de asombrosa factura que yo, al igual que los demás, había tomado hasta ese momento por su cara. Lo que vi me dejo sorprendido. Sus ojos eran monstruosamente gigantescos, de ninguna manera humanos. Sus pupilas lucían dilatadas incluso en comparación con ese tamaño antinatural de los ojos, lo que les confería una expresión horrible. La parte superior del rostro y de la cabeza era todo lo ancha que debía ser para dar cabida a semejantes ojos; en cambio, la parte inferior del rostro, sin rastro alguno de barba o de bigotes, era relativamente pequeña. El conjunto se imponía por su extrema singularidad y, acaso, fealdad, pero en modo alguno semejaba una caricatura.

-Ya ve de qué aspecto me ha dotado la naturaleza –dijo Menni-. Comprenderá usted que debo ocultarlo, aunque más no sea para no asustar a la gente, por no mencionar ya las exigencias de la labor clandestina. Pero usted deberá acostumbrarse a mi deformidad, ya que habrá de pasar mucho tiempo conmigo.

Abrió la puerta de la habitación contigua y encendió la luz. Era una sala amplia. En medio de ella había una nave pequeña y bastante ancha, construida de metal y de vidrio. Sus partes delantera e inferior, así como las laterales, eran de vidrio, pero estaban revestidas en mallas de acero; esa pared transparente de dos centímetros de grosor era, por lo visto, muy resistente. Sobre la proa, dos láminas planas de cristal, que trazaban un ángulo agudo, debían cortar el aire y proteger a los pasajeros del viento cuando se alcanzaban altas velocidades. El motor ocupaba la parte central, y la popa estaba ocupada por una hélice de tres palas, cada una de las cuales tenía medio metro de ancho. La mitad delantera de la nave, al igual que el motor, estaba cubierta por una fina lona de plástico sujeta a la estructura metálica que rodeaba el vidrio y a unas ligeras columnas de acero. El conjunto lucía tan elegante como un juguete.

Menni me propuso sentarme en el banco lateral de la góndola, apagó la luz y abrió los enormes ventanales de la sala. Se sentó delante del motor y arrojó varios sacos de lastre que yacían en el fondo de la nave. Luego apoyó la mano en la palanca del motor. La nave osciló, se levantó despacio y, en silencio, se deslizó hacia la ventana abierta.

-Gracias a la materia negativa, nuestros aeroplanos no requieren frágiles y torpes alas —observó Menni.

Yo iba sentado y rígido, sin atreverme a mover un músculo. El ruido de la hélice era cada vez más fuerte; el frío aire invernal penetraba bajo la lona, acariciando con su frescura mi rostro encendido, pero no se filtraba bajo mi ropa. Sobre nuestras cabezas brillaban y vibraban miles de estrellas, y abajo… A través del fondo transparente de la góndola vi cómo se achicaban las manchas negras de las casas y se perdían en la lejanía los puntos luminosos de los faroles eléctricos de la capital, mientras las nevadas llanuras emergían a lo lejos envueltas en una luz opaca, blanca y azulada. El mareo, en un principio ligero y casi reconfortante, iba ganando intensidad y cerré los ojos para librarme de él.

El aire se volvía cada vez más cortante, el ruido de la hélice y el silbido del viento cada más fuertes; era evidente que cobrábamos velocidad. Pronto, en medio de todos esos sonidos, mi oído comenzó a distinguir un delicado zumbido plateado, incesante y muy parejo: era la pared de vidrio de la góndola que vibraba en su roce con el aire. Una música extraña colmaba la conciencia; los pensamientos se liaban y desvanecían; solo quedaba la sensación del movimiento espontáneo, ligero y libre, un movimiento que nos llevaba más y más hacia delante, hacia el espacio infinito.

-Cuatro kilómetros por minuto –dijo Menni, y abrí los ojos.

-¿Falta mucho aún? –pregunté.

-Más o menos una hora, hasta alcanzar el hielo de un lago.

Nos encontrábamos a una altura de varios centenares de metros, y la nave trazaba una línea horizontal, sin descender ni elevarse. Mis ojos se acostumbraron a la oscuridad y pude ver todo más claro. Habíamos ingresado en el país de lagos y rocas de granito. Esas rocas asomaban negras en algunos sitios, libres de nieve. Entre ellas, aquí y allí, se apiñaban diminutas aldeas.

A la izquierda, a nuestras espaldas, dejábamos a lo lejos el campo nevado de un golfo congelado; a la derecha, las blancas llanuras de un inmenso lago. En aquel desolado paisaje invernal habría de romper mis vínculos con esa tierra que abandonaba. Y de pronto sentí… no duda, no, sino la auténtica certeza de que aquella separación sería para siempre…

La góndola descendió lentamente entre las rocas, en la pequeña bahía que formaba un lago de montaña, delante de una oscura construcción que se erguía sobre la nieve. No se veían en ella ni puertas, ni ventanas. Una parte de la cubierta metálica de aquella construcción se deslizó despacio hacia un costado, dejando ver una abertura negra por la que entró nuestra nave. Tras ello, la abertura volvió a cerrarse y el espacio en el que nos hallábamos se iluminó con luz eléctrica. Era una habitación grande y alargada sin muebles; en el suelo había un montón de sacos de lastre.

Menni ató la góndola a una columna especialmente diseñada para eso y abrió una de las puertas laterales, que conducía a un pasillo largo y en penumbras. A ambos lados de él, por lo visto, había camarotes. Menni me llevó a uno de ellos y dijo:

-Este es su camarote. Acomódese usted mismo, yo iré al cuarto de máquinas. Nos vemos mañana por la mañana.

Estaba contento de quedarme solo. A través de toda la excitación suscitada por los eventos de aquella noche, la fatiga se abrió paso y ni siquiera toqué la cena que, sobre la mesa, estaba preparada para mí: solo atiné a apagar la lámpara y me acosté a dormir. Los pensamientos se confundían absurdamente en la cabeza, pasando de un objeto a otro del modo más inesperado. Me obligaba tenazmente a dormir, pero no logré hacerlo por largo tiempo. Por fin, la conciencia se embotó; imágenes vagas e inestables empezaron a agolparse ante mis ojos, todo lo que me rodeaba se perdió en la lejanía y pesadas visiones se apoderaron de mi mente.

La cadena de sueños acabó en una horrible pesadilla. Estaba al borde de un abismo negro y enorme, en cuyo fondo brillaban las estrellas, y Menni, con una fuerza invencible, me arrastraba hacia abajo, diciendo que no valía la pena temer a la gravedad y que dentro de algunos cientos de miles de años de caída alcanzaríamos la estrella más cercana. Comencé a gemir y batirme en una última y tortuosa batalla hasta que desperté.

Una luz suave y celeste colmaba mi habitación. Junto a mí, sentado sobre la cama e inclinándose hacia mi rostro estaba… ¿Menni? Sí, él, pero su figura era extraña, fantasmal, como si fuera otro; me parecía mucho más pequeño, sus ojos no sobresalían tanto en su cara; tenía una expresión dulce, bondadosa, y no esa fría e inflexible que acababa de tener al borde del abismo…

-¡Qué bueno es usted…! –dije, con vaga conciencia de aquel cambio.

Él se sonrió y me apoyó la mano en la frente. Era una mano pequeña y suave. Volví a cerrar los ojos y, con el absurdo pensamiento de que debía besar esa mano, caí en un sueño calmo y beatífico.

La explicación

Cuando desperté y encendí la lámpara, el reloj mostraba las diez. Me aseé, toqué el botón del timbre y, al minuto, en la habitación entró Menni.

-¿Partiremos pronto? –pregunté.

-En una hora –respondió Menni.

-¿Usted vino a verme en la noche o solo lo soñé?

-No, no fue un sueño, pero no fui yo quien vino a verlo, sino nuestro joven doctor, Netti. Dormía usted mal, alarmado, y él le hizo conciliar el sueño mediante la luz celeste y la sugestión.

-¿Es su hermano?

-No –dijo sonriendo Menni.

-Hasta ahora no me ha dicho cuál es su nacionalidad… ¿Sus camaradas se parecen a usted?

-Sí –respondió Menni.

-Quiere decir que me ha engañado –declaré abruptamente-. No se trata de una sociedad científica, sino de otra cosa, ¿verdad?

-Sí –dijo calmo Menni-. Todos nosotros somos habitantes de otro planeta, representantes de otra humanidad. Somos marcianos.

-¿Y por qué me ha engañado?

-¿Acaso me habría escuchado si le hubiera dicho toda la verdad de una sola vez? Disponía de muy poco tiempo para persuadirlo. Tuve que tergiversar la verdad para sonar verosímil. Sin ese paso intermedio su conciencia se habría visto sacudida en exceso. Pero en lo principal no falté a la verdad: me refiero al inminente viaje.

-¿Quiere decir que, pese a todo, soy su prisionero?

-No, todavía es libre. Aún tiene una hora de tiempo para resolver la cuestión. Si durante ese tiempo decide negarse, lo llevaremos de vuelta y aplazaremos el viaje, porque regresar solos no tiene sentido.

-Pero ¿para qué me necesitan?

-Para servir de vínculo vivo entre nuestra humanidad y la terrestre, para que conozca nuestro modo de vida, para que los marcianos conozcan de cerca a los terrícolas, para ser, mientras lo desee, un representante de su planeta en nuestro mundo.

-¿Es esa ya toda la verdad?

-Sí, toda la verdad, siempre que sea capaz de desempeñar ese papel.

-En ese caso habrá que probar. Me quedo con ustedes.

-¿Es su última palabra? –preguntó Menni.

-Sí, siempre y cuando su última explicación no sea otro… paso intermedio.

-Pues bien, entonces viajamos –dijo Menni, sin prestar atención a mi mordacidad-. Ahora iré a dar las últimas instrucciones al ingeniero, luego regresaré por usted e iremos juntos a observar la partida del eterónefo.

Menni salió y yo me entregué a la reflexión. Nuestra conversación, en realidad, no podía darse por terminada. Quedaba flotando una cuestión, y bastante seria, pero no me atreví a planteársela. ¿Había incidido a conciencia en mi ruptura con Anna Nikoláievna? Me parecía que sí. Es probable que viera en ella un obstáculo para alcanzar su objetivo. Quizás tuviera razón. En cualquier caso, todo lo que pudo hacer fue acelerar la ruptura, no provocarla. Desde luego, ello no dejaba de ser una insolente intromisión en mis asuntos personales. Como fuera, ahora me sentía ligado a Menni y debería reprimir todo sentimiento de enemistad hacia él. Es decir, no había razón para tocar el pasado; lo mejor sería no pensar siquiera en esa cuestión.

En general, el nuevo giro del asunto no me asombró demasiado; el sueño había apuntalado mis fuerzas y era bastante difícil que me sorprendiera luego de todo lo que había vivido la víspera. Solo debía trazar mi plan de acción.

La tarea, a todas luces, consistía en adaptarme lo más rápido y plenamente posible a mi nueva situación. Lo mejor sería comenzar por lo más inmediato y, poco a poco, ir pasando a lo más lejano. Y lo más inmediato era el eterónefo, su tripulación y el viaje que estaba a punto de iniciarse. Marte aún estaba lejos, por lo menos a dos meses de distancia, como podía deducirse de las palabras de Menni.

Había alcanzado a reparar en la forma exterior del eterónefo la noche anterior; era casi una esfera con un segmento aplanado en la parte inferior, como un huevo de Colón; su forma, desde luego, perseguía el fin de combinar el mayor volumen con la menor superficie, es decir, el menor gasto de material y la menor área de enfriamiento. Por lo que respecta al material, predominaban, al parecer, el aluminio y el vidrio. La estructura interna de la nave debía mostrármela y explicármela Menni, que también debía presentarme a todos los restantes "monstruos", como llamaba para mí a mis nuevos camaradas.

Menni regresó y me llevó a conocer a los otros marcianos. Todos se habían reunido en una sala lateral con una enorme ventana de cristal que ocupaba media pared. La luz solar resultaba muy agradable luego de la fantasmagórica luz de las lámparas eléctricas. Había unos veinte marcianos, y la sensación que tuve fue de que todos tenían el mismo rostro. La falta de barba y bigotes, así como de arrugas, casi borraba en ellos la diferencia de edad. Seguí involuntariamente a Menni con mi mirada para no perderlo en medio de ese grupo de desconocidos. Por lo demás, no tardé en distinguir entre ellos a mi visitante, Netti, que se destacaba por su juventud y vivacidad, y también a Sterni, un gigante de espaldas anchas que me sorprendió por la expresión singularmente fría, casi siniestra de su rostro. Solo Menni y Netti hablaban conmigo en ruso; Sterni y tres o cuatro más lo hacían en francés, y los demás en inglés y alemán; entre ellos hablaban en un idioma completamente nuevo para mí; era evidente que se trataba de su lengua materna. Era sonora y bella, y, como advertí con agrado, su pronunciación no parecía extremadamente difícil.

La partida

Por más interesantes que resultaran los "monstruos", toda mi atención se concentró sin querer en el solemne e inminente momento de "zarpar". Miraba fijo la superficie nevada que se abría ante nosotros y la pared de granito vertical que se erguía tras ella. Esperaba sentir un brusco empujón y todo aquello fulguraría y se alejaría a gran velocidad de nosotros. Pero no sucedió nada semejante.

Un movimiento silencioso, lento, apenas perceptible, empezó poco a poco a separarnos de la superficie nevada. Durante unos segundos el ascenso casi no se notó.

-Dos centímetros de aceleración –dijo Menni.

Comprendí qué significaba aquello. En el primer segundo debíamos recorrer un centímetro, en el segundo tres, en el tercero cinco, en el cuarto siete, y la velocidad debía cambiar de modo constante, aumentando sin cesar de acuerdo a la ley de progresión aritmética. Al minuto habríamos alcanzado la velocidad de un hombre caminando; a los quince la de un tren de correos, y así sucesivamente.

Avanzábamos según la ley de la caída de los cuerpos, pero caíamos hacia arriba y quinientas veces más despacio de lo que los cuerpos pesados rozan la superficie de la Tierra.

La lámina de vidrio se extendía desde el mismo suelo y formaba con este un ángulo obtuso, siguiendo la superficie esférica del eterónefo, de la que era parte. Gracias a ello podíamos ver, inclinándonos hacia delante, lo que teníamos directamente bajo los pies.

La tierra se alejaba cada vez más rápido de nosotros y el horizonte se ampliaba. Se achicaban las oscuras manchas de los peñascos y de las diminutas aldeas; los contornos de los lagos se dibujaban como sobre un plano. El cielo se volvía más y más oscuro, y cuando la franja azul del mar sin congelar comenzaba a dominar el lado occidental del horizonte, mis ojos ya podían distinguir las estrellas más brillantes bajo el sol del mediodía.

El lento movimiento giratorio del eterónefo sobre su eje vertical nos permitía contemplar todo el espacio que nos rodeaba.

Nos parecía que el horizonte se elevaba junto con nosotros, y que la superficie terrestre era un inmenso plato cóncavo con decoraciones en relieve. Sus contornos se volvían más y más pequeños, sus relieves más y más planos; todo el paisaje iba adquiriendo el aspecto de un mapa claramente delineado en su centro y difuso y vago en sus bordes, esfumados en una niebla azulada y translúcida. El cielo ya era negro, y las innumerables estrellas, hasta las más pequeñas, relucían con luz calma y pareja, sin temer al brillante Sol, cuyos rayos se tornaban punzantes.

-Dígame, Menni, esta aceleración de dos centímetros por segundo con que nos movemos ahora, ¿se mantendrá durante todo el viaje?

-Sí –respondió-, solo que, cuando estemos más o menos a mitad de camino, su dirección será invertida y la velocidad entonces no seguirá aumentando, sino disminuyendo en la misma magnitud. Así, aunque la velocidad máxima del eterónefo será de unos cincuenta kilómetros por segundo y la media de veinticinco, al momento del arribo será tan pequeña como cuando partimos, y descenderemos sobre la superficie de Marte sin sacudidas ni sobresaltos. Sin esos enormes cambios de velocidad no podríamos llegar a la Tierra o a Venus, porque incluso en su distancia más corta están a sesenta y cien millones de kilómetros, y digamos que, a la velocidad de sus trenes, tardaríamos siglos y no meses. En cuanto al método de "disparo de cañón", como he leído en sus novelas fantásticas, se trata, desde luego, de una simple broma, ya que según las leyes de la mecánica hallarse dentro del proyectil al momento del disparo es prácticamente lo mismo que recibir su impacto.

-¿Y cómo logran esa aceleración y desaceleración uniformes?

-La fuerza motriz del eterónefo proviene de una sustancia radiactiva que extraemos en gran cantidad. Hemos hallado el modo de acelerar la desintegración de sus elementos en cientos de miles de veces; eso se realiza en nuestros motores mediante técnicas electromecánicas bastante sencillas. Así, se libera una inmensa cantidad de energía. Las partículas de los átomos desintegrados se dispersan, como ya sabe, a una velocidad que supera decenas de miles de veces la velocidad de un proyectil de artillería. Cuando esas partículas solo pueden escapar del eterónefo en un sentido determinado, es decir, por un único canal cuyas paredes no pueden penetrar, el eterónefo se desplaza en sentido contrario, como ocurre cuando una pistola da un culatazo o un cañón recula. De acuerdo con la ley que ya conoce de las fuerzas vivas, no le será difícil imaginar que basta con expeler una milésima parte de un miligramo de dichas partículas por segundo para darle a nuestro eterónefo su aceleración regular.

Durante nuestra conversación todos los marcianos habían desaparecido de la sala. Menni me propuso ir a almorzar a su camarote. Lo acompañé. Su camarote lindaba con la pared del eterónefo, y había en él una gran ventana de cristal. Continuamos la charla. Yo sabía que me esperaban sensaciones nuevas, nunca antes experimentadas –por ejemplo, la pérdida de peso de mi cuerpo-, y le pregunté a Menni por ello.

-Sí –dijo él-, si bien el Sol continúa atrayéndonos, su acción aquí es casi nula. El efecto de la Tierra también será imperceptible mañana o pasado. Debido tan solo a la aceleración constante del eterónefo, conservaremos entre un 1/400 y un 1/500 de nuestro peso inicial. La primera vez no es fácil acostumbrarse a eso, por más que el cambio sea muy gradual. Al adquirir levedad, hará un sinfín de movimientos mal calculados y errará el blanco. El placer de volar le resultará muy dudoso. En cuanto a las inevitables palpitaciones, mareos e incluso náuseas, Netti lo ayudará a librarse de ellos. También tendrá problemas con el agua y otros líquidos, que a la menor sacudida escaparán de sus recipientes y de dispersarán por todas partes en forma de enormes gotas esféricas. Pero hemos acondicionado cuidadosamente todo para evitar tales complicaciones; los muebles y la vajilla están fijados a su sitio, los líquidos se guardan en recipientes con tapa, por doquier hemos dispuesto correas y cinturones en caso de vuelos involuntarios provocados por movimientos bruscos. Por supuesto que terminará acostumbrándose; tendrá tiempo suficiente para ello.

Habían pasado unas dos horas desde la partida y la reducción del peso era ya bastante sensible, pero aún muy agradable; el cuerpo se volvía ligero, los movimientos más libres, y eso era todo. Habíamos abandonado la atmósfera, pero eso no nos preocupaba, ya que nuestra nave herméticamente cerrada contaba con la reserva suficiente de oxígeno. Lo que podía verse de la superficie terrestre era ya del todo similar a un mapa, aunque, en verdad, con la escala invertida: lo más grande en el centro, lo más pequeño hacia el horizonte; por momentos quedaba cubierta bajo las blancas manchas de las nubes. En el Sur, más allá del Mar Mediterráneo, el norte de África y de la Península Arábiga asomaba con bastante claridad a través de la bruma azul; en el Norte, más allá de la Península Escandinava, la vista se perdía en un desierto nevado y helado; solo los peñascos de Svalbard se distinguían aún como una mancha oscura. En el Este, más allá de la franja entre verdosa y parda de los Urales, surcada en algunos sitios por manchas de nieve, comenzaba otra vez un reino infinito de color blanco que solo aquí y allí adquiría visos verdosos, débil recuerdo de los inmensos bosques de coníferas de Siberia. En el Oeste, tras los nítidos contornos de Europa Central, se perdían entre nubes las siluetas de las costas de Inglaterra y del norte de Francia. No pude contemplar largo tiempo aquel gigantesco mapa, dado que al pensar en la profundidad de aquel terrible abismo sobre el que nos hallábamos tuve una sensación cercana al desmayo. Reinicié la conversación con Menni.

-Usted es el capitán de la nave, ¿no es cierto?

Menni asintió con la cabeza y observó:

-Pero eso no significa que posea lo que ustedes llaman el poder del jefe. Solo tengo más experiencia en el manejo del eterónefo y mis instrucciones son aceptadas del mismo modo que yo acepto los cálculos astronómicos que realiza Sterni, o como todos aceptamos los consejos médicos de Netti para conservar la salud y la capacidad de trabajo.

-¿Y cuántos años tiene ese doctor Netti? Me parece muy joven aún.

-No recuerdo si dieciséis o diecisiete –respondió Menni sonriendo.

Era más o menos lo que me había parecido a mí también. Pero no pude evitar mi asombro ante un saber tan prematuro.

-¡Y a esa edad ya es médico! –se me escapó sin querer.

-Y agregue: un médico experimentado y con conocimientos –completó Menni.

En ese momento yo no consideré, y Menni lo calló a sabiendas, que los años de los marcianos duran casi el doble que los nuestros: la vuelta de Marte alrededor del Sol tarda 686 días de los nuestros, y los dieciséis años de Netti equivalían a treinta años terrestres.

El eterónefo

Después del desayuno, Menni me llevó a ver nuestra "nave". Primero nos dirigimos al cuarto de máquinas, que ocupaba el piso inferior del eterónefo y daba contra su aplastado fondo; estaba dividido por medio de tabiques en cinco habitaciones, una central y cuatro laterales. En el medio de la habitación central se encontraba el motor, rodeado de ventanas redondas en el suelo, una de cristal puro y las otras tres de vidrio de colores diversos; los vidrios tenían tres centímetros de espesor y eran asombrosamente transparentes. En ese momento podíamos ver a través de ellos solo una parte de la superficie terrestre.

La parte principal del motor era un cilindro metálico vertical de tres metros de altura y medio metro de diámetro, hecho, según me explicó Menni, de osmio, un metal muy noble y refractario de la familia del platino. En ese cilindro se producía la desintegración de la materia radiactiva; las paredes del cilindro, de veinte centímetros de espesor y calentadas al rojo vivo, dejaban ver a las claras la energía que se liberaba en ese proceso. Y, sin embargo, en la habitación no hacía demasiado calor; el cilindro entero estaba todo recubierto por una funda dos veces más ancha, hecha con una sustancia transparente que resguardaba a la perfección del calor; por arriba, esa funda estaba unida a unos tubos por los que el aire caliente era distribuido en todas direcciones, asegurando así una "calefacción" uniforme para el eterónefo.

Las otras partes del motor, conectadas de distintos modos al cilindro —bobinas eléctricas, baterías, indicadores con cuadrantes, etc.-, estaban dispuestas en torno a él en bello orden, y el ingeniero de turno, gracias a un sistema de espejos, las veía a todas a la vez sin moverse de su asiento.

De las habitaciones laterales, una era la "sala astronómica"; a izquierda y derecha de ella se encontraban la "sala del agua" y la "sala del oxígeno", y enfrente la "sala de cómputos". En la sala astronómica, el suelo y la pared exterior eran íntegramente de cristal, de un vidrio geométricamente pulido y de una pureza ideal. Su transparencia era tal que, cuando seguí a Menni por unos puentecitos colgantes, me atreví a mirar hacia abajo y no vi nada que me separara del abismo que se extendía bajo nuestros pies; tuve que cerrar los ojos para evitar un atroz mareo. Intenté mirar a los costados, hacia los instrumentos de navegación dispuestos en los intervalos de la red de puentecitos, sobre complejos soportes que descendían desde el techo y las paredes internas de la habitación. El telescopio principal medía unos dos metros de largo, pero tenía un objetivo desproporcionadamente grande y, por lo visto, poseía una potencia de aumento similar.

-Solo usamos oculares de diamante –dijo Menni-; ofrecen un mayor campo de visión.

-¿Cuál es el aumento regular de este telescopio? –pregunté.

-El aumento neto es de seiscientas veces –respondió Menni-, pero, cuando es insuficiente, fotografiamos el campo de visión y analizamos la fotografía bajo el microscopio. Con este procedimiento lo llevamos a sesenta mil aumentos o más, y tomar la fotografía lleva menos de un minuto.

Menni me propuso echar un vistazo a la Tierra por el telescopio. Él mismo apuntó el tubo.

-La distancia actual es de unos dos mil kilómetros –explicó-. ¿Reconoce lo que tiene delante?

Enseguida reconocí el puerto de la capital escandinava por el que había pasado más de una vez por asuntos del partido. Me dio curiosidad examinar los barcos en la rada. Menni dio apenas una vuelta a la manija lateral del telescopio, colocó una cámara fotográfica en el lugar del ocular y, a los pocos segundos, la retiró del telescopio y la depositó entera en un gran aparato que estaba a un costado, y que resultó ser el microscopio.

-Revelamos y fijamos la imagen aquí mismo, en el microscopio, sin tocar la placa con las manos –explicó. Hizo unas maniobras menores y, a los pocos segundos, me ofreció el ocular del microscopio. Pude ver con sorprendente claridad, como si se encontrara a unas decenas de pasos de mí, un barco de la Sociedad del Norte que me era conocido; la imagen, a contraluz, parecía hecha en relieve y tenía un color del todo natural. En el puente de mando se veía al capitán canoso con el que había conversado en reiteradas ocasiones durante mis viajes. Un marinero que bajaba a cubierta una caja grande quedó fijado en su pose, al igual que un pasajero que le señalaba algo con la mano. Y todo eso sucedía a dos mil kilómetros…

Un joven marciano, ayudante de Sterni, ingresó en la habitación. Debía medir con precisión la distancia que había atravesado el eterónefo. No queríamos interferir en su trabajo, así que seguimos adelante, hacia la "sala del agua". Había allí un enorme reservorio de agua y grandes aparatos para su depuración. Numerosas tuberías distribuían esa agua por todo el eterónefo.

Luego seguía la "sala de cómputos". Había allí unas máquinas incomprensibles para mí, con innumerables cuadrantes y agujas. Sterni estaba trabajando en la más grande de ellas, de la que salía una larga cinta que, por lo visto, contenía los resultados de los cómputos; los signos impresos en ella, al igual que en todos los cuadrantes, me eran desconocidos. No quería molestar a Sterni ni tampoco hablar con él. Seguimos nuestro camino hacia el compartimento lateral.

Era la "sala del oxígeno". En ella se almacenaban reservas de oxígeno en forma de veinticinco toneladas de clorato potásico, de la que podían obtenerse, en la medida de lo necesario, diez mil metros cúbicos de oxígeno; esa cantidad era suficiente para varios viajes como el que estábamos realizando. Había también allí aparatos para descomponer el clorato potásico. Además, en esa sala se almacenaban reservas de baritina y de potasa cáustica para absorber el ácido carbónico del aire, así como reservas de anhídrido sulfúrico para absorber la humedad excedente y de leucomanía volatilizada, un veneno fisiológico que se secreta al respirar y mucho más dañino que el ácido carbónico. Esa sala se hallaba bajo la dirección de Netti.

Después regresamos al compartimento central y de ahí, en un pequeño elevador, pasamos directamente al piso superior del eterónefo. Allí la habitación central la ocupaba un segundo observatorio en un todo similar al inferior, solo que con la cobertura de cristal por arriba, no por abajo, y con instrumentos de navegación de mayor tamaño. Desde este observatorio se veía la otra mitad de la esfera celeste, así como el "planeta de destino". Marte resplandecía con su luz rojiza a un costado del cénit. Menni apuntó hacia allí el telescopio y vi con nitidez los contornos de los continentes, de los mares y de la red de canales que me eran conocidos por los mapas de Schiaparelli. Menni fotografió el planeta y, bajo el microscopio, surgió un mapa detallado. Sin embargo, no habría entendido nada sin las explicaciones de Menni: manchas de ciudades, bosques y lagos se distinguían unas de otras en matices imperceptibles e incomprensibles para mí.

-¿A qué distancia estamos? –pregunté.

-Ahora estamos relativamente cerca, a unos cien millones de kilómetros.

-¿Y por qué Marte no se encuentra en el cénit de la cúpula? ¿Quiere decir que no volamos directamente hacia él, sino de forma oblicua?

-Sí, de otro modo es imposible. Al abandonar la Tierra, conservamos por inercia la velocidad de su desplazamiento alrededor del Sol, es decir, treinta kilómetros por segundo. Ahora bien, la velocidad de Marte es tan solo de veinticuatro kilómetros por segundo, y, si voláramos en forma perpendicular entre ambas órbitas, llegaríamos a la superficie de Marte con una velocidad lateral residual de seis kilómetros por segundo, lo que sería muy incómodo. Por eso debemos elegir una ruta curvilínea que absorba esa velocidad lateral.

-Pero ¿qué tan largo es nuestro camino?

-Unos ciento sesenta millones de kilómetros, lo que requiere no menos de dos meses y medio.

Si no fuera matemático, esa cifra no le habría dicho nada a mi corazón. Pero ahora me provocaron una sensación cercana al horror y me apuré a abandonar la sala astronómica.

Los seis compartimentos laterales de la sección superior, que rodeaban como un anillo el observatorio, carecían de ventanas, y su techo, que era parte de la superficie de la esfera, descendía en diagonal hasta el suelo. El techo alojaba grandes reservas de "materia negativa", cuya fuerza de repulsión debía anular el peso de todo el eterónefo.

Los pisos intermedios —el segundo y el tercero- los ocupaban salas de uso común, laboratorios para los diferentes miembros de la expedición, camarotes, baños, una biblioteca, una sala de gimnasia, etc.

El camarote de Netti era contiguo al mío.

La tripulación

La pérdida de peso se hacía sentir cada vez más. La creciente sensación de ligereza dejó de ser agradable. A ella se añadía un elemento de inseguridad y de una vaga inquietud. Me retiré a mi habitación y me acosté en la litera.

Dos horas de sosegado reposo y de intensa reflexión condujeron a que sucumbiera sin darme cuenta al sueño. Cuando desperté, en mi habitación, junto a la mesa, estaba Netti. Me incorporé con un movimiento brusco e involuntario, y, como si algo me hubiera empujado hacia arriba, golpeé mi cabeza contra el techo.

-Cuando uno pesa menos de cinco kilos debe ser más cuidadoso —observó Netti con tono bonachón y filosófico.

Había venido a verme con el propósito concreto de darme todas las instrucciones relativas al "mal de mar" que ya había comenzado a afectarme a causa de la pérdida de gravidez. El camarote poseía un timbre especial que sonaba en su habitación, y podía llamarlo en cualquier momento si requería su ayuda.

Aproveché la ocasión para conversar con el joven doctor. Por alguna razón, me sentía atraído hacia ese muchacho simpático, muy avezado y alegre. Le pregunté por qué a bordo del eterónefo solo él, además de Menni, dominaba mi lengua materna.

-Muy sencillo —explicó-. Cuando buscábamos al hombre, Menni se eligió a sí mismo y a mí para su país, y pasamos en él más de un año hasta que al fin logramos cerrar el asunto con usted.

-¿Quiere decir que otros "buscaron al hombre" en otros países?

-Por supuesto, en todos los grandes pueblos de la Tierra. Pero, tal como había previsto Menni, lo más probable era hallarlo en su país, donde la vida es más enérgica e intensa, donde la gente se ve obligada a mirar hacia el futuro. Cuando dimos con el hombre avisamos a los demás, y acudieron desde todos los países. Y aquí estamos.

-¿A qué se refiere usted en rigor cuando dice: "buscábamos al hombre", "hallamos al hombre"? Entiendo que se trataba de dar con un individuo apto para cierto papel; Menni me explicó cuál exactamente. Me es muy halagüeño que me hayan elegido a mí, pero quisiera saber a qué me compromete eso.

-A grandes rasgos, lo que puedo decirle es esto. Necesitábamos un hombre cuya naturaleza combinara la mayor salud y flexibilidad posibles, la mayor capacidad para el trabajo intelectual, las menores ataduras puramente personales a la Tierra, el menor individualismo posible. Nuestros fisiólogos y psicólogos suponían que el paso de las condiciones de vida de su sociedad, salvajemente fragmentada por una perpetua lucha intestina, a las condiciones de nuestra sociedad organizada de modo socialista, como usted lo llamaría, sería muy penoso y difícil para un hombre particular y requería un temple especialmente propicio. Menni estimó que usted convenía más que los otros.

-¿Y la opinión de Menni fue suficiente para todos?

-Sí, creemos cabalmente en sus apreciaciones. Es un hombre dotado de una eminente fortaleza y lucidez intelectual, y se equivoca muy rara vez. Tiene más experiencia en el trato con terrícolas que cualquiera de nosotros. Es él quien comenzó tales relaciones.

-¿Y quién fue el que descubrió la manera de viajar por los planetas?

-Eso es asunto de muchos, no de uno solo. La "materia negativa" fue obtenida muchas décadas atrás. Pero al principio solo podía obtenérsela en cantidades insignificantes, y se requirió del esfuerzo de muchos consejos fabriles para hallar y desarrollar su método de producción a gran escala. Luego fue preciso perfeccionar la técnica de obtención y desintegración de los materiales radiactivos para diseñar el motor que mejor se adecuara al eterónefo. Eso también requirió incontables esfuerzos. Posteriormente, surgieron muchas dificultades por las condiciones mismas del medio interplanetario, con su frío terrible y los abrasadores rayos del Sol, que no podía atenuar la membrana aérea. Calcular el viaje tampoco fue asunto sencillo, ya que estaba sujeto a errores que antes no se habían previsto. En una palabra, las expediciones a la Tierra previas acababan con la muerte de todos quienes las integraban, hasta que Menni logró organizar la primera expedición exitosa. Y ahora, valiéndonos de sus métodos, hemos llegado a Venus; no hace mucho de eso.

-¡Pero entonces Menni es un gran hombre! –exclamé yo.

-Sí, si le gusta llamar así a un hombre que en efecto ha trabajado mucho y bien.

-No quise decir eso. Trabajar mucho y bien está al alcance de cualquier persona común y corriente, de personas que ejecutan órdenes. En cambio, está visto que Menni es diferente: es un genio, un creador, alguien que ha inventado algo nuevo y hecho avanzar a la humanidad.

-Todo eso es confuso y, al parecer, falso. Creador es cada trabajador, pero en cada trabajador es la humanidad y la naturaleza quienes crean. ¿Acaso Menni no dispone de toda la experiencia de las generaciones pasadas y de los investigadores contemporáneos? ¿Acaso no ha basado en esa experiencia cada uno de los pasos de su trabajo? ¿Y acaso no es la naturaleza quien le ha dado todos los elementos y todos los gérmenes de sus combinaciones? ¿Y acaso no han surgido de la lucha de la humanidad con la naturaleza todos los estímulos apremiantes de esas combinaciones? El hombre es una persona, pero su obra es impersonal. Tarde o temprano él muere con sus alegrías y sufrimientos, pero su obra permanece en una vida que crece sin límites. En eso no hay diferencia entre los trabajadores; lo único que cambia es la magnitud de lo que han vivido y de lo que dejan en el mundo.

-Pero, por ejemplo, el nombre de un individuo como Menni no muere junto con él, sino que permanece en la memoria de la humanidad, mientras que los innumerables nombres de tantos otros desaparecen sin dejar rastro.

-El nombre de cada cual se conserva mientras siguen vivos quienes vivieron con él y lo conocieron. Pero la humanidad no necesita el símbolo inerte de una persona que ya no existe. Nuestra ciencia y nuestro arte conservan de modo impersonal los logros del trabajo colectivo. El lastre de los nombres del pasado no es de utilidad para la memoria humana.

-Puede que tenga razón, pero nuestro modo de sentir el mundo se rebela contra esa lógica. Para nosotros, los nombres de los referentes del pensar y del hacer son símbolos vivientes que no pueden ser ignorados ni por nuestra ciencia, ni por nuestro arte ni por toda nuestra vida social. A menudo, en la lucha de fuerzas y en la lucha de ideas un nombre en una bandera dice más que una abstracta consigna. Y los nombres de los genios no son un lastre para nuestra memoria.

-Eso es así porque la causa única de la humanidad no es aún para ustedes una causa única; se fragmenta en las ilusiones creadas por la lucha entre los hombres y parece causa de personas particulares, no de la humanidad. A mí me costó tanto entender su punto de vista como a usted el nuestro.

-De manera que, para mal o para bien, no hay inmortales en nuestro grupo. Pero seguramente los mortales son de lo más selecto, ¿verdad? Aquellos que "han trabajado mucho y bien", como usted dice.

-En general, sí. Menni ha escogido a sus camaradas de entre muchos miles que expresaron el deseo de viajar con él.

-¿Y el más importante después de él es Sterni, acaso?

-Sí, ya que se obstina en medir y comparar a las personas. Sterni es un destacado científico, pero de un tipo diferente al de Menni. Es un matemático como los hay pocos. Descubrió numerosos errores en los cálculos que se habían seguido en todas las expediciones a la Tierra anteriores, y demostró que algunos de ellos ya eran por sí mismos suficientes para el fracaso de la misión y la muerte de sus integrantes. Halló nuevos métodos para esos cálculos, y hasta ahora los resultados que obtuvo no contienen errores.

-Así fue como me lo imaginé a partir de las palabras de Menni y de las primeras impresiones. Sin embargo, no entiendo por qué su aspecto despierta en mí un sentimiento de inquietud, cierta alarma indefinida, como una antipatía inmotivada. ¿No tendrá alguna explicación para eso, doctor?

-Pues vea, Sterni posee una mente muy fuerte, pero fría y analítica. Lo descompone todo, inexorable y consecuentemente, y sus conclusiones suelen ser unilaterales, a veces demasiado severas, porque el análisis de las partes no da el todo, sino algo menos que el todo. Usted sabe que, allí donde hay vida, el todo suele ser mayor que la suma de sus partes, así como el cuerpo humano vivo es más que el cúmulo de sus miembros. A consecuencia de ello, Sterni es menos capaz que los otros para calar en los sentimientos y pensamientos de los demás. Siempre lo ayudará gustoso en cualquier consulta que quiera hacerle, pero nunca adivinará qué es lo que necesita. Eso, desde luego, también lo impide el hecho de que su atención está casi siempre inmersa en su trabajo; su cabeza está todo el tiempo ocupada en algún problema de difícil resolución. En eso se distingue de Menni, que siempre ve todo lo que lo rodea y en más de una ocasión ha sabido explicarme incluso a mí mismo cuál era mi deseo, qué me preocupaba, qué buscaba mi mente o mi sentimiento.

-Si todo eso es así, Sterni debe albergar bastante animosidad hacia nosotros los terrícolas, seres llenos de defectos y contradicciones, ¿cierto?

-¿Animosidad? No, ese sentimiento le es ajeno. Pero escepticismo creo que le sobra. Vivió en Francia medio año y envió el siguiente telegrama a Menni: "Aquí no hay nada que buscar". Quizás tuviera razón en parte, porque tampoco Letta, que lo acompañaba, pudo encontrar al hombre adecuado. Sin embargo, su descripción de las personas de ese país es mucho más severa que la de Letta y, por supuesto, más unilateral, si bien no contiene nada falso.

-¿Y quién es ese Letta del que está hablando? No recuerdo haber oído de él.

-Es un químico, ayudante de Menni, un hombre ya no joven; es el más grande a bordo del eterónefo. Se entenderá bien con él, lo cual será útil para usted. Tiene un carácter suave y cala hondo en el alma ajena, aunque no sea psicólogo como Menni. Vaya a verlo al laboratorio, se alegrará y le mostrará muchas cosas interesantes.

En ese momento recordé que ya nos habíamos alejado mucho de la Tierra y tuve ganas de mirarla. Nos dirigimos juntos a una de esas salas laterales con ventanales enormes.

-¿No deberíamos pasar cerca de la Luna? –pregunté de camino.

-No, la Luna está muy retirada, y es una pena. Yo también tenía ganas de mirar la Luna de cerca. Desde la Tierra me parecía tan extraña. Grande, fría, lenta, misteriosamente calma. Nada que ver con nuestras dos pequeñas lunas, que se desplazan rápido por el cielo y cambian tan rápido su fisonomía, como si fueran niños vivos y caprichosos. Pero, a decir verdad, su Luna es mucho más brillante y su luz es muy agradable. También es más brillante su Sol; en eso son mucho más dichosos que nosotros. Su mundo es dos veces más luminoso, por eso no necesitan ojos semejantes a los nuestros, con grandes pupilas para captar los débiles rayos de nuestro día y de nuestra noche.

Nos sentamos junto a una ventana. La Tierra relucía a lo lejos como una hoz gigantesca en la que solo podía distinguirse el contorno del oeste de América, el noreste de Asia, una mancha opaca que correspondía a una parte del Océano Pacífico y la mancha blanca del Océano Polar Ártico. Todo el Océano Atlántico y el Viejo Mundo estaban en tinieblas; solo podía adivinárselos más allá de los difusos bordes de la hoz, gracias a que la parte no visible de la Tierra tapaba las estrellas en un vasto espacio del negro cielo. Nuestra trayectoria oblicua, así como la rotación axial de la Tierra, habían causado ese cambio en el paisaje.

Miraba y me embargaba la tristeza por no ver mi patria natal, en la que había tanta vida, lucha y sufrimientos, en la que ayer todavía me contaba entre las filas de camaradas, y mi lugar ahora habría sido ocupado por otro. Una duda se elevó en mi alma.

-Allí abajo se derrama sangre –dije-, y he aquí al trabajador de ayer en el papel de tranquilo observador…

-La sangre se derrama en pos de un futuro mejor –respondió Netti-, pero también hay que conocer ese futuro mejor para darle sentido a la lucha. Es por eso que usted está aquí.

En un arrebato involuntario, estreché su mano, pequeña, casi de niño, entre las mías.

Nuevas amistades

La Tierra se seguía alejando y, cada vez más delgada por la separación, se convertía en una hoz luniforme, acompañada por la hoz de la auténtica Luna, ahora muy pequeña. A la par de ello, nosotros, los tripulantes del eterónefo, nos transformábamos en unos acróbatas fantásticos capaces de volar sin alas y de adoptar con comodidad cualquier posición en el espacio, ya fuera cabeza hacia el suelo, cabeza hacia el techo, cabeza hacia las paredes, indistintamente… Poco a poco fui entablando amistad con mis nuevos camaradas y empecé a sentirme más desenvuelto en el trato con ellos.

Ya al día siguiente de nuestra partida (conservamos ese modo de contar el tiempo pese a que, claro está, para nosotros ya no existían auténticos días y noches) me puse, por propia iniciativa, un traje de marciano para llamar menos la atención. Por cierto, ese traje me gustaba mucho ya de por sí; era sencillo, cómodo, sin partes inútiles o convencionales, como la corbata o los puños, y permitía una máxima libertad de movimientos. Las distintas piezas del traje se unían mediante pequeños cierres, de modo que el traje se convertía en un todo único, a la vez que era muy sencillo, en caso de necesidad, desprender y quitar, por caso, una manga o ambas o toda la camisa. Los modales de mis compañeros eran similares a sus trajes: sencillos, carentes de toda afectación y superfluidad. Nunca se saludaban, nunca se despedían, no agradecían, no estiraban la conversación por cortesía si el objeto mismo de ella ya había sido agotado; al mismo tiempo, tenían una gran paciencia para ofrecer siempre todo tipo de explicaciones, adaptándose cuidadosamente al nivel de compresión de su interlocutor y calando en su psicología, por más diferente que fuera a la suya.

Desde luego, desde los primeros días comencé a estudiar su lengua natal, y todos asumieron con la mayor disposición el papel de instructores, en particular Netti. Su idioma era muy curioso, y, a pesar de la gran simpleza de su gramática y de las reglas de formación de palabras, tenía algunas particularidades que me costaba dominar. Sus reglas carecían de excepciones, no había en él diferencia entre género masculino, femenino y neutro, pero a la vez todos los nombres de los objetos y de sus propiedades cambiaban por tiempo. Eso no entraba en mi cabeza.

-Dígame, ¿qué sentido hay en esas formas? –le pregunté a Netti.

-¿Acaso no lo comprende? Pues en sus idiomas, cuando se designa un objeto, señalan escrupulosamente si lo consideran hombre o mujer, lo cual, en rigor, no es tan importante, por no decir lo extraño que resulta cuando se trata de objetos inanimados. Mucho más importante es la diferencia entre los objetos que existen y los que ya no existen, o los que aún deben aparecer. En ruso, la palabra "casa" es "hombre" y la palabra "bote" es "mujer", mientras que para los franceses es al revés, y eso no cambia en absoluto el asunto. Pero cuando hablan de una casa que ya ha ardido o de una que se disponen a construir, ustedes utilizan esa palabra en la misma forma en la que hablan de la casa en la que viven. ¿Acaso hay en la naturaleza una diferencia mayor entre una persona que vive y una persona que ha muerto, entre lo que existe y lo que no existe? Ustedes necesitan palabras y frases enteras para designar esa diferencia. ¿No sería mejor expresarla añadiendo una letra a la propia palabra?

Como fuera, Netti estaba satisfecho con mi memoria, y su método de enseñanza era magnífico, lo que me permitía hacer grandes progresos. Aquello me ayudó a entablar amistad con los marcianos. Empezaba a recorrer con creciente confianza todo el eterónefo, entraba en las habitaciones y en los laboratorios de mis compañeros y les preguntaba todo lo que me llamaba la atención.

El joven astrónomo Enno, ayudante de Sterni, vivaz, alegre, casi un muchacho también, me mostró un sinfín de cosas interesantes. Lo apasionaban no tanto las mediciones y las fórmulas –que, no obstante, manejaba con maestría- como la belleza de lo que observaba. Me agradaba conversar con aquel joven astrónomo y poeta; además, el legítimo deseo de orientarme en mi nueva situación en medio de la naturaleza me daba un pretexto constante para pasar momentos con Enno y sus telescopios.

Una vez Enno me mostró, con el máximo aumento, el minúsculo planeta Erot, una parte de cuya órbita atraviesa los caminos de la Tierra y de Marte, mientras que la otra se extiende más allá de este último y penetra en la región de los asteroides. A pesar de que en ese momento Erot se encontraba a una distancia de ciento cincuenta millones de kilómetros de nosotros, la fotografía de su pequeño disco ofrecía en el campo de visión del microscopio todo un mapa geográfico similar a los de la Luna. Obviamente, es un planeta tan desértico como la Luna.

En otra ocasión Enno fotografió un enjambre de meteoritos que pasaba a pocos millones de kilómetros de nuestra nave. La imagen, por supuesto, no mostró más que una nebulosa indefinida.

Esa vez, Enno me contó que, en una de las expediciones a la Tierra anteriores, el eterónefo sucumbió justamente al surcar un enjambre similar. Los astrónomos, que observaban la nave a través de sus telescopios más potentes, vieron cómo se apagó la luz eléctrica y luego el eterónefo desapareció para siempre en el espacio.

-Es probable que el eterónefo chocara con algunos de esos pequeños cuerpos; debido a la enorme diferencia de velocidades, estos debieron atravesar de lado a lado sus paredes. Entonces el aire salió al exterior y el frío del medio interplanetario congeló los cuerpos ya sin vida de los viajeros. Y ahora el eterónefo continúa su vuelo por la órbita de los cometas, se aleja del Sol para siempre, y nadie sabe cuál será el final de esa terrible nave habitada por cadáveres.

Al escuchar esas palabras, el frío de aquellos desiertos etéreos fue como si penetrara en mi corazón. Me imaginé vivamente nuestra minúscula islita luminosa en medio de aquel océano muerto e infinito. Sin sostén alguno en su vertiginoso desplazamiento, y aquel negro y asfixiante vacío alrededor... Enno adivinó mi estado de ánimo.

-Menni es un piloto confiable –dijo-, y Sterni no comete errores... La muerte... seguramente la ha visto de cerca en su vida... es solo la muerte, nada más.

Muy pronto llegaría la hora en la que habría de recordar esas palabras en lucha con un atroz dolor espiritual.

El químico Letta me atraía no solo por la singular dulzura y sensibilidad de carácter de las que me había hablado Netti, sino también por sus vastos conocimientos en la cuestión científica que más me interesaba: la estructura de la materia. Solo Menni era aun más competente que él en este ámbito, pero yo traté de acudir lo menos posible a él, sabiendo que su tiempo era demasiado valioso tanto para los intereses de la ciencia como para los de la expedición, y no me sentía con derecho a distraerlo con mis asuntos. Pero el bondadoso Letta mostraba una paciencia tan inagotable hacia mi ignorancia, era tanta la cortesía e incluso el placer con el que me explicaba el abecé de la cuestión que con él nunca me sentía cohibido.

Letta empezó a darme un curso entero de teoría de la estructura de la materia, ilustrándolo además con una serie de experimentos sobre la desintegración de los elementos y su síntesis. No obstante, muchos de los experimentos relacionados con el tema tuvo que omitirlos, limitándose a su descripción verbal; eran aquellos en los cuales los fenómenos adquieren un carácter violento y ocurren en forma de explosión o pueden adoptar esa forma.

Una vez, durante una lección, en el laboratorio ingresó Menni. Letta acababa de describir un experimento muy interesante y se disponía a llevarlo a cabo.

-Tenga cuidado –le dijo Menni-, recuerdo que una vez este experimento acabó mal en mis manos; basta una ínfima adición extraña a la sustancia que uno desintegra para que la descarga eléctrica más débil pueda causar una explosión durante el calentamiento.

Letta quiso renunciar a la prueba, pero Menni, siempre atento y amable hacia mí, se ofreció a ayudar él mismo y verificó con escrúpulo cada una de las condiciones del experimento. La reacción esperada se produjo con éxito.

Al día siguiente siguieron los experimentos con la misma sustancia. Me pareció que, en esta ocasión, Letta tomó una muestra de un frasco distinto al de la víspera. Cuando ya había colocado la retorta sobre el mechero eléctrico, pensé que debía decírselo. Preocupado, se dirigió de inmediato a un armario con reactivos y dejó el mechero y la retorta sobre una mesita que, a la vez, estaba apoyada contra la pared exterior del eterónefo. Lo seguí.

De pronto se oyó un estruendo ensordecedor y ambos fuimos despedidos contra las puertas del armario. Luego siguió un silbido ensordecedor, un rugido y un chirrido metálico. Sentí que una fuerza incontenible, semejante a un huracán, me atraía hacia atrás, hacia la pared exterior. Logré aferrarme instintivamente a una correa bien sujeta al armario y quedé colgando en posición horizontal, sostenido por la vigorosa corriente de aire. Letta alcanzó a hacer lo mismo.

-¡Agárrese fuerte! —me gritó, y yo apenas oí su voz en medio de aquella tormenta. Un frío glacial atravesó mi cuerpo.

Letta echó una rápida mirada alrededor. Su rostro, pálido, lucía terrible, pero la expresión de perplejidad de pronto mutó en otra de lucidez y firme determinación. Pronunció solo dos palabras que no llegaron a mis oídos, pero adiviné que se despedía para siempre. Sus manos soltaron la correa…

Se oyó el ruido seco de un golpe y, de pronto, el rugido del huracán cesó. Sentí que podía soltar la correa y volverme. De la mesita no quedaban rastros, y contra la pared, inmóvil y como con la espalda pegada a ella, se hallaba Letta. Tenía los ojos bien abiertos y su rostro parecía inanimado. De un salto, alcancé la puerta y la abrí. Una ráfaga de aire cálido me echó hacia atrás. Un instante después, Menni ingresó en la habitación y se dirigió hacia Letta.

Segundos más tarde, la habitación se llenó de gente. Netti hizo a un lado a todos y se abalanzó sobre Letta. Todos los demás nos rodearon en angustiado silencio.

-Letta ha muerto —resonó la voz de Menni-. La explosión que se produjo durante el experimento perforó la pared del eterónefo, y Letta tapó el agujero con su cuerpo. La presión del aire le destrozó los pulmones y le paralizó el corazón. La muerte fue instantánea. Letta ha salvado a nuestro invitado; si no fuera por él, ambos habrían muerto.

Netti dejó escapar un apagado sollozo.

El pasado

Netti no salió de su habitación los días que siguieron al accidente, mientras que en los ojos de Sterni empecé a advertir una expresión a veces directamente hostil. Sin dudas, por culpa mía había muerto un notable científico, y la mente matemática de Sterni no podía dejar de comparar el valor de la vida que se había perdido con el de la que se había salvado. Menni no cambió en nada su actitud, siguió tranquilo y hasta redobló su atención y preocupación hacia mi persona; así se comportaron también Enno y los demás.

Yo intensifiqué mi estudio del idioma de los marcianos y, cuando se presentó la primera ocasión propicia, me dirigí a Menni para pedirle algún libro de historia de su civilización. A Menni le pareció muy acertada mi idea y me prestó un manual popular de historia universal escrito para los niños de Marte.

Con ayuda de Netti, empecé a leer y traducir el libro. Me asombraba la maestría con la que un autor desconocido reavivaba e ilustraba con ejemplos los conceptos y temas más generales, más abstractos a primera vista. Esa maestría le permitía organizar la exposición de acuerdo a un sistema geométricamente estructurado, con una coherencia muy ceñida a la lógica; ninguno de nuestros escritores para niños osaría escribir en ese estilo.

El primer capítulo tenía directamente un carácter filosófico y estaba dedicado a la idea del universo como una unidad que todo lo contiene y todo lo determina. Ese capítulo trajo a mi memoria el vivo recuerdo de las obras de ese pensador obrero que en forma sencilla e ingenua expuso por primera vez los fundamentos de la filosofía proletaria de la naturaleza.[3]

En el siguiente capítulo, la exposición se remontaba a aquel tiempo infinitamente lejano en el que el universo carecía aún de las formas que nos son conocidas, en el que el caos y la indeterminación reinaban en el espacio ilimitado. El autor contaba cómo se constituyeron en ese medio las primeras y amorfas acumulaciones de una materia imperceptiblemente fina y químicamente indefinida; esas acumulaciones fueron el germen de esas gigantescas

---

[3]La edición inglesa, a cargo de Charles Rougle, ve aquí una referencia a August Bebel (1840-1913), uno de los líderes del Partido Socialdemócrata Obrero de Alemania. [N. del T.]

constelaciones estelares que son las nebulosas, incluyendo nuestra Vía Láctea con sus veinte millones de soles, entre los cuales el nuestro es uno de los más pequeños.

Luego se explicaba cómo la materia, concentrándose y formando combinaciones más estables, adquirió la forma de elementos químicos, a la vez que las primeras acumulaciones, amorfas, se desintegraron y, en medio de ellas, surgieron nebulosas gaseiformes compuestas por soles y planetas, que hoy se encuentran por miles con ayuda de un telescopio. La historia del desarrollo de estas nebulosas, de la cristalización de los soles y planetas a partir de ellas, estaba expuesta exactamente como nuestra teoría de Kant y Laplace sobre el origen del mundo, pero con mayor precisión y detalle.

-Dígame, Menni –pregunté-, ¿considera correcto ofrecer a los niños, desde un principio, esas ideas tan generales y abstractas, esos pobres cuadros universales tan alejados de su inmediata situación concreta? ¿No significa eso llenarles la cabeza con imágenes casi vacuas, casi puramente verbales?

-Lo que ocurre es que en nuestro planeta la educación nunca comienza por los libros –respondió Menni-. El niño extrae sus conocimientos de la observación directa de la naturaleza y de la comunicación real con otras personas. Antes de tomar este libro ya ha realizado un sinnúmero de viajes, ha visto diversos cuadros de la naturaleza, conoce muchas especies animales y vegetales, sabe usar el telescopio, el microscopio, la cámara fotográfica, el fonógrafo; ha oído de los niños mayores que él, de los educadores y de otros adultos un gran número de historias sobre el pasado y sobre lugares lejanos. Un libro como este solo debe reunir y consolidar sus conocimientos, llenar a la pasada las eventuales lagunas y trazar la línea de los estudios futuros. Así que es justo que la idea de la unidad se subraye a cada momento y con toda claridad, de principio a fin, para que el niño no se pierda en los pormenores. El hombre íntegro debe ser creado ya en el niño.

Todo aquello era muy novedoso para mí, pero no pedí más detalles a Menni; de todas formas, ya tendría ocasión de conocer en persona a los niños de Marte y su sistema educativo. Regresé a mi libro.

El objeto de los siguientes capítulos era la historia geológica de Marte. La exposición, si bien muy sumaria, estaba llena de comparaciones con la historia de la Tierra y de Venus. A pesar de la gran similitud entre los tres planetas, la principal diferencia radicaba en que Marte era dos veces más viejo que la Tierra y casi cuatro veces más que Venus. Incluso habían sido establecidas las edades exactas de los planetas, y las recuerdo bien, pero no las incluiré aquí para no irritar a los científicos de la Tierra, que se llevarían una sorpresa.

Luego venía la historia de la vida desde sus mismos comienzos. Se daba la descripción de las síntesis primarias, complejos derivados ciánicos que, sin constituir aún verdadera materia viviente, poseían muchas de sus propiedades, así como la descripción de las condiciones geológicas en las que tales síntesis fueron químicamente posibles. Se dilucidaban las causas por las cuales dichas sustancias se conservaron y acumularon en medio de otras síntesis más estables pero menos flexibles. Se seguía paso a paso el proceso de complejización y diferenciación de esos gérmenes químicos de toda vida, hasta llegar a la formación de las auténticas células vivas con las que empieza el "reino Protista".

El cuadro del ulterior desarrollo de la vida se reducía a la escala progresiva de los seres vivos o, más precisamente, a su árbol genealógico común; de los protistas a las plantas superiores, por un lado, y al hombre, por el otro, junto con las distintas ramificaciones laterales. En comparación con la línea "terrestre" de desarrollo resultaba que, en el camino que iba de la célula primaria al hombre, el segmento formado por los primeros eslabones de la cadena era casi idéntico; del mismo modo, en el último segmento las diferencias eran irrelevantes; sin embargo, en el segmento medio las diferencias eran mucho mayores. Eso me pareció sumamente extraño.

-Esa cuestión, hasta donde sé —me dijo Netti-, aún no ha sido objeto de una investigación especial. Hasta hace apenas veinte años no conocíamos la estructura de los animales superiores en la Tierra, y quedamos asombrados al descubrir tal similitud con nuestro tipo. Es evidente que el número de posibles tipos superiores en los que se expresa la mayor plenitud de vida no es tan extenso; en planetas tan parecidos como los nuestros, bajo condiciones muy semejantes, la naturaleza no alcanza ese máximo de vida más que de un modo.

-Y además —señaló Menni-, el tipo superior que se adueña de su planeta es aquel que expresa con mayor plenitud toda la suma de sus condiciones, mientras que los estadios intermedios, capaces de dominar solo una parte de su medio, expresan esas condiciones parcial y estrechamente. Por eso, debido a la gran similitud en la suma total de condiciones, los tipos superiores deben tender a la mayor coincidencia, mientras que los intermedios, a causa de su estrechez, están más expuestos a las diferencias.

Recordé que, durante mis estudios universitarios, la misma idea acerca del número limitado de posibles tipos superiores acudió a mi cabeza con motivo de algo completamente distinto: los pulpos, moluscos cefalópodos, organismos superiores de toda una rama de desarrollo, tienen los ojos muy similares a los de nuestra rama, los vertebrados; sin embargo, el origen y desarrollo de los ojos de los cefalópodos es muy diferente, tan diferente que incluso las correspondientes capas de tejidos de su aparato visual están dispuestas en orden inverso al nuestro…

Sea como fuera, el hecho estaba a la vista: en otro planeta vivía gente parecida a nosotros, y todo lo que me quedaba hacer era seguir estudiando con celo su vida e historia.

En lo que respecta a los tiempos prehistóricos y, en general, a las primeras fases de la vida de la humanidad en Marte, la similitud con el mundo terrestre también era enorme. Las mismas formas de vida tribal, la misma existencia de comunidades aisladas, el mismo desarrollo de lazos entre ellas a través del intercambio. Pero luego comenzaban las divergencias, las cuales no afectaban tanto la dirección principal de desarrollo como su estilo y carácter.

El curso de la historia en Marte había sido algo más suave y sencillo que en la Tierra. Desde luego, hubo guerras entre tribus y pueblos, así como lucha de clases, pero las guerras desempeñaron un papel relativamente pequeño en la vida histórica y cesaron relativamente temprano; la lucha de clases, por su parte, fue de menor envergadura y adoptó con menor frecuencia la forma de enfrentamientos por la fuerza. Eso, por cierto, no se indicaba explícitamente en el libro que yo leía, pero para mí se desprendía a las claras de la exposición.

Los marcianos no conocieron en absoluto la esclavitud; su feudalismo no había hecho culto del militarismo, y su capitalismo se libró muy pronto de la división en estados nacionales y no generó nada semejante a nuestros modernos ejércitos.

Las explicaciones a todo ello debía buscarlas por mi cuenta; los marcianos, incluso el propio Menni, recién comenzaban a estudiar la historia de la humanidad terrestre y no habían realizado aún una investigación comparativa de su pasado y el nuestro.

Recordé una de las conversaciones anteriores con Menni. Cuando me disponía a estudiar el idioma en el que hablaban mis compañeros de viaje, quise saber si era el más extendido de todos los que existían en Marte. Menni me explicó que aquel era el único idioma literario y hablado de todos los marcianos.

-Hubo una época —añadió Menni- en que los habitantes de los distintos países no se entendían entre sí; pero hace ya mucho, varios cientos de años antes de la revolución socialista, que los diversos dialectos se asemejaron y se fundieron en una lengua universal. Eso sucedió libre y espontáneamente, nadie sufrió ni nadie pensó en ello. Durante largo tiempo se conservaron ciertas particularidades locales, de modo que hubo algo similar a hablas regionales, pero bastante comprensibles para todos. El desarrollo de la literatura acabó con ellas.

-Eso solo puedo atribuirlo a una cosa –dije yo–. Por lo visto, en su planeta las relaciones entre las personas han sido desde un mismo comienzo más abiertas, apacibles y estrechas que en el nuestro.

-Precisamente –respondió Menni–. Marte no tiene esos enormes océanos ni esas impenetrables cadenas montañosas de la Tierra. Nuestros mares no son grandes y no llegan a separar la tierra emergida en continentes autónomos; nuestras montañas no son altas, con excepción de algunas cimas aisladas. La superficie total de nuestro planeta es cuatro veces más pequeña que la de la Tierra, y la fuerza de gravedad es dos veces y media menor, así que gracias a la levedad del cuerpo podemos desplazarnos con bastante rapidez sin recurrir siquiera a medios artificiales de comunicación; corremos a pie a la misma velocidad que ustedes a caballo, sin por ello cansarnos más. La naturaleza ha dispuesto entre nuestras tribus muchos menos muros y tabiques que en su planeta.

Así pues, esa era la causa originaria y fundamental que había impedido la brusca separación por razas y naciones de la humanidad marciana, y con ello el cabal desarrollo de los ejércitos, el militarismo y, en general, el sistema del asesinato de masas. Es probable que las fuerzas contradictorias del capitalismo hubieran creado, sin embargo, todas esas distinciones características de la alta cultura, pero la evolución del capitalismo también siguió un curso singular, generando nuevas condiciones para la unificación política de todas las tribus y de todos los pueblos de Marte. Particularmente, en la agricultura, el pequeño campesinado fue muy pronto desplazado por la gran propiedad capitalista, y al poco tiempo se nacionalizó toda la tierra. La causa de ello radica en la desecación progresiva de los suelos, contra lo que los pequeños agricultores no pudieron hacer nada. La corteza del planeta absorbía profundamente el agua y no la devolvía a la superficie. Era la continuación de aquel proceso natural debido al cual los océanos que alguna vez habían existido en Marte fueron descendiendo y se convirtieron en mares cerrados relativamente pequeños. Ese proceso de absorción también se produce en la Tierra, pero aún no ha llegado tan lejos; en Marte, dos veces más viejo que la Tierra, la situación comenzó a agravarse mil años atrás, puesto que la reducción de los mares, naturalmente, iba acompañada de la reducción de la nubosidad, de las lluvias, y luego del descenso de los ríos y la desecación de los arroyos. El riego artificial se tornó imprescindible en la mayoría de las comarcas. ¿Qué podían hacer en tales condiciones los pequeños agricultores libres? Algunos directamente quebraron y sus tierras pasaron a manos de los grandes agricultores de los alrededores, que disponían del capital suficiente para la instalación del riego. Otros formaron importantes asociaciones, uniendo sus fondos para esa causa común. Pero tarde o temprano esas asociaciones empezaron a sufrir una escasez de dinero que, en un principio, parecía solo temporaria. En cuanto tomaron los primeros préstamos de los grandes capitalistas, la situación de las asociaciones empezó a ir de mal en peor; los grandes intereses que pagaban por los préstamos incrementaban los gastos generales, se hacía preciso volver a pedir préstamos, y así sucesivamente. Las asociaciones cayeron bajo el poder económico de sus acreedores, quienes acabaron quebrándolas y se apropiaron de las tierras de centenares y miles de campesinos. Así, toda la tierra cultivada pasó a ser propiedad de unos pocos miles de grandes capitalistas agrarios. Ahora bien, en el interior de las tierras emergidas subsistían enormes desiertos en los que no había agua ni esta podía ser llevada solo con los recursos disponibles por los capitalistas particulares. Cuando el poder estatal, que para entonces ya era por entero democrático, se vio obligado a involucrarse en el asunto para desviar el creciente exceso de proletariado y para asistir a lo que quedaba del campesinado, resultó que tampoco tenía los recursos necesarios para construir canales gigantescos. Los sindicatos capitalistas quisieron apropiarse de ese colosal emprendimiento, pero el pueblo entero se rebeló contra ello, comprendiendo que entonces los sindicatos no harían más que someter al Estado mismo. Tras una larga batalla y una desesperada resistencia de los capitalistas agrarios, se estableció un oneroso impuesto progresivo sobre la renta. Los recursos obtenidos mediante este impuesto se utilizaron para financiar los faraónicos trabajos de construcción de canales. El poder de los landlords quedó socavado, y pronto se llevó adelante la nacionalización de la tierra. Ello implicó asimismo la desaparición de los últimos restos del pequeño campesinado, puesto que el Estado, en función de sus propios intereses, cedía la tierra solo a los grandes capitalistas, y las empresas agrícolas adquirieron mayor envergadura que antes. Fue así como los famosos canales terminaron siendo potentes motores del desarrollo económico y sólido sostén de la unidad política de toda la humanidad.

Cuando finalicé mi lectura, no pude contenerme y expresé a Menni mi asombro; era increíble que las manos humanas hubieran creado esas gigantescas vías de navegación que podían verse desde la Tierra incluso con nuestros mediocres telescopios.

-En eso está parcialmente equivocado –señaló Menni-: esos canales, en efecto, son inmensos, pero no tienen decenas y decenas de kilómetros de ancho; solo con esas dimensiones, en rigor, sus astrónomos podrían distinguirlos. Lo que ellos ven son las amplias franjas de bosques plantados a lo largo de los canales para mantener pareja la humedad del aire y, con ello, no permitir que el agua se evapore demasiado rápido. Al parecer, algunos de sus científicos entrevió esto.

La época de excavación de los canales estuvo signada por una gran prosperidad en todas las ramas de la producción y por una gran tregua en la lucha de clases. La demanda de mano de obra era enorme, y la desocupación desapareció. Sin embargo, cuando los gigantescos trabajos llegaron a su fin, y con ellos la colonización capitalista de los antiguos desiertos que los acompañaba, no tardó en desatarse una crisis económica, y la "paz social" se vio perturbada. Se llegó incluso a una revolución social. Pero, otra vez, el curso de los acontecimientos fue bastante pacífico; el arma principal de los obreros eran las huelgas, y solo en contadas ocasiones, y en muy pocos lugares, se produjeron alzamientos: casi exclusivamente en las regiones agrícolas. Poco a poco, los dueños fueron cediendo ante lo inevitable, e incluso cuando el poder estatal cayó en manos del partido obrero, de parte de los vencidos no hubo ningún intento de defender su causa recurriendo a la violencia. Durante la socialización de las herramientas de trabajo no se aplicó un rescate en el sentido exacto de la palabra. No obstante, los capitalistas percibieron al principio una pensión. Muchos de ellos desempeñaron más tarde un papel destacado en la organización de los emprendimientos sociales. No era fácil superar las dificultades en la distribución de la fuerza de trabajo de acuerdo a la vocación de los propios trabajadores. Durante un siglo existió para todos, excepto para los capitalistas en pensión, una jornada de trabajo obligatoria, primero de seis horas y luego menor. Pero el progreso de la técnica y el cálculo exacto del trabajo libre contribuyeron a librarse de esos últimos restos del antiguo sistema.

Ese cuadro de evolución de la sociedad tan uniforme, no bañado en sangre y fuego como el nuestro, despertaba en mí un involuntario sentimiento de envidia. Hablé de ello con Netti cuando terminé el libro.

-No sé –dijo pensativo el joven-, pero me parece que se equivoca. Las contradicciones son más agudas en la Tierra, eso es cierto, y su naturaleza reparte más generosamente los golpes y la muerte que la nuestra. Pero quizás ello se deba precisamente a que las riquezas de la naturaleza terrestre han sido desde siempre incomparablemente más grandes y a que el Sol le ha dado mucho más su fuerza vital. Mire cuántos millones de años más viejo es nuestro planeta; sin embargo, su humanidad surgió apenas algunas decenas de miles de años antes que la de la Tierra y, hoy por hoy, la adelanta en su desarrollo tan solo dos o tres siglos. A mi ver, nuestras dos humanidades son como dos hermanas. La mayor tiene un carácter tranquilo y equilibrado; la menor, impetuoso y violento. La hermana menor emplea peor sus fuerzas y comete más errores; su infancia fue penosa y agitada, y ahora, en la adolescencia, es presa frecuente de dolorosos accesos convulsivos. Pero ¿no llegará a ser una artista y creadora más fuerte y relevante que su hermana mayor? ¿No será capaz de embellecer más y mejor nuestra gran naturaleza? No lo sé, pero me parece que así será.[4]

La llegada

Piloteado por la lúcida cabeza de Menni, el eterónefo continuó su rumbo hacia su lejano objetivo sin nuevos incidentes. Ya me había adaptado medianamente bien a las condiciones de la vida en la ingravidez, y también había logrado vencer las principales dificultades del idioma de los marcianos, cuando Menni nos comunicó que habíamos recorrido la mitad del camino y habíamos alcanzado el límite máximo de velocidad, que desde entonces empezaría a disminuir.

En el preciso momento indicado por Menni, el eterónefo, rápida y suavemente, se dio vuelta. La Tierra, que ya hacía tiempo había dejado de ser una hoz grande y luminosa para convertirse en una hoz pequeña, y esta, a su vez, en una estrella verdosa que brillaba en las cercanías del disco solar, pasaba ahora de la parte inferior de la negra bóveda del cielo al hemisferio superior, mientras que la estrella roja de Marte, que resplandecía sobre nuestras cabezas, ahora quedaba abajo.

Pasaron decenas y centenas de horas, y la estrella de Marte se convirtió en un disco pequeño y luminoso; pronto se divisaron las dos pequeñas estrellitas de sus satélites, Deimos y Fobos, inocentes y minúsculos planetitas que en absoluto merecían esos tremendos nombres, que en griego significan "Terror" y "Miedo".

---

[4]Desde "Las explicaciones a todo ello…" (p. 115) hasta "… me parece que así será": largo pasaje omitido en las ediciones posteriores a 1929. [N. del T.]

Los circunspectos marcianos se animaron y acudían con mayor asiduidad al observatorio de Enno para observar su tierra natal. Yo también observaba, pero no acababa de comprender lo que veía, a pesar de las pacientes explicaciones de Enno. En efecto, allí había muchas cosas extrañas para mí.

Las manchas rojas eran bosques y prados; las oscuras, campos listos para la cosecha. Las ciudades se divisaban como manchas azuladas, y solo el agua y la nieve tenían para mí un matiz comprensible. Enno, alegre y jovial, a veces me obligaba a adivinar qué era lo que veía en el telescopio, y mis ingenuos errores hacían desternillar de risa a él y a Netti; yo, a mi vez, les devolvía eso con bromas, llamando a su planeta "reino de palabras sesudas y colores equivocados".

Las dimensiones del disco rojo iban en aumento, hasta que al fin superó con creces el circulito cada vez más pequeño del Sol. Marte parecía un mapa astronómico sin inscripciones. La gravedad también empezó a hacerse notar, lo que me resultó sorprendentemente agradable. Deimos y Fobos dejaron de ser unos puntos luminosos para convertirse en un circulitos minúsculos, pero nítidos.

Quince o veinte horas después, Marte ya lucía como una bola plana desplegada a nuestros pies, y a simple vista podía ver más de lo que mostraban todos los mapas astronómicos de nuestros científicos. El disco de Deimos se deslizaba sobre ese mapa redondo; Fobos no se veía, estaba en la otra cara del planeta.

Todos los que me rodeaban se alegraron. Yo era el único que no podía sobreponerme a una sensación de angustia y tristeza.

Cada vez más y más cerca… Nadie podía ocuparse en nada, todos miraban hacia abajo, donde se desplegaba otro mundo, familiar para ellos, lleno de misterio y enigmas para mí. Menni era el único ausente; seguía junto al motor, ya que las últimas horas de la travesía eran las más peligrosas: había que verificar la distancia y regular la velocidad.

¿Por qué yo, involuntario Colón de este mundo, no sentía ni alegría ni orgullo, ni tan siquiera ese sosiego que debe infundir el avistamiento de tierra firme luego de un largo viaje por el océano de lo Intangible?

Los acontecimientos futuros ya arrojaban sombra sobre el presente…

Faltan solo dos horas. Pronto entraremos en la atmósfera superior. El corazón empieza a latir dolorosamente. No puedo mirar más y me retiro a mi habitación. Netti me sigue.

Entabla conversación conmigo, pero no sobre el presente, sino sobre el pasado, sobre la remota Tierra que quedó allí arriba.

-Usted debe aún regresar cuando cumpla su misión –me dice, y sus palabras me suenan como un tierno recordatorio de la hombría.

Hablamos de esta misión, de su necesidad y sus dificultades. El tiempo pasa sin que yo me dé cuenta.

Netti mira el cronómetro.

-¡Hemos llegado, vamos con ellos! –dice.

El eterónefo se detiene, se abren las anchas compuertas metálicas, el aire fresco inunda la nave. Un cielo claro y verdeazulado sobre nuestras cabezas, una multitud alrededor. Menni y Sterni salen primeros, cargando con un ataúd transparente en el que yace el cuerpo congelado del camarada muerto, Letta. Tras ellos salen los demás. Netti y yo salimos últimos, hombro con hombro, y caminamos entre aquella multitud de miles de personas parecidas a él…

Segunda parte

En casa de Menni

Los primeros días me instalé en casa de Menni, en una ciudad industrial cuyo centro y razón de ser era un gran laboratorio químico situado en las profundidades de la tierra. La parte superior de la ciudad se extendía sobre un parque de decenas de kilómetros cuadrados; eran las varias centenas de viviendas de los trabajadores del laboratorio, el Palacio de Reuniones, el Depósito de Consumo -una suerte de tienda de productos generales- y la Estación de Comunicaciones, que unía la ciudadela química con el resto del mundo. Menni dirigía allí todas las actividades y vivía cerca de los edificios públicos, junto a la entrada principal del laboratorio subterráneo.

Lo primero que me sorprendió de la naturaleza de Marte, y a lo que más me costó acostumbrarme, fue el color rojo de las plantas. Su sustancia colorante, cuya composición es muy similar a la clorofila de las plantas terrestres, desempeña exactamente el mismo papel en el ciclo vital de la naturaleza, es decir, crea los tejidos de las plantas a partir de la energía solar y el ácido carbónico presente en el aire.

Netti, siempre atento, me sugirió llevar unos anteojos protectores para que no se me irritaran los ojos. Me rehusé.

-Es el color de nuestra bandera socialista -dije-. Es mi deber acostumbrarme a su naturaleza socialista.

-Si es así, hay que reconocer que en la flora terrestre también hay socialismo, solo que oculto -señaló Menni-. Las hojas de las plantas terrestres también poseen un matiz rojo, pero queda cubierto por un verde mucho más acentuado. Basta con ponerse unos anteojos de cristal que absorben por entero los rayos verdes y dejan pasar los rojos para que sus campos y bosques se vean rojos como los nuestros.

No dispongo de tiempo y espacio para describir las singulares formas de las plantas y de los animales que habitan en Marte, o su atmósfera, pura y transparente, algo enrarecida, pero rica en oxígeno; o su cielo oscuro y profundo, de tintes verdosos, con su Sol pálido, sus lunas diminutas, sus dos brillantes estrellas vespertinas o matutinas, Venus y la Tierra. Todo aquello -extraño y ajeno entonces, bello y apreciado ahora, a la luz de los recuerdos- no guarda íntima relación con el objetivo de mi relato. Las personas y sus relaciones, eso era lo más relevante para mí; y en aquel ambiente de fábula, ellas eran lo más fantástico y enigmático de todo.

Menni vivía en una casita de dos pisos cuya arquitectura no se distinguía en nada de las otras. El rasgo más característico de esa arquitectura era el tejado transparente compuesto por varias láminas enormes de vidrio celeste. Justo debajo de ese tejado se ubicaban el dormitorio y la sala de estar. Los marcianos pasan sus horas de ocio bajo aquella luz celeste debido a su efecto relajante, y no les resulta desagradable ese matiz sombrío a nuestros ojos que dicha luz confiere al rostro humano. Todas las habitaciones destinadas al trabajo -el despacho, el laboratorio doméstico, la sala de comunicaciones- se encontraban en el piso inferior, cuyas grandes ventanas dejaban pasar libremente las oleadas de intenso color rojo que despedía el vivo follaje del parque. Esa luz, que al principio me inquietaba y dispersaba, para los marcianos constituye una fuente habitual de motivación para el trabajo.

En el despacho de Menni había muchos libros y diversos materiales de escritura, desde simples lápices a un fonógrafo-impresora. Este último aparato contenía un mecanismo complejo que, al registrar palabras claramente pronunciadas, las transmitía de inmediato, por medio de palancas, a una máquina de escribir, y se obtenía así una transcripción precisa de lo que había sido dicho. El fonograma, además, se conservaba intacto, de modo que podía sustituir a la transcripción impresa si ello era más cómodo.

Sobre el escritorio de Menni colgaba un retrato de un marciano de mediana edad. Su rostro era muy similar al de Menni; sin embargo, su expresión casi amenazadora, plena de recia energía y fría determinación, era ajena a Menni, cuyo rostro solo trasuntaba una voluntad calma y firme. Mi anfitrión me contó la historia de ese hombre.

Era un ancestro suyo, un gran ingeniero. Había vivido mucho antes de la revolución, en la época de excavación de los Grandes Canales; él fue el encargado de planificar y dirigir aquellos faraónicos trabajos. Su primer ayudante, que envidiaba su fama y poder, intrigó contra él. Uno de los principales canales, que insumía el trabajo de varios cientos de personas, comenzaba en una región pantanosa e insalubre. Varios miles de obreros habían muerto allí a causa de enfermedades, y entre los demás cundió el descontento. Mientras el ingeniero principal negociaba con el gobierno central de Marte las pensiones a las familias de las víctimas y de aquellos que, afectados por la enfermedad, habían perdido su capacidad de trabajo, su ayudante atizó en secreto una rebelión contra él entre los descontentos. Los incitó a declarar una huelga en reclamo del traslado de las obras a otra región -lo que en realidad era imposible, ya que trastocaba toda la planificación de los Grandes Trabajos- y de la destitución del ingeniero principal -lo cual, por supuesto, era más que posible. Cuando este se enteró del asunto, llamó a su despacho al ayudante para que le diera explicaciones y lo mató allí mismo. En el juicio, el ingeniero se rehusó a toda defensa; se limitó a declarar que consideraba su proceder justo y necesario. Lo condenaron a largos años en prisión.

Sin embargo, pronto quedó claro que ninguno de sus sucesores era capaz de organizar aquellos trabajos; empezaron las discordias, el pillaje, los disturbios; el mecanismo entero de los trabajos se dislocó. Los gastos se incrementaron en cientos de millones, y el profundo descontento entre los trabajadores amenazaba con convertirse en rebelión. El gobierno central recurrió aprisa al ingeniero, ofreciéndole un indulto absoluto y la restitución en su puesto. Este se negó categóricamente al indulto, pero aceptó dirigir los trabajos desde la cárcel. Los supervisores designados por él le expusieron la situación en las distintas regiones. Miles de ingenieros y contratistas fueron despedidos y llevados a juicio. Se aumentó el salario, se reorganizó la provisión de comida, ropa y herramientas a los obreros; se revisaron y corrigieron los planes de trabajo. El orden no tardó en restablecerse y el inmenso mecanismo comenzó a funcionar con rapidez y precisión, como una herramienta dócil en manos de un auténtico maestro.

Y el maestro no solo dirigió todo aquel trabajo, sino que elaboró el plan a seguir en los años venideros, a la vez que preparó a su reemplazante, un ingeniero de talento y energía que había salido de las filas obreras. El día en que finalizó su condena en prisión, todo estaba tan preparado que el gran maestro consideró llegada la hora de transferir el asunto a otras manos sin preocuparse por lo que siguiera. Y en el momento en que en la cárcel se presentó el primer ministro del gobierno para liberar al prisionero, el ingeniero se suicidó.

Mientras Menni me contaba toda esa historia, su rostro sufrió un cambio extraño; su expresión también se volvió severa e implacable, y el parecido con su ancestro era absoluto. Sentí cuán cercano y comprensible le era aquel hombre, muerto cientos de años antes de que él naciera.

La sala de comunicaciones era la habitación central del piso inferior. Contenía teléfonos y los correspondientes aparatos ópticos, que transmitían a cualquier distancia la imagen que captaban. Uno de estos conectaba la vivienda de Menni con la Estación de Comunicaciones, y, a través de esta, con todas las otras casas de la ciudad y con todas las ciudades del planeta. Los otros servían de conexión con el laboratorio subterráneo que dirigía Menni. Estos aparatos funcionaban sin cesar; sobre unas finas láminas reticulares se veían las pequeñas imágenes de salas iluminadas, con grandes máquinas metálicas y aparatos de vidrio, ante los cuales se afanaban decenas y centenares de personas. Me dirigí a Menni para pedirle que me llevara a aquel laboratorio.

-No es conveniente -respondió él-. Allí se trabaja sobre la materia en estado inconstante, y por más que el riesgo de explosión o envenenamiento por rayos invisibles esté reducido al mínimo, el peligro siempre existe. No debe exponerse a él, ya que es el único entre nosotros y nadie podría reemplazarlo.

En el laboratorio doméstico de Menni no había más que los aparatos y materiales necesarios para las investigaciones que realizaba en aquel momento.

En el pasillo del piso inferior, junto al techo, colgaba una góndola voladora, siempre a mano para dirigirse adonde fuera.

-¿Dónde vive Netti? -le pregunté a Menni.

-En una ciudad grande, a dos horas de vuelo de aquí. Allí hay una fábrica de maquinaria en la que trabajan decenas de miles de obreros, y Netti cuenta con más material para sus investigaciones médicas. Aquí tenemos otro médico.

-Y llegado el caso, ¿no se me prohíbe visitar esa fábrica?

-Claro que no. Allí no hay peligro alguno. Si quiere, mañana mismo viajamos juntos.

Y así lo decidimos.

En la fábrica

Cerca de quinientos kilómetros en dos horas: la velocidad de un halcón, con la que no pueden siquiera soñar nuestros trenes eléctricos… Debajo se desplegaban, en rápida sucesión, paisajes desconocidos, extraños; a veces nos pasaban en el vuelo aves extrañas, desconocidas. Los rayos del sol resplandecían azules sobre los tejados de las casas, y clásicamente amarillentos sobre las enormes cúpulas de unos edificios por mí desconocidos. Ríos y canales fulguraban como hilos de acero; mis ojos descansaban en ellos, porque eran similares a los de la Tierra. De pronto, a lo lejos, comenzó a divisarse una inmensa ciudad extendida en torno a un pequeño lago y atravesada por un canal. La góndola redujo la marcha y descendió con suavidad junto a una casita bella y pequeña: la casita de Netti.

Netti estaba en casa y nos recibió con alegría. Tomó asiento en nuestra góndola y seguimos camino; la fábrica se hallaba a varios kilómetros, del otro lado del lago.

Cinco edificios gigantescos dispuestos en forma de cruz y de idéntica construcción; una bóveda de vidrio apoyada sobre decenas de oscuras columnas que forman un círculo perfecto o una ligera elipsis; entre las columnas, las mismas láminas de vidrio, alternativamente opacas y transparentes, haciendo las veces de pared. Nos detuvimos frente al edificio central, el más grande, cuyas puertas ocupaban todo el intervalo entre dos columnas, de unos diez metros de ancho y doce de alto. El techo de la planta baja cortaba las puertas por la mitad; varios pares de rieles entraban por allí y se perdían en el interior del edificio.

Volamos hacia la mitad superior de las puertas y, ensordecidos por el ruido de las máquinas, llegamos al primer piso. Por cierto, no se trataba de un piso en el estricto sentido de la palabra, sino más bien de una red de puentes colgantes que rodeaban por todas partes máquinas inmensas de diseño desconocido. Unos metros por encima de ella se alzaba otra red semejante, y más arriba una tercera, una cuarta, una quinta; estaban todas hechas de vidrio fijado sobre rejas de hierro; todas estaban ligadas por un sinnúmero de elevadores y escaleras; cada red era menor que la anterior.

Ni humo, ni hollín, ni olor, ni polvo. En medio de un aire puro y fresco, las máquinas, bañadas de una luz pálida pero penetrante, funcionaban armoniosa y rítmicamente. Cortaban, serraban, cepillaban, perforaban enormes bloques de acero, de aluminio, de níquel, de cobre. Palancas que parecían gigantescos brazos de acero trazaban movimientos suaves y uniformes; grandes plataformas avanzaban y retrocedían con precisión matemática; las ruedas y correas de transmisión parecían inmóviles. No se trataba de la fuerza brutal del fuego y el vapor, sino de la delicada y más poderosa fuerza de la electricidad, el alma de aquel temible mecanismo.

El propio ruido de las máquinas, una vez que el oído se acostumbraba un poco a él, empezaba a parecer casi melódico, excepto cuando caía el martillo principal, de varios miles de toneladas: entonces todo se estremecía bajo su estrepitoso golpe.

Cientos de trabajadores caminaban con seguridad entre las máquinas; sus pasos y voces se perdían en medio de aquel mar de ruidos. Sus rostros no denotaban tensa preocupación, sino serena concentración; parecían observadores curiosos y avezados sin relación alguna con lo que allí ocurría, interesados solamente en ver cómo aquellos enormes bloques de metal que, bajo la cúpula transparente, aparecían en plataformas sobre rieles, caían en los brazos de hierro de aquellos oscuros monstruos; cómo estos los cascaban con sus poderosas mandíbulas, los estrujaban entre sus patas firmes y macizas, los alisaban y perforaban con sus filosas y brillantes garras y, por último, cómo los restos de ese despiadado juego eran transportados desde el otro lado del edificio en ligeros vagones impulsados por energía eléctrica, ya como repuestos elegantes y refinados de misterioso designio. Parecía completamente natural que los demás monstruos no tocaran a esos pequeños observadores de ojos grandes que paseaban confiados entre ellos; era el desprecio del fuerte por el débil, la conciencia de la insignificancia de la presa, indigna de la temible fuerza de los gigantes. Para el observador externo, era imposible percibir los hilos que unían el tierno cerebro de los hombres con los indestructibles órganos de aquel mecanismo.

Cuando por fin abandonamos el edificio, el técnico que nos guiaba preguntó si deseábamos visitar los otros edificios y las dependencias anexas en ese momento o si preferíamos hacer una pausa para descansar. Yo preferí lo segundo.

-He visto las máquinas y a los obreros -dije-, pero aún no comprendo la propia organización del trabajo. Me gustaría preguntarle sobre eso.

Como toda respuesta, el técnico nos condujo a una construcción de forma cúbica que se hallaba entre el edificio central y uno de los laterales. Había otras tres construcciones como esa, y todas dispuestas del mismo modo. Sus paredes negras estaban cubiertas de filas de signos blancos y brillantes; eran las tablas de estadísticas del trabajo. Yo ya conocía bastante la lengua de los marcianos para descifrarlas. Sobre una de las tablas, marcada con el número 1, decía:

"La producción de maquinaria arroja un excedente de 968.757 horas de trabajo por día, de las cuales 11.525 corresponden a obreros calificados".

"En esta fábrica hay un excedente de 753 horas, de las cuales 29 corresponden a obreros calificados".

"No hay falta de obreros en la producción agrícola, minera, química, en los trabajos de excavación…" etc. (se enumeraba en orden alfabético una infinidad de ramas del trabajo).

En la tabla número 2 decía:

"La producción de ropa arroja un déficit de 592.685 horas de trabajo por día, de las cuales 21.380 corresponden a mecánicos calificados y 7.582 a especialistas en organización".

"La producción de calzado requiere 79.360 horas, de las cuales…", etc.

"Instituto de cálculos: 3.078 horas…", etc.

Lo mismo podía leerse en las tablas número 3 y 4. En la lista de ramas del trabajo figuraban algunas tales como "educación de niños menores", "educación de adolescentes", "cobertura médica en ciudades", "cobertura médica en el campo", etc.

-¿Por qué el excedente de trabajo solo se encuentra indicado con exactitud en la producción de maquinaria, mientras que el déficit se registra con tanto detalle en las demás ramas? -pregunté.

-Es muy sencillo -respondió Menni-. Con ayuda de las tablas regulamos la distribución del trabajo; para ello es necesario que cada cual vea dónde y en qué medida falta fuerza de trabajo. Entonces la persona con igual disposición hacia dos trabajos distintos elige aquel en el que el déficit es mayor. En cuanto al excedente de trabajo, basta con conocer los datos exactos allí donde este existe para que cada obrero de esa rama pueda evaluar tanto el nivel de excedente como su disposición a cambiar de ocupación.

Mientras conversábamos, noté de pronto que algunas cifras de la tabla habían desaparecido y, en su lugar, habían aparecido otras. Pregunté qué significaba eso.

-Las cifras cambian a cada hora -me explicó Menni-. Al cabo de una hora varios miles de obreros han expresado su deseo de cambiar de trabajo. El mecanismo central de estadísticas registra ello en todo momento, y cada hora envía esa información mediante transmisión electrónica.

-Pero ¿cómo logra el centro de estadísticas establecer las cifras de excedente y déficit?

-El instituto de cálculos cuenta con agencias por todas partes, que siguen el movimiento de los productos en los depósitos, la productividad de todas las empresas y la variación en el número de obreros ocupados en estas. De este modo sabemos cuánto y qué cabe producir en cierto plazo de tiempo y cuántas horas de trabajo se requieren para ello. Luego el instituto calcula, para cada rama del trabajo, la diferencia entre lo que se produce y lo que se debería producir, y envía esa información a todas partes. La afluencia de voluntarios restablece entonces el equilibrio.

-¿Y el consumo de productos no está limitado?

-En absoluto: cada cual toma lo que necesita y la cantidad que desea.

-¿Y no se requiere para ello nada similar al dinero, nada que certifique la cantidad de trabajo realizado o la obligación de realizarlo, o algo por el estilo?

-Para nada. Aquí el trabajo es libre y nunca falta ya sin eso. El trabajo es una necesidad natural del hombre socialista desarrollado, y todas las formas de coerción subrepticia o manifiesta están completamente de más entre nosotros.

-Pero si el consumo no está limitado, ¿no pueden darse bruscas fluctuaciones que desbaraten todos los cálculos estadísticos?

-Claro que no. Puede suceder que un individuo comience a comer tal o cual producto en una cantidad que supere dos o tres veces a la media, o que desee diez trajes distintos en diez días, pero una sociedad compuesta por tres mil millones de personas no está expuesta a esas fluctuaciones. Con cifras tan grandes, las desviaciones hacia uno u otro lado tienden a equilibrarse, y las magnitudes medias varían muy lentamente, con rigurosa continuidad.

-¿Quiere decir que su estadística funciona casi automáticamente? ¿Cálculo simple y nada más?

-Pues no. Existen muchas dificultades. El instituto de cálculos debe seguir con gran atención el desarrollo de nuevos inventos y el cambio en las condiciones naturales de la producción para poder calcularlos con precisión. La introducción de una nueva máquina requiere de inmediato una redistribución del trabajo, tanto en el ámbito donde se aplica como en el de la producción de maquinaria, y a veces incluso en la producción de materiales para una u otra rama. El agotamiento de una mina o el descubrimiento de nuevas riquezas minerales implica, otra vez, una redistribución del trabajo en toda una serie de ramas de la producción: el tendido de vías férreas, etc. Todo eso debe calcularse desde un principio, si no con exactitud, al menos con el suficiente grado de certeza, lo que no es nada sencillo hasta que no se reciben datos de la observación directa.

-Con esas dificultades -señalé- es evidente que es preciso contar en todo momento con cierta reserva de excedente de trabajo, ¿verdad?

-Exactamente, y ese es el principal sostén de nuestro sistema. Hace doscientos años, cuando el trabajo colectivo apenas alcanzaba para satisfacer las necesidades de la sociedad, era necesaria una total precisión en los cálculos, y la división del trabajo no podía realizarse con plena libertad; existía una jornada laboral obligatoria en la que no siempre se podía tener en cuenta la vocación de los camaradas. Pero cada invento, si bien creaba dificultades pasajeras para la estadística, facilitaba la tarea principal, es decir, el pasaje a la libertad ilimitada del trabajo. Primero se acortó la jornada laboral; luego, cuando en todas las ramas del trabajo se constató un excedente, toda obligación quedó definitivamente abolida. Advierta lo insignificante que son las cifras que expresan la falta de trabajo en la producción: miles, decenas, centenas de miles de horas de trabajo, no más, y eso en comparación con los millones y decenas de millones de horas de trabajo que ya se gastan en las mismas industrias.

-Sin embargo, aún existe déficit de trabajo -objeté-. Aunque lo más probable es que se cubra con el ulterior excedente, ¿cierto?

-Y no solo con el ulterior. En realidad, el cálculo mismo del trabajo necesario se hace de tal modo que a la cifra principal se le añade aún cierta magnitud. En las ramas más importantes para la sociedad -la producción de alimentos, de ropa, de viviendas, de maquinaria- ese añadido alcanza el seis por ciento, y, en las menos importantes, el uno o dos por ciento. De esta manera, las cifras que muestran la falta de trabajo en estas tablas no hacen más que expresar, en rigor, un déficit relativo, no absoluto. Incluso si las decenas y centenas de miles de horas indicadas aquí no fueran cumplimentadas, eso no significaría aún que la sociedad sufrirá de alguna carencia.

-¿Y cuánto tiempo trabaja cada obrero, por ejemplo en esta fábrica?

-La mayoría trabaja entre una hora y media y dos horas y media -respondió el técnico-. Hay quienes trabajan más y quienes trabajan menos. Por ejemplo, ahí tiene al camarada que controla el martillo principal; se apasiona tanto con su trabajo que no permite que nadie lo sustituya en toda la jornada laboral, así que trabaja seis horas por día.

Traduje mentalmente a la cuenta terrestre todas esas cifras marcianas, teniendo en cuenta que el día en Marte es un poco más largo y está dividido en diez horas. Resultaba que la jornada habitual era de cuatro, cinco o seis horas, y la más extensa de quince, es decir, como en la Tierra en el caso de las empresas más explotadoras.

-¿Y acaso no es perjudicial para el camarada del martillo trabajar tanto? -pregunté.

-Por ahora no -respondió Netti-. Se puede permitir ese lujo otro medio año. Yo, desde luego, le advertí sobre los riesgos a los que se exponía con ese entusiasmo. Uno de ellos es la posibilidad de un colapso psíquico convulsivo que lo haga desear arrojarse bajo el martillo. El año pasado hubo un caso así, en esta misma fábrica, con otro mecánico que también amaba las sensaciones fuertes. Solo gracias a una feliz casualidad lograron detener el martillo, por lo que el involuntario suicidio no se concretó. La sed de sensaciones fuertes no es en sí misma una enfermedad, pero puede derivar fácilmente en patologías en cuanto el sistema nervioso vacila a causa del agotamiento, una lucha interior o alguna afección ocasional. Yo, desde luego, no pierdo de vista a los camaradas que se entregan más de la cuenta a cualquier tarea monótona.

-Y este camarada del que estamos hablando, ¿no debería abandonar su puesto, toda vez que en la producción de maquinaria hay un excedente de trabajo?

-Claro que no -se echó a reír Menni-. ¿Por qué debería él restablecer el equilibrio a su costa? La estadística no obliga a nadie a nada. Cada cual la toma en consideración, pero no se guía por ella sola. Si usted deseara entrar a trabajar en esta fábrica, seguramente encontraría un puesto, y en el centro de estadísticas la cifra del excedente aumentaría una o dos horas, no más que eso. La influencia de la estadística se refleja en todo momento en las redistribuciones masivas de trabajo, pero cada individuo es libre.

Durante esta conversación habíamos logrado descansar lo suficiente, y todos, salvo Menni, continuamos con nuestra visita a la fábrica. Menni, por su parte, regresó a casa, ya que lo habían llamado del laboratorio.

Por la noche decidí quedarme en casa de Netti, quien me había prometido llevarme al otro día al "Hogar de Niños", donde su madre trabajaba como educadora.

El "Hogar de Niños"

El "Hogar de Niños" ocupaba una parte considerable de la ciudad, la mejor además, y contaba con una población de entre quince y veinte mil habitantes. Dicha población estaba compuesta, en efecto, casi exclusivamente por niños y educadores. Todas las grandes ciudades del planeta disponen de este tipo de establecimientos, que en muchos casos llegan a formar ciudades autónomas; solo las pequeñas colonias, como la "ciudadela química" de Menni, carecen de ellos.

Grandes casas de dos pisos con sus característicos techos celestes dispersas en medio de jardines con arroyitos, estanques, campos para juegos y gimnasia, hileras de flores y hierbas curativas, casitas para animales domésticos y pájaros… Multitudes de chiquillos de ojos inmensos y sexo desconocido, ya que el uniforme que usan es igual para todos… A decir verdad, entre los adultos también es difícil distinguir hombres y mujeres guiándose solo por la ropa, la cual, a grandes rasgos, es similar; solo hay cierta diferencia en el estilo: la de los hombres remarca más la forma del cuerpo, mientras que la de las mujeres más bien la oculta. Como fuera, esa criatura ya no joven que nos recibió cuando bajamos de la góndola frente a las puertas de una de las casas más grandes era, sin duda alguna, una mujer, puesto que Netti, al abrazarla, la llamó "mamá". En la conversación ulterior, sin embargo, la llamaba como a cualquier otro camarada, simplemente por el nombre, Nella.

La marciana ya conocía el objeto de nuestra visita y, de inmediato, nos condujo por todas las secciones de su "Hogar de Niños", comenzando por la de los más pequeños, que ella misma dirigía, hasta la de los mayores, rayanos en la adolescencia. Los pequeños monstruitos se unían a nosotros o nos seguían, observando con sus inmensos y curiosos ojos a un hombre de otro planeta. Sabían bien quién era yo, y cuando atravesábamos las últimas secciones éramos seguidos ya por toda una multitud, pese a que la mayoría de los chiquillos se había dispersado desde la mañana por el jardín.

En aquella casa vivían unos trescientos niños de diversas edades. Le pregunté a Netti por qué en esos establecimientos reunían a niños de todas las edades y no los separaban en casas diferentes, lo que facilitaría en gran medida la división del trabajo entre los educadores y simplificaría su actividad.

-Porque entonces no habría verdadera educación -me respondió Nella-. Para ser educado de cara a la sociedad, el niño debe vivir en sociedad. Los niños adquieren unos de los otros la mayor parte de la experiencia vital y de los conocimientos. Separarlos por edades implicaría crear para ellos un medio vital estrecho y exclusivo en el que el desarrollo del hombre futuro se daría en forma lenta, indolente y monótona. El contacto entre las diferentes edades ofrece una mayor libertad para la actividad directa. Los niños mayores son nuestros mejores ayudantes en el cuidado de los menores. No, no solo reunimos a conciencia a niños de todas las edades, sino que también, en cada hogar de niños, intentamos seleccionar a educadores de distinta edad y de distintas especialidades prácticas.

-Sin embargo, en este hogar los niños están distribuidos en secciones de acuerdo a su edad, lo que no parece condecirse con sus palabras.

-Los niños son agrupados en secciones solo para dormir, desayunar, almorzar; para tales cosas, desde luego, no hay ninguna necesidad de mezclar las edades. Pero para jugar y estudiar se agrupan como ellos quieren. Incluso a veces, cuando hay alguna lección literaria o científica para los niños de una determinada sección, en el aula se apiñan un montón de chiquillos de las otras secciones. Los niños eligen por sí mismos su compañía y disfrutan de la amistad con niños de otras edades, y sobre todo con adultos.

-Nella -dijo en ese momento un niño, apartándose de la multitud-, Esta se llevó el bote que yo mismo hice; sácaselo y devuélvemelo.

-¿Dónde está ella? -preguntó Nella.

-Se fue corriendo al estanque para lanzar el bote al agua- explicó el pequeño.

-Bueno, ahora no tengo tiempo para ir allí; que alguno de los mayores te acompañe y convenza a Esta de que no debe ofenderte. Aunque mejor ve allí solo y ayúdala a lanzar el bote; no tiene nada de extraño que el bote le haya gustado, está muy bien hecho.

El niño se retiró, y Nella se dirigió a los otros:

-Y ustedes, pequeños, harían bien en dejarnos solos. Al extranjero no le debe resultar grato verse rodeado de cientos de ojos desencajados. Imagínate, Elvi, que te clave los ojos una multitud de extranjeros. ¿Qué harías?

-Saldría corriendo -declaró con valentía el que estaba más cerca, a quien ella se había dirigido. Y ahí mismo todos los niños rieron y se dispersaron a la carrera. Salimos al jardín.

-Sí, vea usted la fuerza que tiene el pasado -dijo la educadora con una sonrisa-. Parecería que el comunismo aquí es pleno, que a los niños casi nunca hace falta negarles nada, pues ¿de dónde podría salir el sentimiento de la propia individualidad? Y, sin embargo, un niño aparece y dice "mi" bote, "yo mismo" hice. Y eso sucede con mucha frecuencia; a veces llegan incluso a tomarse a puños. No hay vuelta que darle, es la ley universal de la vida: el desarrollo del organismo repite en forma abreviada el desarrollo de la especie, y el desarrollo de la individualidad repite de idéntico modo el desarrollo de la sociedad. La autodeterminación de una persona en su infancia media y avanzada presenta, en la mayoría de los casos, un carácter vagamente individualista. La proximidad de la pubertad no hace al principio más que reforzar ese matiz. Recién en la juventud el medio social logra vencer definitivamente los restos del pasado.

-¿Y les hablan a los niños de ese pasado? -pregunté.

-Por supuesto, y a ellos les encantan las conversaciones y los relatos sobre los tiempos antiguos. Primero los toman como fábulas; fábulas hermosas y algo aterradoras sobre otro mundo, extraño y remoto, pero que, con sus cuadros de lucha y violencia, despierta ecos confusos en la profundidad atávica de los instintos infantiles. Solo más tarde, cuando supera los restos vivos del pasado en la propia alma, el niño aprende a percibir con mayor claridad los vínculos temporales, y los cuadros fabulescos se van convirtiendo para él en realidad histórica, pasando a ser eslabones vivos de una continuidad viviente.

Caminábamos por las alamedas de un vasto jardín. De cuando en cuando nos topábamos con grupos de niños ocupados en sus juegos, o excavando zanjas, trabajando con herramientas de artesanía, construyendo glorietas o bien charlando animadamente. Todos se volvían con curiosidad hacia mí, pero nadie nos seguía; por lo visto, habían sido advertidos. La mayoría de los grupos que nos salían al paso estaban integrados por niños de diferentes edades; en algunos había un adulto, en otros dos.

-Su hogar cuenta con muchos educadores -señalé.

-Sí, sobre todo si se incluye a los niños mayores, como en verdad cabe hacer. Pero educadores especialistas solo tenemos tres; el resto de los adultos que usted ve son en su mayor parte madres y padres que han venido a pasar un tiempo con sus hijos o jóvenes que desean estudiar para ser educadores.

-¿Cómo? ¿Todos los padres que deseen pueden venir a instalarse aquí para vivir con sus hijos?

-Sí, obviamente. Algunas madres viven aquí durante varios años, pero la mayoría viene de cuando en cuando a pasar una semana, dos, un mes. Los padres viven aquí con menor frecuencia. En nuestro hogar hay sesenta habitaciones separadas para los padres y para aquellos niños que quieren estar solos, y no recuerdo una sola ocasión en la que hubieran faltado habitaciones.

-¿Quiere decir que a veces los niños se rehúsan a vivir en las instalaciones comunes?

-Sí, los mayores a menudo prefieren vivir solos. En parte, es un reflejo de ese individualismo sin superar que le mencionaba, y en parte, sobre todo en los niños que tienden a enfrascarse en actividades científicas, el simple deseo de apartar todo aquello que distrae y dispersa la atención. Por cierto, varios de nuestros adultos también prefieren vivir solos, en especial aquellos que se dedican a la investigación científica o a la labor creativa.

En ese momento, sobre un pequeño claro situado frente a nosotros, vimos a un niño de unos seis o siete años que, con un palo en las manos, corría detrás de un animal. Apuramos el paso; el niño no nos prestó la menor atención. En el momento en que llegábamos, el niño alcanzó a su presa -una suerte de rana grande- y le dio un fuerte golpe con el palo. El animal reptó lentamente por la hierba con una pata rota.

-¿Por qué has hecho eso, Aldo? -preguntó tranquila Nella.

-No podía atraparla, siempre se me escapaba -explicó el niño.

-¿Pues sabes lo que has hecho? Le has causado dolor a la rana y le has fracturado una pata. Dame el palo que te lo explicaré.

El niño entregó la rama a Nella, y esta, con un movimiento rápido, le dio un fuerte golpe en la mano. El niño lanzó un grito.

-¿Te duele, Aldo? -preguntó con la misma calma la educadora.

-¡Me duele mucho, Nella mala! -respondió él.

-Pues tú golpeaste a la rana con más fuerza. Yo apenas te he lastimado la mano, pero tú le has quebrado una pata. A ella no solo le duele mucho más que a ti, sino que ahora no puede correr ni saltar, no puede ir a buscar comida, y morirá de hambre o se la comerán otros animales malvados de los que no podrá escapar. ¿Qué piensas de eso, Aldo?

El niño, quieto y con lágrimas de dolor, sostenía su mano magullada con la otra sana. Pese a ello, quedó pensativo y, al cabo de un instante, dijo:

-Hay que arreglarle la patita.

-Exacto -dijo Netti-. Déjame enseñarte cómo se hace.

Enseguida tomaron al animal herido, que no había podido alejarse más que unos pasos. Netti sacó su pañuelo y lo desgarró en pedazos, mientras Aldo, siguiendo sus instrucciones, le acercó varias ramitas finas. Luego ambos, con la seriedad con que los auténticos niños se ocupan de un asunto importante, empezaron a colocar una venda bien apretada sobre la pata fracturada de la rana.

Poco después, Netti y yo decidimos regresar a casa.

-¡Ah, me olvidaba! -exclamó Nella-. Hoy por la noche podrían ver en nuestro hogar a su viejo amigo Enno, que vendrá a hablarles a los mayores del planeta Venus.

-¿Quiere decir que vive en esta misma ciudad? -pregunté.

-No, el observatorio en el que trabaja queda a tres horas de camino de aquí. Pero Enno adora a los niños y no se olvida de mí, su vieja educadora. Por eso suele visitarnos, y en cada ocasión les cuenta a los niños algo interesante.

Aquella noche, desde luego, volvimos al "Hogar de Niños" a la hora señalada, y entramos en un aula grande en la que se habían reunido todos los niños, salvo los más pequeños, y varias decenas de adultos. Enno se alegró al verme.

-Ni que hubiera elegido el tema especialmente para usted -dijo en broma-. A usted lo aflige el retraso de su planeta y las perversas costumbres de su humanidad. Voy a hablar de un planeta donde los representantes superiores de la vida aún siguen siendo dinosaurios y lagartos voladores, y sus hábitos son aún peores que los de su burguesía. Allí su carbón mineral no arde en el fuego del capitalismo, sino que apenas crece en forma de bosques gigantescos. ¿Vamos algún día allí a cazar juntos ictiosauros? Estos Rothschild y Rockefeller de aquel lugar son, en verdad, mucho menos rapaces que esos suyos de la Tierra, pero a la vez mucho más brutos. Allí es el reino de la acumulación más originaria, omitida en "El capital" de su Marx… Bueno, Nella ya frunce el ceño por mi trivial palabrería. Ahora empiezo.

Enno describió de modo apasionante aquel lejano planeta con sus océanos profundos y borrascosos y sus montañas de enorme altitud, con su sol abrasador y sus nubes densas y blancas, con sus extraños huracanes y tormentas, con sus monstruos deformes y sus plantas majestuosas y gigantescas. Ilustraba todo ello con fotografías que exhibía sobre un monitor que ocupaba una pared entera de la sala. En la oscuridad solo se oía su voz; una atenta expectación reinaba en la sala. Cuando describía las aventuras de los primeros viajeros en ese mundo y contaba cómo uno de ellos había matado a un gigantesco lagarto con una granada de mano, ocurrió un curioso episodio que pasó inadvertido para la mayoría del público. Aldo, que todo el tiempo se había mantenido cerca de Nella, de pronto rompió en un silencioso llanto.

-¿Qué te pasa? -le preguntó Nella, inclinándose sobre él.

-Me da lástima del monstruo. Seguro le dolió mucho y se murió del todo -respondió el niño con voz queda.

Nella abrazó al niño y se puso a explicarle algo a media voz, pero él tardó en calmarse.

Enno, entretanto, contaba sobre las incalculables riquezas naturales del bello planeta, de sus inmensas cataratas de cientos de millones de caballos de fuerza, de los metales nobles hallados directamente sobre la superficie de sus montañas, de los riquísimos yacimientos de radio a una profundidad de varios cientos de metros, de las reservas de energía para cientos de miles de años. Yo aún no dominaba lo suficiente el idioma para apreciar la belleza de la exposición, pero las imágenes por sí solas cautivaron por entero mi atención, tanto como la de los niños. Cuando Enno terminó y la sala se iluminó, me sentí incluso un poco triste, como un niño que se apena cuando acaba un cuento hermoso.

Al finalizar la lección, hubo preguntas y objeciones por parte de los asistentes. Las preguntas eran tan variadas como el público; se referían tanto a detalles de la naturaleza de Venus como a los métodos de lucha con dicha naturaleza. Se planteó la siguiente pregunta: ¿dentro de cuánto tiempo debería surgir el hombre de la propia naturaleza de Venus y cuál debería ser la estructura de su cuerpo?

Las objeciones, en su mayor parte ingenuas, pero a veces bastante ingeniosas, se dirigieron sobre todo a la conclusión de Enno de que, en la actualidad, Venus era un planeta muy hostil para el hombre y que difícilmente en el corto plazo sería posible explotar en volúmenes considerables sus riquezas naturales. Los jóvenes optimistas se rebelaron contra esta afirmación, que expresaba la opinión de la mayoría de los investigadores. Enno señaló que el sol abrasador y el aire húmedo poblado de bacterias exponían a los humanos a muchas enfermedades, algo que todos los viajeros a Venus habían padecido; que los huracanes y las tormentas dificultaban el trabajo y amenazaban la vida de los humanos, y muchas cosas más. A los niños les pareció extraño retroceder ante tales obstáculos cuando el objetivo era conquistar un planeta tan hermoso. Para luchar contra las bacterias y las enfermedades había que enviar cuanto antes allí a mil médicos; para luchar contra los huracanes y las tormentas, a cientos de miles de constructores que, allí donde fuera necesario, erigirían altos muros e instalarían pararrayos. "¡Que sucumban nueve décimas partes! -exclamó un niño impetuoso de unos doce años-. ¡Vale la pena morir por ello siempre que se logre la victoria!". Y sus ardientes ojos revelaban que él mismo, por supuesto, no tendría reparos en ser parte de esas nueve décimas.

Enno demolió suave y mansamente los castillos de naipes de sus adversarios; sin embargo, se veía que, en el fondo de su alma, simpatizaba con ellos, y que su ardiente fantasía juvenil cobijaba los mismos planes decisivos, mejor elaborados, claro está, pero acaso no menos abnegados. Enno no había visitado aún Venus, y por su animación era evidente que su belleza y sus peligros ejercían una gran atracción sobre él.

Cuando la charla terminó, Enno se retiró con Netti y conmigo. Decidió pasar un día más en esa ciudad y me propuso ir al día siguiente con él al Museo de Arte. Netti estaría ocupado, pues lo habían convocado a otra ciudad para un importante congreso de médicos.

El Museo de Arte

-Ni siquiera suponía que aquí existían museos especiales dedicados a las obras de arte -le dije a Enno de camino al Museo-. Pensaba que las galerías de cuadros y esculturas eran una particularidad del capitalismo, con su lujo ostentoso y su brutal afán de acumular riquezas. En la sociedad socialista, en cambio, suponía que el arte estaba diseminado por todas partes, junto a la vida que embellecía.

-En eso no se equivoca -respondió Enno-. La mayoría de las obras de arte las destinamos siempre a los edificios públicos en los que discutimos nuestros asuntos comunes, en los que estudiamos e investigamos, en los que descansamos… En cambio, adornamos bastante menos nuestras fábricas y nuestras plantas industriales, ya que la estética de las poderosas máquinas y su rítmico movimiento nos gusta en estado puro, y hay muy pocas obras de arte que puedan armonizar con ellas sin disipar o atenuar sus efectos. Menos aún adornamos nuestras casas, en las que, en general, pasamos muy poco tiempo. Pero nuestros museos de arte son instituciones científico-estéticas, escuelas para estudiar el desarrollo de las artes o, más exactamente, el desarrollo de la humanidad en su actividad artística.

El Museo se hallaba en una isla pequeña en medio de un lago, unida a la ribera por un puente estrecho. El edificio en sí mismo, un largo rectángulo que servía de marco a un jardín con fuentes altas e infinidad de flores azules, blancas, negras y verdes, estaba adornado con elegancia por fuera e inundado de luz por dentro.

En él no había, en efecto, ese confuso amontonamiento de estatuas y cuadros que suele verse en los grandes museos de la Tierra. En pocos cientos de imágenes pude seguir la línea de desarrollo de las artes plásticas, desde las primitivas y rústicas obras de la época prehistórica a las creaciones técnicamente ideales del último siglo. De principio a fin se sentía la huella de esa integridad interna y palpitante que los hombres llaman "genio". Evidentemente, allí estaban reunidas las mejores obras de todas las épocas.

Para comprender con plenitud la belleza de otro mundo es preciso conocer en profundidad su vida, y para dar a los otros una idea de esa belleza es necesario estar ligado orgánicamente a ella… Por eso me es imposible describir lo que allí vi; solo puedo ofrecer atisbos, indicaciones fragmentarias de lo que más me asombró.

El motivo principal de la escultura marciana, al igual que de la nuestra, es la belleza del cuerpo humano. Las diferencias entre la complexión física de los marcianos y los terrícolas no son en general muy grandes; más allá de la notable diferencia en el tamaño de los ojos y, en parte, en la estructura del cráneo, tales diferencias no superan a las existentes entre las distintas razas de la Tierra. No podría explicarlas con precisión; sé muy poco de anatomía para ello; no obstante, mis ojos se acostumbraron a ellas con facilidad y casi de inmediato las tomó no como fealdad, sino como curiosidad.

Noté que la constitución física de hombres y mujeres es más parecida que en la mayoría de nuestros pueblos. Los hombros de las mujeres son relativamente anchos; la masa muscular de los hombres no se destaca tanto, debido a cierta gordura, y, como su pelvis es más ancha, las diferencias quedan atenuadas. Por cierto, ello corresponde más bien a la época actual, la época del libre desarrollo humano; en las estatuas del período capitalista las diferencias entre ambos sexos eran más ostensibles. Es evidente que la esclavitud doméstica de la mujer y la lucha febril por la existencia del hombre deforman sus cuerpos en dos direcciones distintas.

En ningún momento me abandonó la conciencia -clara por momentos, vaga en otros- de que tenía ante mí imágenes de un mundo ajeno, lo que confería a todas las impresiones un matiz algo extraño, medio fantasmal. Incluso el bello cuerpo femenino de esas estatuas y pinturas despertaba en mí un sentimiento incomprensible, en absoluto similar a la habitual atracción amorosa y estética; se parecía más bien a un confuso presentimiento que me había inquietado hacía mucho tiempo, en la época de mi pubertad.

Las estatuas de las épocas primigenias eran de un solo color, al igual que las nuestras; las tardías reproducían los colores naturales. Eso no me sorprendió. Siempre había pensado que el apartamiento de la realidad no podía ser un elemento necesario del arte, que incluso era antiartístico cuando reducía la riqueza de la percepción, como en el caso de la escultura monocromática, y que en ese caso no facilita, sino que dificulta la idealización artística que concentra la vida.

En las estatuas y pinturas de las épocas remotas, al igual que en nuestra escultura antigua, predominaban las imágenes de armonía serena, libre de toda tensión. En las épocas medias, de transición, aparece un carácter nuevo: el ímpetu, la pasión, el agitado afán, a veces suavizado al grado de difuso sueño erótico o religioso, y otras manifestándose en el brusco desgarro de las fuerzas del cuerpo y el alma. En la época socialista, el carácter fundamental vuelve a cambiar; es el movimiento armonioso, la manifestación calma y segura de la fuerza, la acción ajena al estado mórbido del esfuerzo, el afán libre de inquietud, la actividad vital penetrada por la conciencia de su unidad y de su racionalidad invencible.

Si el ideal femenino de belleza del arte antiguo expresaba la posibilidad infinita del amor, y el ideal de belleza de la Edad Media y el Renacimiento la sed insaciable de amor, fuera este místico o sensible, aquí, en el ideal de belleza de otro mundo más avanzado, se encarnaba el propio amor en su serena y orgullosa autoconciencia, el propio amor, claro, luminoso, triunfal…

Las obras de arte tardías, al igual que las antiguas, se caracterizan por la simpleza y la unidad del motivo. Se representan seres humanos muy complicados con un rico y armonioso contenido vital, y además se eligen esos momentos en los que la vida se concentra toda en un único sentimiento, en un único afán… Los temas favoritos de los artistas recientes -el éxtasis del pensamiento creador, el éxtasis del amor, el éxtasis del goce de la naturaleza, la serenidad de la muerte voluntaria- describen profundamente la esencia de un gran pueblo que sabe vivir con plenitud y al máximo de sus posibilidades, que sabe morir con conciencia y dignidad.

La sección de pintura y escultura ocupaba una mitad del museo; la otra estaba dedicada por entero a la arquitectura. Los marcianos entienden por arquitectura no solo la estética de los edificios y de las grandes obras de ingeniería, sino también la estética de los muebles, de las herramientas, de las máquinas; en general, la estética de todo lo que es material y útil. Del inmenso papel que este arte desempeña en su vida hablaban la singular exhaustividad y meticulosidad con que había sido reunida aquella colección. Desde las primitivas viviendas en cavernas, con sus utensilios toscamente decorados, hasta las suntuosas casas colectivas hechas de vidrio y aluminio con sus interiores diseñados por los mejores artistas, hasta las gigantescas plantas industriales con sus máquinas tremendamente bellas, hasta los grandes canales con sus muelles de granito y sus puentes colgantes; todo se exhibía allí en forma de cuadros, planos, modelos y, especialmente, estereogramas, los cuales, dentro de grandes estereoscopios, reproducían todo aquello con una completa ilusión de realidad. Un lugar destacado lo ocupaba la estética de los jardines, campos y parques; por más inusual que me resultara la naturaleza de Marte, yo mismo comprendía a veces la belleza de esas combinaciones de flores y formas que aquel genio colectivo de ojos grandes había creado.

En las obras de las épocas anteriores, al igual que sucede en la Tierra, la elegancia se obtenía a costa de la comodidad, la decoración iba en detrimento de la solidez, el arte violentaba directamente el fin utilitario de los objetos. Nada semejante veían mis ojos en las obras de la época reciente, ni en el mobiliario, ni en las herramientas, ni en las construcciones. Le pregunté a Enno si la arquitectura contemporánea permitía apartarse de la perfección práctica de los objetos en favor de su belleza.

-Jamás -respondió Enno-, eso sería una belleza falsa, artificialidad y no arte.

En los tiempos presocialistas, los marcianos erigían monumentos a sus grandes hombres; ahora, en cambio, erigen monumentos solo a los grandes sucesos, tales como el primer intento de llegar a la Tierra, que acabó con la muerte de los investigadores, o la detención de una epidemia mortal, o el descubrimiento de la descomposición y síntesis de todos los elementos químicos. Una serie de monumentos podía apreciarse en los estereogramas de la misma sección en la que se exhibían sepulcros y templos (antiguamente en Marte habían existido religiones). Uno de los últimos monumentos a los grandes hombres era el del ingeniero del que me había hablado Menni. El artista había logrado representar la fuerza espiritual de un hombre que había dirigido victoriosamente el ejército del trabajo en la lucha con la naturaleza y había rechazado con orgullo el cobarde juicio de la moralidad sobre sus actos.

Mientras yo, en involuntaria meditación, me detuve a contemplar el panorama del monumento, Enno recitó en voz baja unos versos que expresaban la esencia de la tragedia espiritual del héroe.

-¿De quién son esos versos? -pregunté.

-Míos -respondió Enno-. Los escribí para Menni.

Yo no podía apreciar como corresponde la belleza interna de unos versos compuestos en una lengua extraña para mí; pero, sin dudas, su idea era clara, el ritmo armonioso, la rima sonora y pletórica. Aquello cambió el curso de mis pensamientos.

-¿Quiere decir que en su poesía también florecen la rima y el ritmo estrictos?

-Por supuesto -dijo Enno con un matiz de asombro-. ¿Acaso le parece feo?

-No, en absoluto -expliqué-, pero entre nosotros es común la opinión de que esa forma fue engendrada por el gusto de las clases dominantes de nuestra sociedad, como expresión de su voluptuosidad y apego a convenciones que encadenan la libertad del discurso artístico. De ahí que saquen la conclusión de que la poesía del futuro, la poesía de la época socialista, debe revocar y olvidar esas leyes restrictivas.

-Eso es completamente injusto -objetó Enno, encendido-. Las reglas del ritmo nos parecen bellas no por apego a lo convencional, sino porque armonizan profundamente con la regularidad rítmica de los procesos de nuestra vida y de nuestra conciencia. Y la rima, que culmina una serie de variaciones con idénticos acordes finales, ¿no guarda acaso una profunda afinidad con ese vínculo vital de las personas, cuya variedad interior es enriquecida por la unidad en el goce del arte? Sin ritmo no hay forma artística. Donde no hay ritmo de sonidos debe haber, y tanto más estrictamente, ritmo de ideas… Y si la rima tiene, en efecto, un origen feudal, lo mismo puede decirse de muchas otras cosas buenas y bellas.

-Pero, de hecho, ¿la rima no restringe y dificulta la expresión de la idea poética?

-¿Y eso qué tiene? Tal restricción deriva del objetivo que el artista se ha puesto libremente. Ella no solo dificulta, sino también perfecciona la expresión de la idea poética, y solo existe por ello. Cuanto más complejo el objetivo, más difícil es el camino que conduce a él y, por consiguiente, más son los obstáculos. Si usted desea construir un bello edificio, ¿cuántas reglas de la técnica y de la armonía determinarán y, por tanto, "restringirán" su trabajo? Usted es libre en la elección de los objetivos, esa es la única libertad humana. Pero así como desea el objetivo, también desea los medios para llegar a él.

Descendimos al jardín para descansar de tantas impresiones. Caía ya la tarde, una tarde clara y suave de primavera. Las flores comenzaban a recoger sus cálices y hojas para cerrarlos durante la noche; es esa una característica común de las plantas de Marte, provocada por las frías noches del planeta. Reanudé la conversación que habíamos comenzado.

-Dígame, ¿qué tipo de literatura prevalece actualmente entre ustedes?

-El drama, sobre todo la tragedia, y las descripciones poéticas de la naturaleza -respondió Enno.

-¿Y cuál es el contenido de sus tragedias? ¿De dónde sacan material para ella en su pacífica y feliz convivencia?

-¿Pacífica? ¿Feliz? ¿De dónde ha sacado eso? Aquí reina la paz entre los hombres, es verdad, pero no hay paz con los elementos de la naturaleza, ni puede haberla. Y se trata de un enemigo que esconde una nueva amenaza tras cada derrota. En el último período de nuestra historia hemos aumentado decenas de veces la explotación de nuestro planeta; la población crece, y mucho más rápido aún crecen nuestras necesidades. El peligro de agotamiento de las fuerzas y recursos naturales ya se nos ha presentado en varias ramas del trabajo. Hasta hoy hemos logrado superarlo sin recurrir a la odiosa reducción de la vida, tanto la propia como la de nuestros descendientes, pero ahora esa lucha adquiere un carácter particularmente grave.

-Nunca hubiera imaginado que, con su poderío técnico y científico, fueran posibles tales peligros. ¿Dice usted que eso ya ha sucedido en su historia?

-Hace apenas setenta años, cuando las reservas de carbón mineral se agotaron y el paso a la energía hidráulica y eléctrica estaba lejos de ser una realidad, tuvimos que aniquilar, para llevar adelante la gigantesca restructuración de las máquinas, una parte considerable de los valiosos bosques de nuestro planeta, lo que en pocos decenios desfiguró el paisaje y empeoró el clima. Después, cuando logramos sortear esa crisis, unos veinte años atrás, resultó que se estaban agotando las minas de hierro. Comenzamos a estudiar a toda prisa las aleaciones sólidas de aluminio, y un porcentaje enorme de las fuerzas técnicas de las que disponíamos fue destinado a la extracción eléctrica de aluminio del suelo. Ahora, según los cálculos de los estadísticos, dentro de treinta años nos amenaza el déficit de alimentos, siempre que antes no obtengamos la síntesis de la albúmina a partir de sus elementos.

-¿Y los otros planetas? -objeté-. ¿No podrían buscar en ellos la manera de compensar el déficit?

-¿Dónde? Venus, por lo visto, es aún inaccesible. ¿La Tierra? Tiene su humanidad, y hasta la fecha no está claro en qué medida podríamos utilizar sus recursos. Cada viaje hasta allí insume un enorme gasto de energías, y las reservas de materia radiactiva necesarias para ello, según las palabras de Menni, quien hace poco me estuvo contando de sus últimas investigaciones, son muy escasas en nuestro planeta. No, por doquier se encuentran dificultades importantes, y cuanto más cierra las filas nuestra humanidad en la conquista de la naturaleza, más las cierran los elementos para vengarse de nuestra victoria.

-Pero siempre se puede, por ejemplo, reducir la natalidad para solucionar el problema.

-¿Reducir la natalidad? Eso sería justamente la victoria de los elementos. Eso equivale a renunciar al crecimiento ilimitado de la vida, a que esta inevitablemente se detenga uno o dos estadios más adelante. Nosotros vencemos mientras atacamos. Renunciar al crecimiento de nuestro ejército significaría vernos asediados por los elementos, lo que debilitaría la fe en nuestra fuerza colectiva, en nuestra gran vida común. Junto con esa fe se perdería también el sentido de la vida de cada individuo, puesto que en cada uno de nosotros, pequeñas células de un gran organismo, vive el todo, y cada uno de nosotros vive de ese todo. No, reducir la natalidad sería lo último a lo que estaríamos dispuestos, y cuando eso suceda contra nuestra voluntad, será el principio del fin.

-Bueno, veo que la tragedia del todo siempre existe para ustedes, al menos como peligro latente. Pero mientras la victoria esté del lado de la humanidad, la colectividad brindará suficiente amparo al individuo contra esa tragedia; incluso si llegara a surgir un peligro real, los gigantescos esfuerzos y sufrimientos de la áspera lucha se dividirían con tanta equidad entre un sinnúmero de individuos que no podrían perturbar seriamente su serena felicidad. Y para esa felicidad, por lo visto, tienen todo lo que necesitan.

-¡Serena felicidad! ¿Acaso puede el individuo no verse grave y hondamente afectado por las conmociones de la vida del todo en el que nace y muere? ¿Acaso las profundas contradicciones de la vida no surgen de la propia limitación del ser individual con respecto al todo en el que vive, de la imposibilidad misma de fundirse por entero con ese todo, de disolver por entero en él la conciencia y abarcarlo en ella? ¿No comprende esas contradicciones? Eso sucede porque en su mundo están ocultas por otras más inmediatas y groseras. La lucha de clases, de grupos, de individuos les impide ver la idea del todo, y con ella tanto la felicidad como los sufrimientos que esta comporta. Yo he visto su mundo, y no podría soportar ni una décima parte de la demencia en la que viven sus hermanos. Por eso no me pondría a dilucidar quién de nosotros está más cerca de una felicidad serena; cuanto más armoniosa y ordenada es la vida, más dolorosas son en ella las inevitables disonancias.

-Pero dígame, Enno, ¿usted, por ejemplo, no es un hombre feliz? La juventud, la ciencia, la poesía y, seguramente, el amor… ¿Qué pesar puede hacerlo hablar con tanta pasión de la tragedia de la vida?

-Eso está muy bien dicho -rompió a reír Enno, y su risa sonó extraña-. Usted no sabe que el alegre Enno una vez ya se había decidido a morir. Si Menni hubiera demorado tan solo un día en escribirle esas seis palabras que acabaron con todos los cálculos -"¿No quiere viajar a la Tierra?"-, no tendría usted ahora a este alegre compañero de viaje. Pero no sería capaz de explicarle todo esto ahora. Pronto usted mismo verá que, si conocemos la felicidad, no es tan pacífica y serena como usted dice.

No me atreví a seguir con mis preguntas. Nos levantamos y regresamos al Museo. Sin embargo, no pude ya examinar sistemáticamente las colecciones; mi atención se había dispersado, los pensamientos se me iban. En la sección de escultura me detuve ante una de las estatuas más recientes, que representaba a un niño hermoso. Los rasgos de su rostro eran semejantes a los de Netti, pero lo que más me asombró fue la maestría con la que el artista había logrado plasmar en aquel cuerpo apenas bosquejado, en aquellos rasgos inacabados, en aquellos ojos alarmados y escrutadores una genialidad en ciernes. Permanecí largo tiempo inmóvil ante la estatua, abstraído de todo, hasta que la voz de Enno me obligó a volver en sí.

-Es usted -me dijo señalando al niño-, es su mundo. Será un mundo maravilloso, pero aún está en la infancia; y mire qué agitados ensueños, qué inquietantes imágenes turban su conciencia… Está medio dormido, pero se despertará. ¡Puedo sentirlo, creo profundamente en ello!

A la sensación de alegría que esas palabras despertaron en mí se añadió una extraña pena: "¿Por qué no era Netti quien pronunciaba esas palabras?"

En el hospital

Regresé a casa extenuado, y tras dos noches de insomnio y un día entero de absoluta incapacidad para trabajar decidí ir a ver a Netti; no quería recurrir al médico de la ciudadela química, a quien no conocía. Netti trabajaba desde la mañana en el hospital, y allí lo encontré, recibiendo a los enfermos.

Cuando me vio en la sala de espera, se acercó de inmediato a mí, examinó con atención mi cara, me tomó de la mano y me llevó a una pequeña habitación aparte en la que la suave luz celeste se mezclaba con el ligero y agradable aroma de fragancias por mí desconocidas, y en la que el silencio no se veía perturbado. Allí me hizo sentar cómodamente en un hondo sillón y dijo:

-No piense en nada, no se preocupe por nada. Hoy me ocuparé de todo yo. Descanse, yo más tarde regreso.

Se fue, y yo no pensé en nada ni me preocupé por nada, porque él se ocupó de todos mis pensamientos y preocupaciones. Aquello era muy agradable, y a los pocos minutos me quedé dormido. Cuando desperté, Netti otra vez estaba frente a mí, observándome con una sonrisa.

-¿Se siente mejor ahora? -preguntó.

-Completamente repuesto. Es usted un médico genial -respondí-. Atienda a sus pacientes y no se preocupe por mí.

-Mi trabajo por hoy ha terminado. Si quiere, le mostraré nuestro hospital -me propuso.

Esa idea me resultó muy interesante, y fuimos a recorrer todo aquel bello y espacioso edificio.

Entre los enfermos predominaban los casos quirúrgicos y nerviosos. La mayor parte de los primeros había sufrido accidentes mientras operaba con máquinas.

-¿Acaso en sus fábricas y plantas industriales no cuentan con la suficiente protección? -le pregunté a Netti.

-Una protección absoluta que haga imposible cualquier accidente es algo que casi no existe. Pero los enfermos que aquí ve provienen de una región con más de dos millones de habitantes; para una región así, unas pocas decenas de enfermos no es gran cosa. A menudo se trata de principiantes no familiarizados aún con el funcionamiento de las máquinas; aquí a la gente le gusta pasar de una rama de la producción a otra. Los especialistas, los hombres de ciencia y los artistas, particularmente, son víctimas fáciles de su distracción; la atención suele traicionarlos, quedan pensativos o sumidos en contemplaciones.

-¿Y los cuadros nerviosos? Supongo que se deben a la fatiga laboral, ¿verdad?

-Sí, no son pocos esos casos. Pero no son menos los trastornos provocados por la ansiedad y las crisis en la vida sexual, así como por otras conmociones psicológicas tales como la muerte de seres queridos.

-¿Y hay aquí alienados con pérdida u ofuscación de la conciencia?

-No, de esos no hay. Para esos existen clínicas especiales. Allí se necesitan condiciones apropiadas para los casos en los que el enfermo puede dañar a los otros o a sí mismo.

-¿Y en tales casos recurren a la fuerza con los pacientes?

-Solo en la medida de lo necesario, obviamente.

-Ya es la segunda vez que encuentro violencia en su mundo. La primera fue en el "Hogar de Niños". Dígame, ¿significa esto que no han logrado eliminar por entero esos elementos, que se ven obligados a admitirlos de forma consciente?

-Sí, así como admitimos la enfermedad y la muerte o, por caso, un medicamento amargo. ¿Qué ser racional renunciaría a la violencia, por ejemplo, para proteger su propia vida?

-¿Sabe? Para mí eso reduce considerablemente el abismo que hay entre nuestros mundos.

-Es que la principal diferencia entre ambos no estriba en que en el suyo hay mucha violencia y coerción y en el nuestro hay poca. La principal diferencia es que, en su mundo, tanto una como la otra toman forma de leyes externas e internas, de normas del derecho y de la moral que gobiernan a las personas y gravitan en todo momento sobre ellas. Entre nosotros, en cambio, la violencia existe solo como síntoma de una enfermedad o como acto racional de un ser racional. En uno y otro caso, no se crean ni a partir de ella ni en favor de ella leyes y normas sociales, mandamientos personales o impersonales.

-Pero entre ustedes debe haber reglas que limiten la libertad de los enfermos mentales o de los niños.

-Sí, reglas estrictamente científicas adecuadas a la pedagogía y al cuidado de los enfermos. Aunque, desde luego, estas reglas técnicas no contemplan en absoluto ni todos los casos de uso necesario de la fuerza ni todas las formas de su aplicación, ni tampoco el grado de su empleo; todo ello depende de un conjunto de condiciones concretas.

-Pero, si es así, queda abierta la posibilidad de una auténtica arbitrariedad por parte de los educadores o de quienes cuidan a los enfermos.

-¿Qué significa la palabra "arbitrariedad"? Si significa violencia innecesaria, excesiva, solo es posible por parte de un enfermo que debe ser tratado. Un hombre racional y consciente, desde luego, no es capaz de una cosa así.

Pasamos por las habitaciones de los internados, los quirófanos, las salas con medicamentos, las dependencias de quienes cuidan a los enfermos y, cuando subimos al piso superior, entramos en una sala grande y hermosa cuyas paredes transparentes dejaban ver un lago, un bosque y montañas lejanas. La estancia estaba decorada con estatuas y pinturas de alta calidad artística; los muebles eran lujosos y elegantes.

-Este es el cuarto de los que van a morir -dijo Netti.

-¿Traen aquí a todos los que van a morir? -pregunté.

-Sí, o vienen ellos mismos -respondió Netti.

-¿Acaso sus enfermos prontos a morir pueden venir por su cuenta? -pregunté sorprendido.

-Los que están físicamente sanos pueden, por supuesto. Yo creí que hablábamos de los suicidas.

-¿Ustedes ofrecen esta habitación a los suicidas para que puedan cumplir con su cometido?

-Sí, y todos los medios para una muerte calma e indolora.

-¿Y sin ningún obstáculo?

-Si el paciente está con la conciencia lúcida y su decisión es firme, ¿cuáles pueden ser los obstáculos? El médico, desde luego, primero le ofrece una consulta. Algunos aceptan, otros no.

-¿Y son muy frecuentes los suicidios entre ustedes?

-Sí, sobre todo entre los viejos. Cuando el sentimiento por la vida se debilita y flaquea, muchos prefieren no aguardar el desenlace natural.

-¿Y suelen presentarse suicidas jóvenes, plenos de energía y salud?

-Sí, eso también ocurre, pero raras veces. En este hospital recuerdo dos casos así; hubo un tercer caso en el que logramos detener el intento.

-Pero ¿quiénes eran esos desdichados y qué los llevó a esa determinación?

-El primero era mi maestro, un médico célebre que hizo grandes aportes a la ciencia. Tenía desarrollada en exceso la capacidad de sentir los sufrimientos de las otras personas. Eso orientó su mente y energías hacia la medicina, pero a la vez lo llevó a la perdición. No pudo soportarlo. Ocultaba su estado de ánimo tan bien de los demás que el quiebre fue repentino. Sucedió ello luego de una grave epidemia surgida durante los trabajos de desecación de un golfo, a consecuencia de la descomposición de varios cientos de millones de kilogramos de peces muertos a causa de esta. La enfermedad era dolorosa como el cólera terrestre, pero mucho más peligrosa, y nueve de cada diez casos terminaban en deceso. Debido a esa exigua posibilidad de recuperación, los médicos no podían siquiera cumplir con el pedido de sus pacientes de una muerte rápida y leve, ya que no podían considerar en pleno uso de sus facultades mentales a un hombre contagiado por una enfermedad febril aguda. Mi maestro trabajó con frenesí durante la epidemia, y sus investigaciones ayudaron a acabar con ella con bastante rapidez. Pero, cuando aquello terminó, se rehusó a vivir.

-¿Qué edad tenía entonces?

-Según nuestros cálculos, unos cincuenta años. Era joven aún para nosotros.

-¿Y el otro caso?

-Era una mujer que había perdido a su marido y a su hijo al mismo tiempo.

-¿Y el tercero?

-Solo podría contárselo el camarada que pasó por ello.

-Es verdad -dije yo-. Pero explíqueme otra cosa: ¿por qué ustedes, los marcianos, conservan tanto tiempo la juventud? ¿Es una particularidad de su raza, o resultado de las mejores condiciones de vida, o alguna otra cosa?

-La raza no tiene nada que ver; hace doscientos años vivíamos dos veces menos. ¿Mejores condiciones de vida? Sí, en gran medida se debe a ello. Pero no solo. El factor más importante es la técnica que empleamos de renovación de la vida.

-¿Y eso qué es?

-Una cosa muy sencilla, en realidad, pero que a usted seguramente le resultará extraña. Sin embargo, su ciencia ya dispone de todos los datos para aplicar ese método. Usted ya sabe que la naturaleza, para elevar la capacidad vital de las células u organismos, sustituye todo el tiempo un individuo por otro. Para tal objeto, los seres unicelulares, cuando su capacidad vital decae en un medio homogéneo, se funden dos en uno, y solo así recuperan su facultad de reproducirse, la "inmortalidad" de su protoplasma. Ese mismo sentido tiene el cruce sexual de las plantas y animales superiores; ahí además se unen los elementos vitales de dos seres diferentes para obtener un embrión más perfecto de un tercero. Por último, usted conoce ya la aplicación de suero sanguíneo para transmitir de un ser a otro los elementos vitales de modo parcial, por así decir; por ejemplo, para dotar de mayor resistencia contra tal o cual enfermedad. Pero nosotros vamos más allá y llevamos a cabo el intercambio de sangre entre dos seres humanos, cada uno de los cuales puede transmitir al otro un sinnúmero de factores que elevan la vitalidad. Se trata simplemente de la transfusión simultánea de sangre de un individuo a otro y viceversa, mediante la doble conexión de sus vasos sanguíneos con los aparatos correspondientes. Si se observan todas las medidas de seguridad, el procedimiento no conlleva peligro alguno; la sangre de un individuo sigue viviendo en el organismo del otro, mezclándose con su sangre y renovando en profundidad todos sus tejidos.

-¿Y así pueden devolver la juventud a los viejos, introduciendo en sus venas sangre joven?

-En parte sí, pero no completamente, desde luego, porque la sangre no lo es todo en el organismo y ella, a su vez, es procesada por este. Por eso, por ejemplo, un joven no envejece al recibir la sangre de un viejo; lo que en ella hay de débil, de senil, es rápidamente superado por el organismo joven, pero al mismo tiempo él produce mucho de lo que carece el organismo anciano; la energía y flexibilidad de las funciones vitales de este último también aumentan.

-Pero si es tan sencillo, ¿por qué nuestra medicina terrestre no se ha valido hasta ahora de ese recurso? Ella conoce la transfusión de sangre ya hace unos cien años, si no me equivoco.

-No lo sé. Quizás existan ciertas condiciones orgánicas especiales que privan de efectividad a este método. O quizás sea simplemente resultado de la psicología reinante del individualismo, que traza una línea tan patente entre una persona y otra que la idea de la fusión vital de ambas es casi inconcebible para sus científicos. Además, en la Tierra hay un sinfín de enfermedades que emponzoñan la sangre, enfermedades que a menudo los propios enfermos ignoran, y otras veces sencillamente ocultan. La transfusión de sangre que practica su medicina -ahora muy rara vez- posee cierto carácter filantrópico; quien tiene mucho le da a quien necesita urgentemente de ella, por ejemplo, a consecuencia de una gran hemorragia. Entre nosotros eso también existe, claro está; pero lo que se aplica constantemente es lo otro, aquello que corresponde a todo nuestro régimen de vida: el intercambio fraternal de vida, no solo en sentido ideológico, sino también fisiológico…

Trabajo y fantasmas

Las impresiones de los primeros días afluían tempestuosamente a mi conciencia y me daban a entender la colosal magnitud del trabajo que me esperaba. Ante todo, había que comprender ese mundo con un régimen de vida tan rico y singular. Después había que integrarse a él no como un curioso ejemplar de museo, sino como un hombre entre hombres, como un trabajador entre trabajadores. Solo entonces podría cumplir mi misión, solo entonces podría iniciar un vínculo real entre ambos mundos, entre los cuales yo, un socialista, me hallaba en la frontera, como un momento infinitamente pequeño del presente entre el pasado y el futuro.

Cuando abandonaba el hospital, Netti me dijo: "¡No se dé prisa!". Me pareció que se equivocaba. ¡Había justamente que darse prisa, había que poner en movimiento todas las fuerzas, todas las energías, porque la responsabilidad era enorme! ¡Qué inmenso provecho para nuestro mundo, para nuestra extenuada humanidad! ¡Qué gigantesca aceleración en su desarrollo y prosperidad podía aportar la influencia viva y enérgica de una cultura superior, potente y armoniosa! Cada instante de demora en mi trabajo podía aplazar esa influencia... No, no había tiempo para aguardar ni descansar.

Y trabajé mucho. Me interioricé de la ciencia y la técnica del nuevo mundo, observaba con atención su vida social, estudiaba su literatura. Sí, muchas cosas eran difíciles.

Sus métodos científicos me dejaban desconcertado; los aprendía mecánicamente, corroboraba en la práctica que su aplicación era fácil, simple e infalible, y, sin embargo, no los entendía, no entendía por qué llegaban al resultado, cuál era su vínculo con los fenómenos vivos, cuál era su esencia. Me sentía como un viejo matemático del siglo XVII, cuyo pensamiento estático no podía orgánicamente asimilar la dinámica viva del cálculo infinitesimal. Las asambleas de los marcianos me asombraban por su carácter rigurosamente funcional. Estuvieran dedicadas a cuestiones científicas, o a cuestiones vinculadas a la organización del trabajo, o incluso a cuestiones artísticas, las ponencias y los discursos eran muy breves y concisos, la argumentación precisa y definida, nadie repetía nunca sus palabras ni las de los demás. Las decisiones de las asambleas, casi siempre unánimes, se cumplían con fabulosa rapidez. Si una asamblea de científicos de determinada especialidad resolvía que había que crear una institución científica, o si una asamblea de estadísticos resolvía que había que montar una empresa, o si una asamblea de vecinos resolvía que había que embellecer la ciudad con cierto edificio, de inmediato la oficina central publicaba las nuevas cifras del trabajo necesario, llegaban por aire cientos y miles de nuevos trabajadores y, a los pocos días o semanas, ya todo estaba hecho y los nuevos trabajadores desaparecían sin dejar rastro. Todo ello producía en mí una sensación de magia, de una magia extraña, fría y serena, sin conjuros y ornamentos místicos, pero igualmente misteriosa en sus poderes sobrehumanos.

La literatura del nuevo mundo, incluso la puramente ficcional, tampoco me daba descanso y sosiego. Sus imágenes parecían claras y poco sofisticadas, pero internamente me eran ajenas. Deseaba penetrar con mayor profundidad en ellas, hacerlas próximas y comprensibles, pero mis esfuerzos desembocaban en un resultado por completo inesperado: las imágenes se volvían fantasmagóricas y quedaban envueltas en una nebulosa.

Cuando iba al teatro también me perseguía esa sensación de extrañamiento. Las tramas eran sencillas, la actuación magnífica, pero la vida quedaba en algún lugar lejano. Los parlamentos de los actores eran tan suaves y contenidos, su comportamiento tan cauto y sereno, sus sentimientos tan poco enfatizados que daba la impresión de que no querían inducir al espectador a ningún estado de ánimo; eran como meros filósofos, y encima, según me pareció, demasiado idealizados. Solo las obras históricas de la antigüedad producían en mí sensaciones algo familiares; en ellas, la actuación de los actores era tan enérgica y la expresión de los sentimientos tan franca como estaba acostumbrado a ver en nuestros teatros.

Había una circunstancia que, pese a todo, me atraía con especial fuerza al teatro de nuestra pequeña ciudadela. Era el hecho de que en él no había actores. Las obras que vi allí eran emitidas por aparatos de transmisión ópticos o acústicos desde ciudades grandes y lejanas, o también -lo que era más frecuente- eran la reproducción de espectáculos antiguos, a veces tan antiguos que los propios actores ya habían muerto. Los marcianos, que conocían los métodos para el fotografiado instantáneo con colores naturales, los aplicaban para fotografiar la vida en movimiento, tal como se hace para nuestros cinematógrafos. Pero ellos no solo reunían el cinematógrafo con la cámara fotográfica, como empiezan a hacer en la Tierra -por ahora, con muy poco éxito-, sino que se valían del concepto del estereoscopio para darle relieve a las imágenes del cinematógrafo. En la pantalla se proyectaban dos imágenes al mismo tiempo, las dos mitades de un estereograma, y delante de cada butaca de la sala había el correspondiente binocular estereoscópico que fundía las dos imágenes planas en una sola, pero de tres dimensiones. Era extraño ver con claridad y precisión a personas vivas que se movían, actuaban, expresaban sus pensamientos y sentimientos, y saber a la vez que allí no había más que una lámina opaca y, tras ella, un fonógrafo y una linterna eléctrica con un mecanismo de reloj. Aquello era de una extrañeza casi mística que hacía surgir perturbadoras dudas sobre mi sentido de la realidad.

Todo ello, sin embargo, no facilitaba el cumplimiento de mi misión, que era comprender aquel mundo ajeno. Necesitaba, obviamente, ayuda de terceros. Pero cada vez recurría menos a Menni en busca de indicaciones y explicaciones. Me resultaba incómodo dar a conocer mis dificultades en toda su magnitud. Además, la atención de Menni en ese momento estaba terriblemente ocupada en una importante investigación relativa a la obtención de "materia negativa". Trabajaba sin tregua, a menudo pasaba sin dormir noches enteras, y no quería molestarlo y distraerlo; su pasión por el trabajo era una suerte de ejemplo vivo que, involuntariamente, me incitaba a seguir adelante con mis esfuerzos.

Entretanto, mis otros amigos desaparecieron por un tiempo de mi horizonte. Netti se había marchado a varios miles de kilómetros para dirigir la construcción y organización de un hospital nuevo y gigantesco en el otro hemisferio del planeta. Enno estaba como ayudante de Sterni en el laboratorio, ocupado en las mediciones y cálculos necesarios para nuevas expediciones a la Tierra y Venus, y también a la Luna y Mercurio para fotografiarlos con más detalle y traer muestras de sus minerales. Con otros marcianos no trabé conocimiento; solo me limitaba a preguntas de rigor y a conversaciones de índole práctica; era difícil y extraño entablar amistad con seres ajenos y superiores a mí.

Con el transcurso del tiempo me empezó a parecer que, en efecto, mi trabajo no iba nada mal. Cada vez necesitaba menos del descanso e incluso del sueño. Lo que estudiaba se iba fijando mecánica y libremente en mi cabeza; además, tenía la sensación de que esta se hallaba vacía y que podía albergar mucho, mucho más. En verdad, cuando seguía la antigua costumbre e intentaba formular claramente para mí mismo aquello que había aprendido, no tenía éxito; sin embargo, me pareció que eso no era tan importante, que solo me faltaban palabras y ciertos detalles y pormenores, pero que el concepto general lo adquiría, y eso era lo principal.

Mis ocupaciones ya no me proporcionaban el vivo placer de antes; nada despertaba en mí el espontáneo interés del principio. "Bueno, es del todo comprensible -pensaba yo-. Después de todo lo que he visto y aprendido, es difícil que algo me sorprenda. Lo importante no es que me agrade, sino aprender todo lo necesario".

Había solo una cosa que no entendía: me costaba cada vez más concentrar mi atención en un único tema. Mis pensamientos se dispersaban a cada momento; recuerdos vívidos, a menudo inesperados y lejanos, surgían en mi conciencia y me hacían olvidar lo que me rodeaba, quitándome valiosos minutos. Yo advertía eso, me espabilaba y me ponía a trabajar con renovada energía; pero pasaba un rato y, otra vez, imágenes fugaces del pasado o fantasías se apoderaban de mi cerebro, y de nuevo debía hacer grandes esfuerzos para reprimirlas.

Cada vez con mayor frecuencia me alarmaba un sentimiento extraño, inquietante; como si hubiera algo importante y perentorio que no había cumplido, que olvidaba e intentaba recordar. Tras ese sentimiento comenzaba un desfile de rostros conocidos y de eventos pasados, que en su flujo incontenible me arrastraba más y más hacia atrás, a través de la juventud y la adolescencia hacia la infancia más temprana, perdiéndose luego en sensaciones vagas y confusas. Después de esto, mi desatención se volvía más grave y persistente.

Sometiéndome a esa resistencia interna que no me dejaba concentrarme largo tiempo en una única cosa, empecé a pasar con mayor asiduidad y rapidez de un tema a otro, y para eso reuní adrede en mi habitación un montón de libros abiertos de antemano en el lugar necesario, tablas, mapas, estenogramas, fonogramas, etc. De esa manera anhelaba yo recuperar el tiempo perdido, pero la desatención se apoderaba de mí cada vez más furtivamente, y a cada momento descubría que había estado mirando largo rato un mismo punto sin comprender ni hacer nada.

Por el contrario, cuando me acostaba a dormir y miraba a través del techo de vidrio el oscuro cielo, el pensamiento empezaba a trabajar por su cuenta con sorprendente vitalidad y energía. Páginas enteras de fórmulas y cifras emergían en mi mente con tanta claridad que podía leerlas renglón por renglón. Pero esas imágenes se desvanecían pronto y cedían el sitio a otras, y entonces mi conciencia se convertía en un panorama de cuadros asombrosamente claros y luminosos sin relación alguna con mis tareas y ocupaciones: paisajes terrestres, escenarios teatrales, dibujos de cuentos infantiles se reflejaban en mi mente como sobre un pacífico espejo, y desaparecían y mutaban sin despertar inquietud alguna, apenas una ligera sensación de interés o curiosidad no exenta de un dejo agradable. Esos reflejos desfilaban primero en mi conciencia, sin mezclarse con el medio exterior; después iban desplazando a este y yo me sumía en un sueño lleno de episodios vívidos y complejos que se interrumpía con facilidad y no me procuraba lo que yo más deseaba: descansar.

Hacía tiempo ya que me inquietaba un zumbido en los oídos, que ahora se volvía más constante e intenso, al punto que en ocasiones no me dejaba escuchar los fonogramas y por las noches me quitaba horas de sueño. De vez en cuando distinguía en él voces humanas, conocidas y desconocidas; a menudo me parecía que gritaban mi nombre, o bien que oía una conversación cuyas palabras no podía discernir a causa del zumbido. Caí en la cuenta de que ya no estaba del todo sano, tanto más por cuanto la desatención se apoderó definitivamente de mí y no podía siquiera leer más de unos pocos renglones seguidos.

"No es más que el exceso de trabajo, obviamente -pensaba yo-. Todo lo que necesito es descansar más. Quizás he trabajado demasiado. Pero Menni no debe notar lo que me pasa; eso sería muy semejante a un fracaso a poco de iniciar mi misión".

Y cuando Menni pasaba a verme -lo cual, en verdad, sucedía rara vez- yo fingía dedicarme con celo. Me señaló incluso que trabajaba demasiado y que corría el riesgo de extenuarme.

-Hoy sobre todo tiene mal aspecto -me dijo-. Mire en el espejo cómo le brillan los ojos y lo pálido que está. Tiene que descansar, le será de provecho en el futuro.

Yo mismo hubiera deseado eso, pero no lo conseguía. En verdad, yo casi no hacía nada, pero cualquier esfuerzo, por pequeño que fuera, me agotaba. Entretanto, el tempestuoso flujo de imágenes, recuerdos y fantasías no cesaba ni de día ni de noche. El medio exterior palidecía, se desvanecía tras ellos, y adquiría un matiz fantasmagórico.

Por último, me vi obligado a rendirme. Veía que la apatía y la languidez se apoderaban con mayor fuerza de mi voluntad y que cada vez menos podía controlar mi estado. Una mañana, al levantarme de la cama, todo se puso negro ante mis ojos; aquello enseguida pasó y me acerqué a la ventana para mirar los árboles del parque. De pronto sentí que alguien me observaba. Me di vuelta y, frente a mí, se hallaba Anna Nikoláievna. Su rostro estaba pálido y triste, su mirada llena de reproche. Aquello me afligió y, sin pensar en absoluto en lo extraño de su aparición, di un paso hacia ella y quise decirle algo, pero desapareció como si se hubiera evaporado en el aire.

Desde ese momento comenzó una bacanal de fantasmas. Mucho no recuerdo, por supuesto, y al parecer la conciencia a menudo se embrollaba tanto en estado de vigilia como en sueños.

Venían y se iban, o simplemente aparecían y desaparecían las más diversas personas con las que me había encontrado en la vida, e incluso con algunas por completo desconocidas. Pero entre ellas no había marcianos; eran todos terrícolas, en su mayor parte gente a la que hacía mucho no veía: viejos compañeros de escuela, mi hermano pequeño, que murió siendo un niño. Una vez, a través de la ventana, vi sentado en un banco a un espía conocido que, con aire burlón y maligno, me miraba con ojos rapaces e inquietos. Los fantasmas no me hablaban, pero por la noche, cuando reinaba el silencio, las alucinaciones auditivas continuaban y se agravaban, transformándose en conversaciones en toda regla, si bien absurdas e insustanciales, y en general entre personas desconocidas: un pasajero regateando con un cochero, un fantasma intentando convencer a un cliente para que le compre tela, el clamor de un aula universitaria y el preceptor instando al orden, ya que estaba por llegar el señor profesor. Las alucinaciones visuales eran al menos interesantes, y no molestaban tanto ni tan seguido.

Obviamente, después de la aparición de Anna Nikoláievna le conté todo a Menni. Enseguida me hizo acostar en la cama, llamó al médico más cercano y telefoneó a Netti a seis mil kilómetros de distancia. El médico dijo que no se animaba a emprender ninguna acción, puesto que no conocía lo suficiente la estructura del organismo terrestre, pero que, en cualquier caso, lo principal para mí era la paz y el descanso, y que no habría ningún peligro en aguardar unos días hasta que llegara Netti.

Netti apareció dos días después, tras delegar todas sus obligaciones a un tercero. Al ver el estado en que me encontraba, miró a Menni con triste reproche.

Netti

A pesar de la atención de un médico como Netti, la enfermedad se prolongó varias semanas. Yo permanecí en cama, tranquilo y apático, observando con igual indiferencia la realidad y los fantasmas; incluso la presencia constante de Netti solo me proporcionaba un placer muy débil, apenas perceptible.

Me resulta extraño recordar mi actitud de entonces con las alucinaciones; si bien me había convencido infinidad de veces de su irrealidad, cada vez que aparecían era como si me hubiera olvidado de ello. Incluso sin la mente obnubilada u ofuscada, las tomaba por personas y cosas reales. La conciencia de su carácter fantasmagórico se presentaba solo cuando desaparecían o estaban a punto de hacerlo.

El principal esfuerzo de Netti en su tratamiento consistía en hacerme dormir y descansar. Sin embargo, él tampoco se animó a emplear ningún tipo de medicamentos, ya que temía que pudieran ser tóxicos para un organismo terrestre. Durante varios días no logró hacerme dormir con sus métodos habituales; las alucinaciones irrumpían en el proceso de sugestión y desbarataban su efecto. Por último lo logró, y, después de que pude dormir dos o tres horas, me dijo:

-Ahora su recuperación es segura, pero la enfermedad seguirá su curso por bastante tiempo.

Y en efecto así sucedió. Las alucinaciones se hicieron menos frecuentes, pero seguían siendo claras y vívidas; incluso se tornaron más complejas, y a veces las fantasmagóricas visitas trababan conversación conmigo.

De todas esas conversaciones, solo una tuvo sentido e importancia para mí. Aquello fue hacia el final de mi convalecencia.

Una mañana, al despertar, vi junto a mí, como de costumbre, a Netti; pero detrás de su sillón estaba de pie uno de mis antiguos camaradas revolucionarios, un hombre anciano y terriblemente burlón, el agitador Ibrahím. Parecía estar aguardando algo. Cuando Netti se dirigió a la habitación contigua para preparar mi baño, Ibrahím, con tono brusco y resuelto, me dijo:

-¡Eres un tonto! ¿Cómo no te das cuenta? ¿Acaso no ves quién es tu doctor?

No me sorprendió gran cosa lo que insinuaban esas palabras, y su tono cínico tampoco me perturbó; ya lo conocía y era habitual en Ibrahím. Recordé la firmeza con que Netti estrechaba mi mano en la suya, pequeña, y desoí a Ibrahím.

-¡Peor para ti! -exclamó con una sonrisa despectiva, y al cabo desapareció.

En la habitación entró Netti. Al verlo sentí una rara incomodidad. Me miró fijo:

-Muy bien -dijo-. Su recuperación marcha rápido.

Luego de ello, Netti se pasó el día muy taciturno y pensativo. Al otro día, al constatar que me sentía bien y que las alucinaciones no se habían repetido, se retiró a atender sus asuntos hasta bien caída la tarde, dejándome a cargo de otro médico. Durante varios días apareció solo por las noches para hacerme conciliar el sueño. Solo entonces comprendí cuán importante y agradable me resultaba su presencia. Junto con las oleadas de salud que parecían afluir a mi organismo desde todo el medio circundante, empecé a reflexionar con mayor frecuencia en la insinuación de Ibrahím. Vacilaba e intentaba convencerme por todos los medios de que aquello había sido un absurdo ocasionado por la enfermedad. ¿Por qué Netti y mis demás amigos habrían de engañarme? Sin embargo, la duda permanecía, vaga y placentera.

A veces interrogaba a Netti sobre los asuntos que lo tenían ocupado en ese momento. Me explicaba que asistía a reuniones vinculadas con la organización de nuevas expediciones a otros planetas, y que era requerido allí como experto. Menni presidía esas reuniones, pero ni él ni Netti se disponían a viajar pronto, lo cual me hacía muy feliz.

-¿Y usted no piensa en regresar a casa? -me preguntó Netti, y en su tono advertí inquietud.

-Pero si aún no he tenido tiempo de hacer nada -respondí.

El rostro de Netti se iluminó.

-Se equivoca, ha hecho usted mucho… incluso con esa respuesta -dijo.

Sentí en ello una alusión a algo que yo ignoraba, pero que concernía a mi persona.

-¿No puedo ir con usted a alguna de esas reuniones? -pregunté.

-De ninguna forma -declaró Netti, resuelto-. Además del indudable descanso que le hace falta, debe evitar por varios meses todo lo que guarde estrecha relación con el comienzo de su enfermedad.

No se lo discutí. Descansar me resultaba muy agradable, y mi deber con la humanidad había quedado lejos. Lo único que me inquietaba, y cada vez con más fuerza, eran aquellos extraños pensamientos acerca de Netti.

Una tarde yo estaba de pie junto a la ventana, contemplando el enigmático y rojo "verdor" del parque, que me parecía hermoso y entrañable. De pronto alguien llamó a mi puerta; enseguida supe que se trataba de Netti. Entró con su paso rápido y ligero, sonriendo, y me tendió la mano: un viejo saludo terrestre que le gustaba. Alegre, le estreché la mano con tanta energía que incluso le hice doler sus recios dedos.

-Bueno, veo que mi papel de médico ha finalizado -dijo riendo-. Sin embargo, debo hacerle unas preguntas para estar seguro de ello.

Me interrogó. Yo respondía torpemente, presa de una incomprensible turbación, y adivinaba una risa oculta en el fondo de sus grandísimos ojos. Por fin no pude aguantarme:

-Explíqueme, ¿por qué siento tanta atracción hacia usted? ¿Por qué me da tanta alegría verlo?

-En mi opinión, lo más probable es que, como yo lo he curado, usted ha depositado inconscientemente en mi persona la alegría de su recuperación. Aunque también… puede que sea… bueno, el hecho de que yo… sea mujer…

Un rayo fulguró ante mis ojos y todo lo que me rodeaba quedó sumido en la oscuridad; el corazón fue como si me hubiera dejado de latir… Al segundo estreché a Netti entre mis brazos, como un loco, y le besé las manos, la cara, sus ojos grandes y profundos, verdeazulados como el cielo de su planeta.

Netti se entregó a mi desenfrenado arrebato con generosidad y sencillez… Cuando me repuse de aquella demente alegría y volví a besarle las manos con involuntarias lágrimas de gratitud -un quebranto motivado por la larga enfermedad, obviamente-, Netti me dijo con su dulce sonrisa:

-Sí, me parece haber sentido todo su joven mundo entre mis brazos. Su despotismo, su egoísmo, su desesperada sed de felicidad, todo eso estaba en sus caricias. Su amor es hermano del crimen… Pero… yo lo amo, Lenni…

Aquello era la dicha.

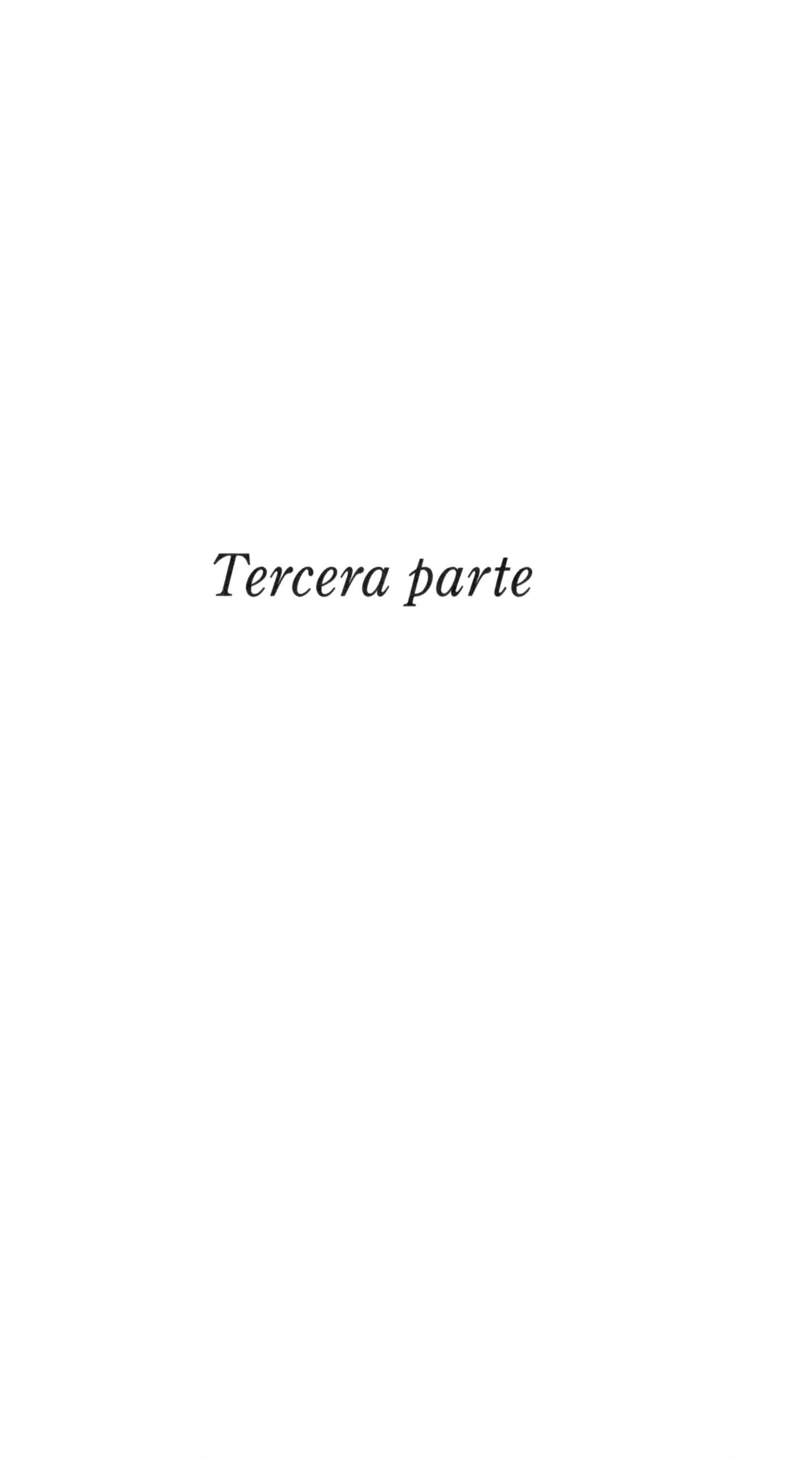

Tercera parte

La dicha

Aquellos meses… Cuando los recuerdo, un temblor se apodera de mi cuerpo y una niebla cubre mis ojos, y todo alrededor se hace fútil. Y no hallo palabras para expresar esa dicha pretérita.

El nuevo mundo se volvió próximo y, al parecer, comprensible. Los fracasos del pasado no me turbaban, la juventud y la fe regresaban a mí y yo pensaba que nunca más se marcharían. Tenía un aliado confiable y poderoso, no había lugar para la debilidad, el futuro me pertenecía.

Mi pensamiento se dirigía muy poco hacia el pasado; lo que más lo ocupaba era Netti y nuestro amor.

-¿Por qué me ocultó su sexo? -le pregunté unos días después de aquella noche.

-Primero sucedió porque sí, casualmente. Pero después lo dejé en el error a sabiendas, e incluso modifiqué adrede en mi ropa todo aquello que hubiera podido conducirlo a la verdad. Me intimidaba la dificultad y complejidad de su misión, temía hacerla más compleja aún, sobre todo cuando noté su atracción inconsciente hacia mí. Yo tampoco me terminaba de entender a mí misma… hasta que usted cayó enfermo.

-Significa entonces que fue la enfermedad la que resolvió el asunto… ¡Qué agradecido estoy a mis alucinaciones!

-Sí, cuando oí que estaba enfermo, fue como si me impactara un trueno. Si no hubiera logrado curarlo por completo, puede que me hubiera muerto.

Tras unos segundos de silencio, añadió:

-¿Sabe? Entre sus amigos hay otra mujer, de la cual tampoco usted sospechaba nada, y ella también lo ama… no tanto como yo, por supuesto…

-¡Enno! -adiviné de inmediato.

-¡Pues claro! Ella también lo engañó a sabiendas, siguiendo mi consejo.

-¡Ah, cuánto engaño y perfidia hay en este mundo! -exclamé con cómico patetismo-. Pero, por favor, que Menni siga siendo hombre, porque sería terrible si llegara a enamorarme de él.

-Sí, eso es tremendo -confirmó Netti pensativa; yo no comprendí su extraña seriedad.[1]

Los días pasaban uno tras otro y yo iba asimilando con alegría el bello nuevo mundo.

La separación

Y sin embargo ese día llegó, día que no puedo recordar sin maldecir, día en que entre Netti y yo surgió la negra sombra de la odiosa e inevitable… separación. Con una expresión serena y apacible en el rostro, como siempre, Netti me dijo que debía sumarse en los próximos días a una expedición gigantesca a Venus bajo la dirección de Menni. Al ver lo pasmado que me dejó esa noticia, añadió:

---

[1] Desde "Pero, por favor…" hasta "… su extraña seriedad": pasaje omitido en las ediciones posteriores a 1929. [N. del T.]

-No será por mucho tiempo. En caso de éxito, lo que no pongo en duda, una parte de la expedición regresará muy pronto, incluida yo.

Luego se puso a explicarme el fondo del asunto. En Marte las reservas de materia radiactiva necesaria como motor para los viajes interplanetarios y como herramienta para desintegrar y sintetizar todos los elementos estaban llegando a su fin; una vez utilizada, no había manera de reponerla. En Venus, un planeta cuatro veces más joven que Marte, había signos inequívocos de que, sobre la propia superficie, existían colosales yacimientos de sustancias radiactivas que aún no se habían desintegrado por su cuenta. En una isla situada en medio de un gran océano de Venus, a la que los marcianos daban el nombre de "Isla de las Tempestades Ardientes", se hallaba la mina más rica de materia radiactiva, y se decidió dar comienzo a los trabajos allí mismo. Pero antes de ello era necesario erigir paredes muy altas y resistentes para proteger a los trabajadores del efecto funesto del viento cálido y húmedo, cuya severidad supera con creces las tempestades de nuestros desiertos de arena. Por eso se requería una expedición integrada por diez eterónefos y entre mil quinientas y dos mil personas, solo un cinco por ciento de las cuales se ocuparía de las tareas químicas y casi todas las demás de trabajos de construcción. Se había convocado a los mejores científicos del planeta, entre ellos a los médicos más experimentados; los peligros para la salud provenían tanto del clima como de los mortíferos rayos y emanaciones de la sustancia radiactiva. Netti, según sus palabras, no podía rehusarse a participar en la expedición, pero se suponía que, si los trabajos iban bien, a los tres meses un eterónefo regresaría con noticias y con reservas de la sustancia extraída. En ese eterónefo debía volver Netti, es decir, unos diez u once meses después de la partida.

Yo no podía entender por qué Netti necesitaba sumarse a ese viaje. Me dijo que la empresa era demasiado seria como para negarse a ella; que tenía gran importancia también para mi misión, ya que su éxito daría por primera vez la posibilidad de establecer viajes regulares con la Tierra; que cualquier error en la organización de la atención médica desde un mismo principio podría provocar el fracaso de toda la empresa. Todo eso sonaba convincente; yo ya sabía que Netti era considerada la mejor doctora para todos aquellos casos que excedían los marcos de la antigua práctica médica, y, sin embargo, me parecía que había algo más. Sentía que en el aire flotaba algo no dicho.

De algo no dudaba, de la propia Netti y de su amor. Si ella decía que viajar era necesario, entonces era necesario; si ella no decía por qué, entonces no cabía preguntárselo. Veía miedo y dolor en sus bellos ojos cuando pensaba que no la miraba.

-Enno será para ti una amiga buena y agradable -me dijo con triste sonrisa-. Y no te olvides de Nella, ella te ama por mí, tiene mucha experiencia y sabiduría; su apoyo es valiosísimo en los momentos difíciles. Y de mí solo piensa una cosa, que volveré lo más pronto posible.

-Te creo, Netti -dije yo-, y por eso creo en mí, en el hombre a quien amas.

-Tienes razón, Lenni. Y estoy convencida de que, cualquiera sea el yugo del destino, cualquiera sea el fracaso, siempre saldrás fiel a ti mismo, más fuerte y puro que antes.

El futuro arrojaba su sombra sobre nuestras caricias de despedida, que se mezclaban con las lágrimas de Netti.

La fábrica de ropa

En esos breves meses, con ayuda de Netti, pude hacer grandes progresos en mi plan principal: convertirme en un trabajador útil para la sociedad marciana. Rechacé deliberadamente todas las invitaciones a dar charlas sobre la Tierra y sus habitantes; habría sido poco razonable hacer de ello mi especialidad, ya que habría significado anclar en forma artificial mis conocimientos en imágenes de mi pasado, un pasado que ya de por sí nunca me abandonaría, en lugar de orientarlos al futuro que debía conquistar. Decidí así entrar a trabajar en una fábrica, y la primera vez, tras minuciosa comparación y deliberaciones, elegí una fábrica de ropa.

Elegí la tarea casi más sencilla, por supuesto. No obstante, también allí tuve que pasar por un trabajo preparatorio de relativa importancia y seriedad: estudiar los principios que la ciencia había elaborado para la instalación de las fábricas en general, familiarizarme en particular con las instalaciones de la fábrica en la que iba a trabajar, con su arquitectura y organización del trabajo; tuve que aprender el funcionamiento de todas las máquinas que se empleaban en ella, y a fondo el de la máquina que yo iba a operar. Además, eran precisos conocimientos de varias áreas de la mecánica, tanto general como aplicada, así como de tecnología y análisis matemático. Las principales dificultades con las que topé no provenían del contenido de lo que debía estudiar, sino de la forma. Los manuales y compendios no estaban calculados para un hombre de una cultura inferior. Recordé cuánto me había atormentado en la infancia un manual de matemática en francés que casualmente había caído en mis manos. A mí me atraía mucho esa materia y, por lo visto, tenía una capacidad excepcional para ella; las nociones de "límite" y "derivada", que a la mayoría de los principiantes resultaban difíciles, yo las asimilaba sin darme cuenta, como si siempre las hubiera conocido. Pero carecía de la disciplina y del hábito del pensamiento científico que el profesor francés presuponía en el alumno; el libro era muy claro y preciso en su exposición, pero muy parco en explicaciones. Omitía a cada momento esos pasos lógicos que podían ser obvios para un hombre de mayor cultura científica, pero no para un joven ignorante. En más de una ocasión me pasé horas enteras pensando en la transformación mágica que seguía a las palabras: "de donde, teniendo en cuenta las ecuaciones anteriores, concluimos…". Lo mismo me sucedía ahora, pero más acusadamente, cuando leía los libros científicos de los marcianos; la ilusión que se había apoderado de mí al principio de mi enfermedad, cuando todo me parecía fácil y comprensible, había desaparecido sin dejar rastro. Pero la paciente ayuda de Netti siempre estaba a mi lado y simplificaba el arduo camino.

Poco después de la partida de Netti me decidí e ingresé en la fábrica. Se trataba de un edificio gigantesco y muy intrincado que no se parecía en nada a nuestra representación habitual de lo que es una fábrica de ropa. Allí se reunía el hilado, el tejido, el corte, la costura, la tintura, y el material de trabajo no era lino, algodón o cualquier otra fibra vegetal, ni tampoco lana ni seda, sino algo completamente distinto.

Antiguamente, los marcianos preparaban el tejido para la ropa de un modo similar al nuestro: cultivaban plantas fibrosas, esquilaban ciertos animales y utilizaban las pieles de otros, criaban razas especiales de arañas de cuya tela se obtenía una sustancia semejante a la seda, etc. La necesidad de aumentar la producción de cereal introdujo un cambio en esas técnicas. Las plantas fibrosas empezaron a ser sustituidas por minerales fibrosos del tipo del asbesto. Más tarde, los químicos concentraron todos sus esfuerzos en la investigación de las telarañas y en la síntesis de nuevas sustancias con propiedades análogas. Cuando lo lograron, este sector de la industria experimentó en breve tiempo una revolución cabal, y ahora los tejidos de confección antigua se conservaban solo en los museos de historia.

Nuestra fábrica era la viva encarnación de esa revolución. Varias veces al mes las plantas químicas más cercanas proveían en vagones cisterna el "material" para el hilado, una sustancia transparente y semilíquida. Mediante unos aparatos especiales que no permitían el ingreso de aire, el material era traspasado de las cisternas a un enorme reservorio metálico suspendido en lo alto cuyo fondo plano contaba con cientos de miles de finísimos orificios microscópicos. El viscoso líquido, expuesto a una gran presión, se derramaba por esos orificios en forma de finos chorros que, por efecto del aire, se solidificaban a los pocos centímetros y se convertían en fibras transparentes similares a telarañas. Decenas de miles de husos mecánicos recogían esas fibras, las retorcían por decenas en hilos de diverso grosor y consistencia y las estiraban, tras lo cual pasaban ese "hilado" ya preparado a la correspondiente sección de tejido. Allí, en los telares, los hilos se entrelazaban formando diferentes tejidos, desde los más delicados, como la muselina y la batista, hasta los más gruesos, como el paño y el fieltro, que en tiras anchas e innumerables eran enviados al taller de corte. Aquí eran recogidos por otras máquinas que los disponían con cuidado en muchas capas y cortaban de ellos, siguiendo diferentes moldes previamente trazados y medidos, miles de diversas piezas del atuendo de los marcianos.

En el taller de costura estas piezas eran transformadas en prendas, pero sin agujas, hilos ni máquinas de coser. Simplemente, los extremos plegados de las piezas se ablandaban mediante un disolvente químico especial que las devolvía a su anterior estado semilíquido; la sustancia disolvente, muy volátil, se evaporaba al minuto, y las piezas quedaban unidas mejor que si hubieran estado cosidas con hilo. Al mismo tiempo, se soldaban cremalleras donde fuera necesario, de modo que se obtenían partes completas del traje, varios miles de modelos de diferente forma y talle.

Para cada edad había cientos de modelos, entre los cuales cada persona casi siempre podía elegir el más conveniente, tanto más por cuanto la ropa de los marcianos suele ser muy suelta. Si no se encontraba el talle deseado -por ejemplo, porque la persona no tenía una complexión física del todo normal- de inmediato tomaban las medidas, regulaban la máquina de corte según ese nuevo molde y "cosían" una prenda especialmente para esa persona, lo que insumía más o menos una hora.

En cuanto al color del traje, la mayoría de los marcianos prefería los tonos comunes, oscuros y suaves en los que se preparaba la propia tela. Si se pedía un color distinto a los ofrecidos, el traje era enviado a la sección de tintura, donde en pocos minutos, con ayuda de métodos electroquímicos, adquiría el color deseado, perfectamente uniforme y duradero.

Con las mismas telas, solo que más resistentes y firmes, y en general con los mismos procedimientos, se preparaba el calzado y la ropa de abrigo. Nuestra fábrica no se encargaba de ello, pero otras más grandes producían definitivamente todo lo necesario para vestir a un individuo de pies a cabeza.

Yo trabajé en cada una de las secciones de la fábrica, y al principio me entusiasmé con mi trabajo. Lo que más me interesó fue la sección de corte, en la que tuve que implementar métodos de análisis matemático nuevos para mí. La tarea consistía en obtener, con la menor pérdida de material, todas las partes de un traje a partir de un pedazo de tela. Tarea, por supuesto, muy prosaica, pero a la vez muy seria, ya que incluso el error más pequeño, repetido millones de veces, redundaba en una gran pérdida. Yo era "no peor" que los demás para dar con la solución correcta.

Trabajar "no peor" que los demás, eso era a lo que tendían todos mis esfuerzos, y en general no sin éxito. Pero no podía dejar de notar que aquello me costaba mucho más que a los demás obreros. Después de unas cuatro o seis horas de trabajo habitual (según el cálculo terrestre) solía quedar extenuado y necesitaba sin falta descansar, mientras que los demás iban a museos, bibliotecas, laboratorios u otras fábricas a observar los métodos de producción, y a veces incluso a trabajar en ellas…

Yo confiaba en acostumbrarme a esos nuevos tipos de trabajo y en nivelarme con los otros obreros. Pero eso no sucedió. Cada vez me convencía más de que carecía de la debida cultura de la atención. No se requerían muchos movimientos físicos; en velocidad y agilidad yo no era menos que nadie, e incluso superaba a muchos. Pero se requería una atención tan continua y tensa para controlar las máquinas y el material que la tarea excedía las fuerzas de mi cerebro; era evidente que solo tras varias generaciones podía desarrollarse esa capacidad al grado que aquí se consideraba medio y habitual.

Hacia el final de mi jornada laboral, cuando comenzaba a sentir cansancio y la atención empezaba a jugarme malas pasadas, cuando cometía algún error o demoraba un segundo la ejecución de alguna tarea, la mano segura e infalible de alguno de mis vecinos corregía el asunto.

No solo me sorprendía, sino que a veces me indignaba la extraña capacidad de los marcianos para no distraerse ni un instante de su trabajo, para advertir todo lo que sucede a su alrededor. Su celo, más que conmoverme, despertaba en mí enfado e irritación; tenía la sensación de que todos estaban siempre atentos a mis acciones… Esa inquietud incrementaba aún más mi desatención y estropeaba mi trabajo.

Ahora, mucho tiempo después, cuando recuerdo todas esas circunstancias en detalle y ya con serenidad, veo que esa sensación era falsa. Con idéntico celo y de idéntico modo -acaso solo con menor frecuencia- mis camaradas de fábrica se ayudaban uno a otro. Yo no era objeto de ninguna vigilancia y control especial como me parecía. Era yo mismo, hombre de un mundo individualista, quien sin querer e inconscientemente me separaba de los demás y malinterpretaba su bondad y favores, los cuales, según veía yo, hombre de un mundo mercantil, no tenía con qué pagar.

Enno

El largo otoño quedó atrás, y el invierno, escaso en nevadas pero frío, se adueñó de nuestra región, en las latitudes medias del hemisferio norte. El diminuto sol no calentaba en absoluto e iluminaba menos que el anterior. La naturaleza se desprendió de sus colores fuertes, devino pálida y adusta. El frío penetraba el corazón, las dudas crecían en el alma, y el abandono moral del visitante de otro mundo se hizo más penoso.

Fui en busca de Enno, a quien hacía tiempo ya que no veía. Me recibió como a un ser querido y entrañable; fue como si un rayo luminoso del pasado reciente atravesara el frío del invierno y la oscuridad de mi desvelo. Después noté que ella también estaba pálida, como exhausta o atormentada por algo; había cierta aflicción oculta en sus modales y conversación. Teníamos muchas cosas de las que hablar, y varias horas pasaron sin que me diera cuenta, gratamente, de lo que no me había ocurrido desde la partida de Netti.

Cuando me levanté para marcharme a casa, los dos nos sentimos tristes.

-Si su trabajo no la ata aquí, venga conmigo -dije yo.

Enno aceptó de inmediato, tomó consigo sus papeles -en ese momento no realizaba observaciones en el laboratorio, sino que verificaba un montón enorme de cálculos- y partimos a la ciudadela química, en la que yo ocupaba el departamento de Menni. Por las mañanas me dirigía a la fábrica, situada a unos cien kilómetros, es decir, a media hora de mi casa, y las largas tardes de invierno las pasábamos juntos con Enno discutiendo asuntos científicos, conversando y, a veces, dando paseos por las afueras.

Enno me contó su historia. Amaba a Menni y había sido su esposa. Deseaba con ardor tener un hijo con él, pero pasó un año tras otro y el niño no llegaba. Entonces pidió consejo a Netti, quien se compenetró de las circunstancias y llegó a la categórica conclusión de que nunca habría ningún niño. Menni se había convertido de niño en adulto muy tardíamente y había iniciado muy pronto una intensa vida de científico y pensador. La actividad de su cerebro, excesivamente desarrollado, había socavado y reprimido la vitalidad de los elementos reproductivos desde un mismo comienzo, y eso era irremediable.

La sentencia de Netti supuso un golpe terrible para Enno, en quien el amor por un hombre genial y el profundo instinto materno se habían fundido en un único anhelo apasionado que, de pronto, se veía privado de toda esperanza.

Pero eso no era todo. La investigación había llevado a Netti a otra conclusión. Resultaba que para la colosal actividad mental de Menni, para el pleno desarrollo de sus capacidades geniales, era necesaria la mayor continencia física posible y la menor cantidad de contacto amoroso. Enno no pudo desoír ese consejo y pronto se convenció de su ecuanimidad y sensatez. Menni se reanimó, empezó a trabajar con mayor energía que nunca, su cabeza concebía nuevos planes con extraordinaria rapidez y los ejecutaba con singular éxito, y, por lo visto, no sentía privación alguna. Entonces Enno, para quien su amor valía más que la vida, pero el genio del hombre amado más que el amor, sacó todas las conclusiones de lo que había averiguado. Se separó de Menni. Él al principio se afligió, pero después se avino rápidamente al hecho. Es posible que Menni ignorara la verdadera causa de la ruptura, ya que Enno y Netti la mantenían en secreto; sin embargo, claro está, era imposible saber con certeza si la mente sagaz de Menni no había adivinado el trasfondo de los sucesos. Para Enno, en cambio, la vida había quedado tan vacía, los sentimientos reprimidos le provocaban tales sufrimientos que al poco tiempo la joven decidió morir.

Para impedir el suicidio, Netti, a quien había recurrido Enno en busca de ayuda, pergeñó diversos pretextos para demorar un día su ejecución y poner sobre aviso a Menni. Este organizaba por entonces la expedición a la Tierra, y enseguida envió a Enno la invitación a sumarse a ese importante y riesgoso emprendimiento. Era difícil negarse. Enno aceptó la propuesta. El sinnúmero de nuevas impresiones la ayudó a superar su dolor espiritual, y para cuando regresó a Marte ya se había dominado a tal punto que pudo adoptar ese aspecto de joven poeta que yo había conocido a bordo del eterónefo.

Enno no había partido en la nueva expedición porque temía volver a acostumbrarse demasiado a la presencia de Menni. No obstante, la inquietud por su suerte no la abandonaba cuando se encontraba sola; conocía muy bien los peligros de la empresa. En las largas tardes de invierno nuestros pensamientos y conversaciones giraban todo el tiempo alrededor de un mismo punto del universo, allí donde, bajo los rayos de un inmenso sol, bajo el soplo de un viento abrasador, nuestros seres queridos llevaban adelante su titánica y temeraria tarea con energía febril. Esa comunión de pensamientos y sentimientos nos unió profundamente. Enno era para mí más que una hermana.

De alguna forma, por sí misma, sin arrebatos ni luchas, nuestra proximidad derivó en relaciones amorosas. Enno, siempre dulce y bondadosa, no rechazó este acercamiento, si bien no lo había buscado. Solo decidió no tener hijos conmigo… Había un dejo de mansa tristeza en sus caricias, caricias de tierna amistad que todo lo permite…

Y el invierno, al igual que antes, desplegaba ante nosotros sus alas frías y pálidas, ese largo invierno marciano sin heladas, tormentas ni nevascas, sereno e inmóvil como la misma muerte. Ninguno de los dos tenía ganas de volar hacia el sur, donde en ese momento ardía el sol y la naturaleza, desbordante de vida, hacía gala de sus coloridos vestidos. Enno no quería esa naturaleza que tan poco armonizaba con su estado de ánimo; yo, por mi parte, evitaba nuevos conocidos y nuevas situaciones, porque hacer amigos y acostumbrarse a ellos demandaba nuevos esfuerzos y fatigas, y ya sin eso avanzaba yo muy despacio hacia mi meta. Nuestra amistad era fantasmagórica y extraña, amor en el reino del invierno, del desvelo, de la espera…

En casa de Nella

Ya en su temprana juventud Enno había sido íntima amiga de Netti y me contó muchas cosas sobre ella. En una de nuestras conversaciones mis oídos quedaron pasmados ante la combinación de los nombres de Netti y Sterni, combinación que me resultó extraña.

Cuando se lo pregunté en forma directa, Enno primero quedó pensativa, incluso como turbada, y después respondió:

-Netti fue esposa de Sterni. Si no se lo dijo ella misma quiere decir que yo no debía decírselo. Por lo visto, he cometido un error, así que no me haga más preguntas sobre ese tema.

Esas palabras me conmovieron de un modo extraño… Al parecer, no había en ellas nada nuevo… Yo nunca había supuesto ser el primer hombre de Netti. Habría sido un disparate creer que una mujer llena de vida y salud, bella de cuerpo y alma, hija de una raza libre y de cultura superior podía no haber conocido el amor antes de nuestro encuentro. Y sin embargo, ¿cuál era el motivo de ese incomprensible desconcierto? No era capaz de pararme a pensar en ello; solo sentía que debía averiguarlo todo con lujo de detalles. Preguntarle a Enno, por lo visto, era imposible. Me acordé de Nella.

Netti, antes de partir, me había dicho: "¡No te olvides de Nella, ve a verla en los momentos difíciles!". Yo ya había pensado más de una vez en recurrir a ella, pero en parte lo impedía el trabajo, y en parte cierto vago temor ante los cientos de ojos curiosos de los niños que la rodeaban. Ahora, sin embargo, toda vacilación había desaparecido y ese mismo día me presenté en el "Hogar de Niños", en la gran ciudad de las máquinas.

Nella enseguida dejó lo que estaba haciendo, le pidió a otra educadora que la sustituya y me condujo a su habitación, donde los niños no podían molestarnos.

Yo había decidido no revelarle de inmediato el objeto de mi visita, puesto que tampoco a mí me parecía del todo sensato o noble. Lo más natural era comenzar la conversación por la persona más próxima a ambos, y luego esperar el momento propicio para mi pregunta. Nella se entusiasmó y me contó muchas cosas sobre la infancia y la juventud de Netti.

Los primeros años de vida los había pasado con la madre, como ocurre con la mayoría de los marcianos. Más tarde, cuando fue preciso enviar a Netti al "Hogar de Niños" para no privarla de la acción formativa de la compañía de otros chicos, Nella ya no pudo separarse de ella y, al principio, se instaló por un tiempo en aquel mismo edificio, y luego se quedó para siempre como educadora; eso se adecuaba a su especialidad académica, ya que la psicología era su principal ocupación.

Netti era una niña vivaz, enérgica, impetuosa, con una gran sed de conocimientos y de experiencias. Lo que más le interesaba y atraía era el misterioso mundo de la astronomía, aquello que se abría más allá de los límites de su planeta. La Tierra, a la que por entonces no se había llegado, así como sus habitantes invisibles, eran el sueño favorito de Netti, el tema predilecto de conversación con los otros niños y educadores.

Cuando se publicó el informe sobre la primera expedición exitosa de Menni a la Tierra, la niña casi se volvió loca de alegría y admiración. Se sabía palabra por palabra el informe de Menni, y no daba respiro a Nella y a los otros educadores para que le explicaran los términos desconocidos. Se enamoró de Menni a la distancia y le escribió una carta apasionada, en la cual, entre otras cosas, le rogaba que trajera de la Tierra a algún niño que no tuviera quien lo cuidase, pues ella lo educaría de la mejor manera posible. Decoró todo su cuarto con paisajes de la Tierra y fotografías de sus habitantes, y comenzó a estudiar los diccionarios de los idiomas terrestres tan pronto como empezaron a ser publicados. Se indignó por la violencia que Menni y sus compañeros habían empleado contra el primer terrícola que encontraron, a quien hicieron prisionero para que los ayudara a conocer los idiomas de la Tierra; pero, por otra parte, lamentaba que lo liberasen antes de su regreso en vez de traerlo a Marte. Tomó la firme decisión de que algún día viajaría a la Tierra, y cuando su madre bromeó con que acabaría casada con un terrícola, pensó un instante y respondió: "¡Es muy posible!".

Netti nunca me había contado nada de eso; en sus conversaciones siempre evitaba hablar del pasado. Y por supuesto nadie, ni siquiera ella misma, habría podido contar todo ello mejor que Nella. ¡Cómo resplandecía el amor maternal en las descripciones de Nella! Yo por momentos me dejaba llevar por el relato y me parecía ver frente a mí, como si estuviera viva, a esa niña encantadora de ojos grandes y ardientes con su misteriosa atracción por un mundo tan lejano, tan distante… Pero aquello no duró demasiado; pronto volví en mí y recordé el objeto de mi visita, y mi alma volvió a enfriarse.

Por último, cuando la conversación llegó a los últimos años de la vida de Netti, me decidí a preguntar, con el aspecto más sereno y desenvuelto posible, cómo se habían conocido Netti y Sterni. Nella quedó unos segundos pensativa.

-¡Ah, conque eso es! -exclamó-. Es por eso que ha venido a verme… Pero ¿por qué no me lo dijo directamente?

En su voz vibró una severidad inusual. Guardé silencio.

-Claro que puedo contárselo -continuó-. Es una historia sencilla. Sterni era uno de los maestros de Netti, daba clases de matemática y astronomía a los jóvenes. Cuando regresó de su primera expedición a la Tierra -creo que la segunda que organizó Menni- ofreció un ciclo de conferencias sobre ese planeta y sus habitantes. Netti asistió a todas ellas. Su acercamiento se vio favorecido por la paciencia y atención con las que Sterni respondía a sus interminables preguntas. Este acercamiento condujo al matrimonio. Era una suerte de atracción entre dos polos opuestos, entre dos naturalezas muy disímiles. Posteriormente, esa diferencia comenzó a manifestarse con mayor frecuencia e intensidad en su vida común, lo que llevó al enfriamiento de la relación y a su ruptura. Eso es todo.

-Y dígame, ¿cuándo se produjo la ruptura?

-La definitiva, luego de la muerte de Letta. A decir verdad, el acercamiento entre Netti y Letta fue el comienzo del fin. Netti no congeniaba con la mente fría y analítica de Sterni, quien destruía tenaz y sistemáticamente todos los castillos de aire, todas las fantasías que alimentaban la mente y el corazón de ella. Netti, sin proponérselo, empezó a buscar a un hombre que tuviera una actitud diferente hacia todo, y el viejo Letta poseía un corazón bondadoso como pocos, y además un entusiasmo casi infantil. Netti halló en él al compañero que necesitaba. No solo era paciente con los arrebatos de su imaginación, sino que a menudo se veía arrastrado por ellos. En compañía de él, el alma de Netti descansaba de la crítica severa y glacial de Sterni. Letta también amaba la Tierra en sus sueños y fantasías, creía en la unión futura de ambos mundos, que traería prosperidad y poesía a la vida. Y cuando ella descubrió que un hombre con tales sentimientos atesorados en el alma nunca había conocido el amor y las caricias de una mujer, no pudo aceptarlo. Así comenzó su segunda relación.

-Un momento -la interrumpí-. ¿La he entendido bien? ¿Está diciendo que fue esposa de Letta?

-Sí -respondió Nella.

-Pero me parece que usted dijo que la ruptura definitiva con Sterni se produjo después de la muerte de Letta, ¿no es así?

-Sí. ¿Eso usted no lo entiende?

-No, sí la entiendo. Solo que no lo sabía.

En ese momento nos interrumpieron. Un niño había tenido un ataque de nervios y Nella fue llamada de urgencia. Me quedé solo unos minutos. Estaba algo mareado, presa de una sensación tan extraña que no podría describir con palabras. ¿Cuál era el problema? En todo ello no había nada raro. Netti era una persona libre y se comportaba como tal. ¿Que Letta había sido su marido? Yo siempre lo había respetado y tenido en alta estima, incluso si no hubiera sacrificado su vida por la mía. ¿Que Netti había sido esposa de dos camaradas al mismo tiempo? Yo siempre había considerado que la monogamia, en nuestro medio, no derivaba sino de nuestras condiciones económicas, que limitan y entrampan al hombre a cada paso; pero en Marte reinaban otras condiciones económicas que no ponían ningún límite a los sentimientos y relaciones personales. Pero entonces, ¿de dónde venían esa angustiante perplejidad y ese pesar incomprensible a causa de los cuales no sabía si gritar o reír? ¿Acaso era incapaz de sentir como pensaba? Por lo visto, sí. ¿Y mis relaciones con Enno? ¿Dónde estaba mi lógica? ¿Y qué era yo mismo? ¡Qué absurdo era mi estado de ánimo!

¡Ah, sí, algo más!...[2] ¿Por qué Netti no me había contado todo eso? ¿Cuántos más engaños y secretos me rodeaban? ¿Cuántos más debía aguardar en el futuro? ¡Otra vez me equivocaba! Aquello era un secreto, es verdad, pero no se trataba de ningún engaño. Aunque en un caso así, ¿el secreto no equivale al engaño?...

Tales pensamientos surcaban como torbellino mi cabeza cuando la puerta se abrió y volvió a aparecer Nella. Al parecer, leyó en mi rostro la pena que me afligía, porque, cuando me habló, su tono de voz ya no era seco y severo.

-Por supuesto -dijo-, no es fácil acostumbrarse a relaciones personales completamente distintas ni a los hábitos de otro mundo con el que no se tiene ningún vínculo de parentesco. Usted ya ha sorteado muchos obstáculos; sortee este también. Netti cree en usted, y creo que no se equivoca. ¿O acaso su fe en ella flaquea?

-¿Por qué ella me ocultó todo esto? ¿Dónde está su fe? No logro comprenderla.

-Por qué actuó así, no lo sé. Pero sí sé que para ello debía tener buenos motivos, serios y no mezquinos. Quizás se lo explique esta carta. Me la dejó para usted en caso de que mantuviéramos una conversación como la de recién.

La carta estaba escrita en mi lengua natal, que tan bien había aprendido mi Netti. Esto fue lo que leí:

"¡Querido Lenni! Nunca he hablado contigo de mis anteriores relaciones personales, pero eso no fue porque quisiera ocultarte algo de mi vida, cualquier cosa que fuese. Confío plenamente en tu lúcida cabeza

---

[2]Desde "Un momento -la interrumpí-..." hasta "¡Ah, sí, algo más!": pasaje omitido en las ediciones posteriores a 1929. [N. del T.]

y en tu noble corazón. No dudo que, por más raras y ajenas que te resulten algunas de nuestras relaciones, siempre acabarás por comprenderlas como es debido y apreciarlas con justicia.

Solo había una cosa que temía… Después de tu enfermedad hiciste rápido acopio de fuerzas para trabajar, pero aún no has recobrado ese equilibro espiritual del que depende el dominio de sí mismo en las palabras y en los actos, a cada instante y ante cualquier impresión. Si tan solo por un segundo te permitieras hacia mí, como mujer, bajo el efecto del momento y de las fuerzas primarias del pasado siempre ocultas en lo más recóndito del alma humana, un trato dañino producto de la violencia y esclavitud que reinan en el viejo mundo, jamás te lo perdonarías. Sí, amigo mío, sé que eres estricto, a veces incluso cruel contigo mismo; has sacado eso de las severas lecciones aprendidas en la lucha eterna de la Tierra, y un arrebato malsano y mórbido que durase un solo segundo quedaría siempre para ti como una mancha oscura sobre nuestro amor.

Querido Lenni, yo quiero y puedo calmarte. Que duerma y nunca despierte en tu alma ese mal sentimiento que hace del amor a una persona inquietud por una pertenencia viva. No tendré otras relaciones personales. Puedo prometerte esto con sencillez y seguridad porque mi amor por ti, el apasionado deseo de ayudarte en tu magnánima misión vital, hace que todo lo demás se vuelva pequeño e insignificante. Te amo no solo como esposa, sino también como una madre que guía a su hijo a una vida nueva y desconocida, llena de esfuerzos y peligros. Este es el amor más fuerte y profundo que puede existir entre dos seres. Por eso mi promesa no implica un sacrificio.

Hasta la vista, pequeño y querido hijo mío.

Tuya, Netti".

Cuando terminé de leer la carta, Nella me miró con aire inquisitivo.

-Tenía usted razón -dije yo, y le besé la mano.

En búsqueda

Ese episodio dejó en mi alma una sensación de profunda humillación. Empecé a sufrir aún más penosamente la superioridad de quienes me rodeaban, tanto en la fábrica como en mis demás relaciones. Sin dudas, yo exageraba esa superioridad y también mi debilidad. En su benevolencia y solicitud comenzaba a ver un dejo de indulgencia medio despectiva, y en su prudente reserva una latente aversión a una criatura inferior. La fidelidad de mis percepciones y la justeza de mis juicios iban de mal en peor.

En todos los demás aspectos mis pensamientos continuaban claros, y ahora me ocupaba con especial esmero en llenar las lagunas vinculadas a la partida de Netti. Estaba más convencido que antes de que su participación en esa expedición obedecía a motivos que yo desconocía, motivos más poderosos e importantes que los que ella había alegado. Su nueva prueba de amor y el gran significado que daba a mi misión en la causa de la aproximación de nuestros mundos no hacían más que ratificar que, de no haber mediado razones excepcionales, ella no se habría decidido a dejarme por mucho tiempo en medio de las profundidades, bancos de arena y escollos del océano que era para mí aquella vida extraña, y menos aún cuando ella comprendía mejor que yo los peligros que me amenazaban. Había algo que yo ignoraba, pero estaba seguro de que tenía directa relación conmigo; había que dilucidar aquello a cualquier precio.

Decidí llegar a la verdad mediante una investigación sistemática. Recordé algunas alusiones casuales e involuntarias de Netti, una expresión de inquietud que advertí en su rostro mucho tiempo antes, cuando en presencia mía surgió el tema de las expediciones de colonización, y arribé a la conclusión de que Netti había resuelto nuestra separación no cuando me lo hizo saber, sino mucho antes, ya en los primeros días de nuestro matrimonio. Por tanto, debía buscar las causas por aquella época. Pero ¿dónde buscarlas? Podían estar ligadas o bien con cuestiones personales de Netti, o bien con el origen, carácter y relevancia de la propia expedición. Lo primero, tras la carta de Netti, quedaba casi descartado. Por consiguiente, la prioridad era orientar la búsqueda hacia lo segundo y comenzar por esclarecer la historia del origen de la expedición.

Obviamente, la expedición había sido decidida por el "grupo colonizador" -así se llamaba el equipo de trabajadores que participaba activamente en la organización de viajes interplanetarios- y los representantes del centro de estadísticas y de las fábricas que construían los eterónefos y suministraban los recursos necesarios para tales viajes. Yo sabía que la última reunión de ese "grupo colonizador" se había realizado justamente durante mi enfermedad. Menni y Netti habían participado en ella. Como yo para entonces me sentía mejor y sin Netti me aburría, pedí asistir a una de esas reuniones, pero Netti me dijo que sería peligroso para mi salud. ¿No estaría relacionado ese "peligro" con algo que no debía saber? Evidentemente, era preciso conseguir las actas de la reunión y leer todo lo que pudiera tener relación con el asunto.

Pero ahí surgieron dificultades. En la biblioteca de colonización solo me dieron la lista de resoluciones de aquella reunión. Allí se especificaba a la perfección, con gran minuciosidad, toda la organización del grandioso emprendimiento en Venus, pero no había nada en particular que me interesara. La cuestión no se aclaraba en lo más mínimo. Las resoluciones, a pesar de su detalle, estaban expuestas sin motivación alguna, sin ninguna referencia a la deliberación que las había precedido. Cuando le dije al bibliotecario que necesitaba las actas, me explicó que no se publicaban y que en general nadie llevaba el acta en las reuniones técnicas.

A primera vista, eso parecía verosímil. Los marcianos, en efecto, solo publican las resoluciones de sus reuniones técnicas, pues consideran que cualquier opinión sensata y útil expresada allí o bien se verá reflejada en la resolución tomada o bien será explicada mejor y con más detalle por el autor en un artículo, folleto o libro, si lo creía importante. Los marcianos, en general, no gustan de multiplicar en exceso la bibliografía, y entre ellos es imposible encontrar algo semejante a nuestros "trabajos de comisiones" en varios tomos; todo se comprime al menor volumen posible. Sin embargo, en este caso no le creí al bibliotecario. En esa reunión se habían decidido cosas demasiado grandes e importantes como para que la deliberación previa fuera tratada como un simple debate relativo a una simple cuestión técnica.

Pese a ello, intenté disimular mi desconfianza y, para despejar toda sospecha, me sumí dócilmente en el estudio del material que me habían dado; en realidad, trazaba el plan de las acciones a seguir.

Era evidente que en la biblioteca no conseguiría lo que buscaba; o era cierto que las actas no existían o el bibliotecario, advertido por mi pregunta, se las ingenió para esconderlas. Quedaba una salida: la sección fonográfica de la biblioteca.

Allí las actas podían consultarse incluso si no habían sido impresas. El fonógrafo suele sustituir la estenografía entre los marcianos, y en sus archivos se conservan muchos fonogramas inéditos de diversas asambleas sociales.

Elegí un momento en que el bibliotecario estaba enfrascado en su trabajo y, sin que se diera cuenta, pasé a la sección fonográfica. Allí pedí al camarada de turno el catálogo de fonogramas. Encontré los números de los fonogramas correspondientes a la reunión que me interesaba y, fingiendo no querer que el camarada de turno se molestara en alcanzármelos, me dirigí yo mismo a buscarlos. Esa tarea también resultó sencilla.

Había quince fonogramas, uno por cada sesión. Cada uno de ellos, según la práctica habitual de los marcianos, tenía añadido un índice con los contenidos. Los revisé con rapidez.

Los primeros cinco estaban dedicados por entero a informes sobre las expediciones que habían sido organizadas después del congreso anterior, así como a nuevos perfeccionamientos técnicos de los eterónefos.

El título del sexto fonograma decía:

"Propuesta del centro de estadísticas de pasar a la colonización masiva. Planetas a elección: la Tierra y Venus. Intervenciones y propuestas de Sterni, Netti, Menni y otros. Resolución preliminar en favor de Venus."

Sentí que había dado con lo que buscaba. Coloqué el fonograma en el aparato. Lo que oí se grabó para siempre en mi alma. Era lo siguiente.

La sexta sesión la abrió Menni, el presidente del congreso. Primero tomó la palabra, para leer un informe, un representante del centro de estadísticas; mediante un sinnúmero de cifras exactas demostró que, con el actual crecimiento de la población y de sus necesidades, si los marcianos seguían limitándose a explotar el planeta, dentro de treinta años comenzarían a escasear los alimentos. Eso podría impedirlo el descubrimiento de un modo técnicamente sencillo de sintetizar la albúmina a partir de la materia inorgánica, pero nada hacía suponer que ello se alcanzaría en los próximos treinta años. Por tal razón, era necesario que el grupo colonizador pasara de simples expediciones científicas a la organización de una auténtica migración masiva a otros planetas. Los marcianos tenían a disposición dos planetas accesibles con inmensos recursos naturales. Había que decidir de inmediato cuál de ellos sería en primer lugar el centro de la colonización, para luego consagrarse a la elaboración del plan.

Menni pregunta si alguien desea plantear alguna objeción de fondo a la propuesta del centro de estadísticas o a los motivos invocados. Nadie lo hace.

Entonces Menni somete a deliberación el tema de qué planeta elegir para comenzar con la colonización masiva.

Toma la palabra Sterni.

Sterni

-La primera cuestión que nos plantea el representante del centro de estadísticas -comenzó Sterni, con su habitual tono matemático y práctico-, la cuestión relativa a la elección de un planeta para la colonización, no requiere, en mi opinión, resolución alguna, ya que ha sido resuelta hace mucho tiempo por la propia realidad. No hay nada que elegir. De los dos planetas que nos son accesibles solo uno es apto para la colonización masiva. Me refiero a la Tierra. Sobre Venus existe una vasta bibliografía que ustedes, desde luego, ya conocen. La única conclusión que puede sacarse a partir de los datos reunidos sobre ese planeta es que, por el momento, conquistar Venus excede nuestras posibilidades. Su sol abrasador agotará y debilitará a nuestros colonizadores, sus espantosas tormentas y tempestades destruirán nuestras construcciones, dispersarán por el espacio nuestros aeroplanos y los estrellarán contra sus gigantescas montañas. Con sus monstruos podríamos arreglarnos, aunque al precio de no pocas víctimas; pero su mundo bacteriano, tremendamente rico en formas y del que solo conocemos una parte insignificante, ¿cuántas nuevas enfermedades nos reserva? Sus fuerzas volcánicas se hallan aún en inquietante efervescencia. ¿Cuántos terremotos inesperados, erupciones de lava y de inundaciones oceánicas nos auguran? Los seres racionales no deben emprender tareas imposibles. El intento de colonizar Venus nos costaría innumerables víctimas, inútiles además, ya que no serían mártires de la ciencia y de la dicha común, sino de la demencia y los sueños. Creo que esta cuestión es clara, y ya el solo informe de la última expedición a Venus disipa todas las dudas que aún podrían subsistir.

Por lo tanto, si de lo que se trata en general es de la migración masiva, de lo único que podemos hablar es, por supuesto, de la migración a la Tierra. Allí los obstáculos de la naturaleza son nimios y sus riquezas incalculables; superan ocho veces a las de nuestro planeta. La colonización misma ya ha sido bien preparada por la civilización existente en la Tierra, a pesar de su bajo desarrollo. Todo esto, desde luego, ya lo conocen en el centro de estadísticas. Si este nos propone elegir y nosotros consideramos necesario debatirlo, se debe únicamente a que la Tierra nos ofrece un obstáculo muy serio: su humanidad.

Los habitantes de la Tierra tienen el control sobre ella, y bajo ninguna circunstancia la cederán voluntariamente; no cederán siquiera una parcela de su superficie. Eso deriva del carácter de su cultura, basada en la propiedad preservada por una población organizada. Incluso los pueblos más civilizados de la Tierra explotan en realidad solo una parte insignificante de las fuerzas disponibles de la naturaleza, pero el afán de conquista de nuevos territorios nunca disminuye en ellos. El pillaje sistemático de tierras y bienes de los pueblos menos desarrollados recibe allí el nombre de política colonial y es considerada una de las tareas principales de la vida del Estado. Puede uno imaginarse cómo reaccionarán a nuestra sensata y natural propuesta de que nos cedan una parte de sus tierras emergidas a cambio de que les enseñemos y ayudemos a utilizar de un modo incomparablemente mejor la parte restante… Para ellos la colonización es solo una cuestión de fuerza bruta y violencia, y nos guste o no nos harán adoptar hacia ellos este punto de vista.

Si el asunto se redujera a demostrarles una sola vez la superioridad de nuestras fuerzas, sería relativamente sencillo y no requeriría más víctimas que cualquiera de sus absurdas e inútiles guerras. Los grandes ganados que hay allí de personas amaestradas para matar, llamados ejércitos, serían el material más adecuado para esa violencia necesaria. Cualquiera de nuestros eterónefos podría destruir en pocos minutos uno o dos de tales ganados mediante los rayos mortales generados al acelerar la desintegración del radio, lo cual sería más sano que perjudicial para su civilización. Pero, lamentablemente, la cosa no es tan sencilla, y las verdaderas dificultades no harían más que comenzar a partir de ese momento.

La eterna lucha entre los pueblos de la Tierra ha forjado en ellos una singularidad psicológica llamada patriotismo. Se trata de un sentimiento indefinido, pero fuerte y profundo que encierra al mismo tiempo una maligna desconfianza hacia todos los otros pueblos y razas, un apego espontáneo al medio vital, al ambiente, sobre todo al territorio, que es a los pueblos de la Tierra lo que el caparazón a la tortuga, una suerte de presunción colectiva y, como a menudo parece, una simple sed de destrucción, violencia y conquista. El sentimiento patriótico se agrava y agudiza luego de las derrotas militares, sobre todo cuando los vencedores quitan a los vencidos una parte de su territorio; entonces el patriotismo de los vencidos adquiere el carácter de un odio cruel y duradero contra los vencedores, y la venganza se convierte en un ideal vital para todo el pueblo, no solo para sus peores elementos -las clases "altas" o dirigentes-, sino también para los mejores -las masas obreras.

Así pues, si nos apropiáramos de una parte de la superficie del planeta valiéndonos de la inevitable violencia, no caben dudas de que eso llevaría a toda la humanidad a unirse en un mismo sentimiento de patriotismo terrestre, en un despiadado odio de raza, en animosidad contra nuestros colonizadores; la aniquilación del invasor por cualquier medio, incluyendo la traición, se convertiría a los ojos de la gente en una gesta noble y sagrada que les otorgaría una gloria inmortal. La vida de nuestros colonizadores se volvería del todo insoportable. Ustedes saben que aniquilar la vida es en general algo sencillo, incluso para nuestra civilización; somos mucho más fuertes que los terrícolas en caso de lucha franca, pero en incursiones inesperadas pueden matarnos con la misma facilidad con la que lo hacen entre ellos. Además, cabe señalar que el arte de la destrucción está en ellos mucho más desarrollado que cualquier otro aspecto de su peculiar civilización.

Desde luego, vivir con ellos y entre ellos sería directamente imposible; eso significaría eternas conspiraciones y terror por su parte, una constante conciencia de inminente peligro y un sinfín de víctimas entre nuestros camaradas. Tendríamos que expulsarlos de todos los territorios que ocupáramos, expulsar de una vez decenas y acaso cientos de millones. Con su régimen social, que no admite el apoyo mutuo entre camaradas, con sus relaciones sociales, que condicionan los servicios y la ayuda al pago de dinero, y, por último, con sus métodos de producción torpes y carentes de flexibilidad, que no permiten mejorar con suficiente rapidez la productividad y la distribución de los productos del trabajo, esos millones de expulsados se verían en su inmensa mayoría condenados a una penosa muerte por inanición. La minoría que sobreviva, por su parte, formaría cuadros de agitadores crueles y fanáticos que alzarían en nuestra contra a todo el resto de la población terrestre.

Después habría que prolongar la lucha. Todo nuestro territorio en la Tierra debería convertirse en un campamento militar constantemente vigilado. El miedo a posteriores conquistas por parte nuestra y el gran odio racial aunarían todas las fuerzas de los pueblos para preparar y organizar guerras contra nosotros. Si ya hoy su armamento es mucho más sofisticado que sus herramientas de trabajo, el progreso de sus técnicas de destrucción avanzaría a pasos agigantados. A la vez, buscarán y aprovecharán la ocasión para desencadenar una guerra súbita, y si lo logran es seguro que nos ocasionarán pérdidas irreparables, por más que todo acabe en nuestra victoria. Además, no tiene nada de descabellado suponer que, de un modo u otro, llegarán a averiguar el mecanismo de nuestra arma principal. La materia radiactiva ya la conocen, y el método para acelerar su desintegración pueden averiguarlo por medio del espionaje o incluso descubrirlo por su cuenta, con ayuda de los científicos. Ya saben ustedes que, con un arma así, quien se adelanta a su enemigo apenas unos minutos sin falta acaba con él; y aniquilar las formas superiores de vida es tan sencillo como aniquilar las elementales.

¿Cómo sería la vida de nuestros camaradas en medio de esos peligros y ese eterno estado de alerta? No solo se verían emponzoñadas todas las alegrías de la vida, sino que el propio carácter de esta pronto se desvirtuaría y rebajaría. Poco a poco se infiltrarían el recelo, el espíritu de venganza, el impulso egoísta de autoconservación y la crueldad indisolublemente a él ligada. Esa colonia dejaría de ser nuestra colonia para convertirse en una república militar rodeada de pueblos vencidos y siempre hostiles. Sus repetidos ataques y sus víctimas no solo avivarían esos sentimientos de venganza y odio que desfiguran la imagen del hombre que nos es querida, sino que objetivamente los haría pasar de la autodefensa al ataque sin cuartel. A fin de cuentas, tras largas vacilaciones y un infructuoso y arduo gasto de energías, terminaríamos inevitablemente planteándonos el problema en los términos que nosotros, seres con conciencia que prevemos el curso de los acontecimientos, deberíamos haber adoptado desde un principio: la colonización de la Tierra requiere el exterminio de la humanidad terrestre.

(Entre los cientos de asistentes se alza un murmullo de horror, en el que se distingue la indignada exclamación de Netti. Cuando el silencio se restablece, Sterni continúa con calma).

-Debemos comprender la necesidad y mirarla con firmeza a los ojos, por más dura que sea. Tenemos que elegir entre dos opciones: detener el desarrollo de nuestra vida o destruir una vida extraña en la Tierra. No hay tercera opción.

(Voz de Netti: "¡Eso no es cierto!". Sterni continúa).

-Sé a qué se refiere Netti cuando protesta contra mis palabras, y ahora analizaré esa tercera variante que ella propone. Se trata de la inmediata reeducación socialista de la humanidad terrestre, un plan por el que hasta hace poco nos inclinábamos pero que ahora, en mi opinión, sin falta debemos descartar. Ya conocemos suficiente a los terrícolas para comprender que esa idea es irrealizable. El nivel cultural de los pueblos más avanzados de la Tierra corresponde más o menos a aquel en que se hallaban nuestros ancestros en la época de excavación de los Grandes Canales. También reina allí el capitalismo y existe un proletariado que lucha por el socialismo. A juzgar por eso, cabría pensar que no está lejos ya la hora de una revolución que eliminará el sistema de la violencia organizada y creará la posibilidad de que la vida humana se desarrolle libre y rápidamente. Pero el capitalismo terrestre posee rasgos importantes que modifican el fondo del asunto. Por una parte, el mundo terrestre está en extremo fragmentado en divisiones políticas y nacionales, de modo que la lucha por el socialismo no constituye un proceso único y global en una sociedad amplia, sino una serie de procesos autónomos y singulares en distintas sociedades divididas por la organización estatal, el idioma y, a veces, la raza. Por otra parte, sus formas de lucha social son mucho más toscas y mecánicas que las que conoció nuestro planeta, y el papel principal en ellas lo desempeña la violencia material directa, representada en los ejércitos permanentes y en los alzamientos armados.

Por todo ello, la cuestión de la revolución social adquiere un carácter muy indefinido; se prevé que haya no una revolución, sino muchas revoluciones sociales en diferentes países y en diferentes momentos, e incluso, es probable, con rasgos muy distintos. Lo principal es que su desenlace es dudoso e inestable. Las clases dominantes, apoyándose en el ejército y en la técnica militar de avanzada, pueden en algunos casos infligir al proletariado una derrota tan devastadora que, en muchos Estados, la causa de la lucha por el socialismo podría sufrir un retraso de décadas. Las crónicas terrestres ya registran varios ejemplos de ese tipo. De este modo, los distintos países de vanguardia en los que el socialismo hubiera triunfado serían como islas en medio de un hostil mundo capitalista, a veces incluso precapitalista. Las clases altas de los países no socialistas, luchando por su supremacía, concentrarían todos sus esfuerzos en destruir esas islas, organizarían constantemente incursiones militares contra ellas y hallarían entre las naciones socialistas suficientes aliados dispuestos a cualquier gobierno, en especial los antiguos propietarios, grandes y pequeños. Es difícil predecir el resultado de esas contiendas. Pero incluso allí donde el socialismo resistiera y saliera triunfante, no podría desprenderse enseguida de los largos años de estado de sitio, terror y militarismo, seguidos del patriotismo más bárbaro. Sería algo muy distinto a nuestro socialismo.

El objetivo de nuestra intervención, según los planes anteriores, consistía en acelerar y contribuir a la victoria del socialismo. ¿Cómo podemos hacer eso? Primero, podemos transmitir a los habitantes de la Tierra nuestra técnica, nuestra ciencia, nuestra capacidad para dominar las fuerzas de la naturaleza, y así elevar tanto su cultura que las formas atrasadas de la vida económica y política entrarían en brusca contradicción con ella y desaparecerían por sí solas. Segundo, podemos apoyar directamente al proletariado socialista en su lucha revolucionaria y ayudarlo a doblegar la resistencia de las otras clases. No hay otra manera. Ahora bien, ¿bastaría esto para alcanzar el objetivo? Ahora sabemos lo suficiente como para responder con seguridad: ¡No!

¿Qué pasaría si transmitiéramos a los terrícolas nuestros métodos y conocimientos técnicos?

Las primeras que se apoderarían de ellos para usarlos a su favor y aumentar su poder serían las clases dominantes de cada país. Eso sería inevitable, puesto que disponen de todos los instrumentos de trabajo y el noventa y nueve por ciento de los científicos e ingenieros están a su sueldo; por tanto, solo ellas contarían con la posibilidad de aplicar la nueva técnica. Y se valdrían de ella tanto cuanto les sea beneficioso y cuanto aumente su poder sobre las masas. Más aún, intentarían de inmediato utilizar esos nuevos y poderosos medios de destrucción y exterminio que han caído en sus manos para reprimir al proletariado socialista. Redoblarían las persecuciones y organizarían una vasta provocación para atraerlo cuanto antes a una lucha franca en la que aplastarían a sus elementos más conscientes, más esclarecidos; lo dejarían sin dirección ideológica antes de que este, por su parte, hubiera logrado dominar los nuevos métodos de lucha armada. De este modo, nuestra intervención serviría de pretexto para la reacción desde arriba a la vez que le proporcionaría armas de un poder inusitado. En resumidas cuentas, retrasaríamos décadas enteras la lucha por el socialismo.

¿Y qué lograríamos con nuestros intentos de ayudar en forma directa al proletariado socialista contra sus enemigos?

Supongamos -esto aún es improbable- que él nos aceptara como aliados. En ese caso, las primeras victorias se alcanzarían con facilidad. Pero ¿qué vendría después? El inevitable desarrollo, entre todas las demás clases, del patriotismo más feroz y encarnizado dirigido contra nosotros y los socialistas de la Tierra… El proletariado sigue siendo minoritario casi en todos los países del planeta, incluso en los más avanzados; la mayoría está compuesta por restos aún no desagregados de la clase de pequeños propietarios, una masa inculta e ignorante. A los grandes propietarios y a sus lacayos -funcionarios y científicos- les resultaría sencillo enardecer e instigar a esa masa contra el proletariado, puesto que esta, dado su carácter conservador y a menudo reaccionario, se opone con furia a cualquier progreso. El proletariado de vanguardia, rodeado por enemigos rabiosos y despiadados -a los que se unirían vastos segmentos de proletarios atrasados en su desarrollo-, se encontraría en una situación tan crítica como la de nuestros colonizadores en medio de los pueblos vencidos. Habría continuos ataques, pogromos, carnicerías, y, lo principal, la posición del proletariado en la sociedad sería la menos propicia para ponerse al frente de su transformación. Otra vez, nuestra intervención, en lugar de acelerar, demoraría la revolución social.

Por tanto, el momento en que se producirá esa revolución es una incógnita, y no depende de nosotros acelerarla. En cualquier caso, habría que esperarla mucho más de lo que podemos. Ya dentro de treinta años tendremos un exceso de población de unos quince o veinte millones, que luego crecerá entre unos veinte y veinticinco millones por año. Debemos preparar de antemano una colonización en regla; de lo contrario, no contaremos con las fuerzas y los medios para llevarla adelante en la escala requerida.

Además, es más que dudoso que logremos entendernos pacíficamente incluso con los países socialistas de la Tierra, llegado el caso de que estos aparecieran. Como ya he dicho, aquello será algo muy distinto a nuestro socialismo. Siglos de divisiones nacionales, de incomprensión mutua, de luchas brutales y sangrientas no pasan sin más; dejarán por mucho tiempo huellas profundas en la psicología de la humanidad terrestre liberada. No sabemos cuánta barbarie y estrechez ideológica traerán los socialistas de la Tierra a su nueva sociedad.

Tenemos a mano una experiencia que nos permite evaluar hasta qué punto dista de nosotros la psicología de la Tierra, incluso en sus mejores representantes. En la última expedición trajimos de allí a un socialista, un hombre que supera a los suyos en fuerza espiritual y salud física. ¿Y qué pasó? Todo nuestro régimen de vida le pareció tan extraño, tan contradictorio con su propia organización que al poco tiempo ya padecía un serio trastorno psicológico. Y es uno de los mejores, elegido entre muchos por el propio Menni. ¿Qué podemos esperar de los demás?

Así pues, el dilema es siempre el mismo: o bien dejamos de reproducirnos, con el consecuente debilitamiento en el desarrollo de nuestra vida, o bien colonizamos la Tierra aniquilando toda su humanidad.

Hablo de aniquilamiento de toda su humanidad porque no podemos siquiera hacer una excepción con su vanguardia socialista. No. En primer lugar, no hay ninguna posibilidad técnica que nos permita distinguir esa vanguardia en medio de la destrucción generalizada, ya que representa una parte insignificante de la masa. Y, en segundo lugar, si lográramos preservar a los socialistas, ellos mismos desatarían más tarde contra nosotros una guerra sangrienta y despiadada, ofreciéndose en sacrificio hasta el último, ya que nunca aceptarían el asesinato de cientos de millones de humanos semejantes a ellos, humanos con quienes mantenían estrechos vínculos personales y emocionales. No hay acuerdo posible en el choque de dos mundos. Debemos elegir. Y repito: solo tenemos una opción. No se puede sacrificar una vida superior por otra inferior. Entre los terrícolas no son más que unos pocos millones los que pugnan de manera consciente por una forma de vida verdaderamente humana. No podemos sacrificar en favor de esos seres embrionarios la posibilidad de crecimiento y desarrollo de decenas y acaso cientos de millones de seres de nuestro mundo, de personas en un sentido incomparablemente más pleno de la palabra. Y no habrá crueldad en nuestras acciones, porque llevaremos a cabo ese exterminio con mucho menos sufrimiento que el que ellos se causan a sí mismos.

La vida del universo es una. Y no perderá, sino que ganará cuando en la Tierra, en lugar de un socialismo semibárbaro aún remoto en el tiempo, se desarrolle nuestro socialismo. La vida será mucho más armónica en su incesante e ilimitada evolución.

(Tras el discurso de Sterni se produce primero un profundo silencio. Lo interrumpe Menni, quien propone dar la palabra a quien sostenga el punto de vista contrario. Toma la palabra Netti).

Netti

-"La vida del universo es una", ha dicho Sterni. ¿Y qué es lo que nos propone? Destruir, aniquilar para siempre un tipo particular de esa vida, un tipo que luego ya nunca podremos restituir o reemplazar. Un hermoso planeta ha vivido cientos de millones de años, ha vivido su propia vida, diferente a la de los demás… Y de pronto, de sus poderosos elementos, comenzó a formarse la conciencia; elevándose en una lucha dura y cruel desde los niveles inferiores a los superiores, esa conciencia adquirió finalmente una forma humana similar y próxima a la nuestra. Pero estas formas no son como las nuestras; en ellas se ha reflejado y concentrado la historia de otra naturaleza, de otra lucha; contiene otros elementos naturales, encierra otras contradicciones, otras posibilidades de desarrollo. Ha llegado el momento en que por primera vez pueden unirse dos grandes líneas de vida. ¡Qué nueva diversidad, qué armonía superior deberá surgir de esa combinación! Y he aquí que vienen y nos dicen: la vida del universo es una, por eso no debemos unirnos, sino… destruir aquella otra.

Cuando Sterni señalaba cuánto la humanidad de la Tierra, su historia, sus costumbres y su psicología son diferentes a las nuestras, no hacía más que refutar su idea casi mejor de lo que puedo hacerlo yo. Si ellos se parecieran a nosotros absolutamente en todo, salvo en el grado de desarrollo, si fueran idénticos a nuestros ancestros en la época de nuestro capitalismo, entonces habría que darle la razón a Sterni: la forma inferior de vida cabe ser sacrificada en favor de la superior, los débiles en favor de los fuertes. Pero los terrestres no son eso; no se trata solo de que sean inferiores y más débiles que nosotros en cuanto a su nivel cultural, sino de que son diferentes, y por eso, si los eliminamos, no los sustituiremos en el desarrollo universal; solo llenaremos mecánicamente el vacío que hemos creado en el reino de las formas de vida.

No es en la barbarie, no es en la crueldad de la civilización terrestre que reside la auténtica diferencia con nosotros. La barbarie y la crueldad son solo manifestaciones pasajeras de esa prodigalidad general en el proceso de desarrollo que caracteriza toda la vida de la Tierra. Allí la lucha por la existencia es más enérgica e intensa, la naturaleza crea sin cesar muchas más formas, pero también son más las que caen víctimas del desarrollo. Y eso no puede ser de otra manera, ya que la Tierra recibe de la fuente de vida -el Sol- una energía radiante ocho veces superior a la de nuestro planeta. Por eso allí se esparce y disemina tanta vida; por eso en la variedad de sus formas surgen muchas más contradicciones y el camino para conciliarlas es mucho más complejo y doloroso. En el reino vegetal y animal millones de especies han librado una lucha desesperada, se han eliminado una a la otra, participando con su vida y su muerte en la evolución de tipos nuevos, más acabados y armónicos, más sintéticos. Lo mismo sucedió en el reino del hombre.

Nuestra historia, comparada con la de la humanidad terrestre, parece asombrosamente simple, libre de desviaciones y regular, al punto de semejar un esquema. De modo pacífico e ininterrumpido, los elementos del socialismo se fueron acumulando: los pequeños propietarios desaparecieron, el proletariado se elevó peldaño tras peldaño; eso sucedió sin vacilaciones ni estremecimientos, con todo el planeta uniéndose en una misma causa. Hubo lucha, pero la gente de alguna manera se entendía; el proletariado no se dejaba llevar por fantasías, la burguesía tampoco fue muy utópica en su reacción; las distintas épocas y formaciones sociales no se mezclaron tanto como en la Tierra, donde un país de alto desarrollo capitalista puede conocer a veces una reacción feudal, y donde el numeroso campesinado, cuya cultura atrasa todo un período histórico, suele servir a las clases altas como arma para neutralizar al proletariado. Nosotros llegamos, hace varias generaciones, por un camino llano y regular a una organización social que libera y unifica todas las fuerzas del desarrollo social. Por el contrario, nuestros hermanos terrestres han transitado un camino espinoso, con innumerables recodos y obstáculos. Pocos de nosotros saben, y ninguno es capaz de imaginarse cabalmente el grado de demencia al que fue llevado el arte de atormentar a las personas, entre los pueblos más civilizados de la Tierra, en las organizaciones ideológicas y políticas de dominación de las clases altas, la iglesia y el Estado. ¿Y cuál ha sido el resultado de ello? ¿Se ha retrasado el desarrollo? No, no tenemos fundamentos para afirmar eso, puesto que los primeros estadios del capitalismo, antes del nacimiento de la conciencia socialista del proletariado, no transcurrieron más lentamente en medio de aquella confusión y lucha brutal entre distintas formaciones, sino más rápido que en nuestro planeta, donde las transiciones fueron más graduales y calmas. Pero la propia crudeza y crueldad de la lucha despertaron en los combatientes una energía y una pasión, un heroísmo y una abnegación tales como no conoció la lucha más moderada y menos trágica de nuestros ancestros. En esto también el tipo de vida de los terrícolas no es inferior, sino superior al nuestro, por más que nosotros, miembros de una civilización más antigua, hayamos alcanzado un nivel más alto.

La humanidad terrestre está fragmentada, sus diferentes razas y naciones se han arraigado profundamente a su territorio, hablan distintos idiomas y una honda incomprensión impregna todas sus relaciones vitales… Todo eso es cierto, y lo es asimismo que la unión de toda la humanidad, que con grandes dificultades se abre paso entre todas esas fronteras, es algo que nuestros hermanos terrestres alcanzarán bastante más tarde que nosotros. Esa fragmentación, provocada por la inmensidad del mundo terrestre, por la riqueza y variedad de su naturaleza, ha llevado al surgimiento de una infinidad de puntos de vista y matices en la comprensión del universo. ¿Acaso eso coloca a la Tierra y a sus habitantes por debajo y no por encima de nuestro mundo en épocas análogas de su historia?

Incluso la diferencia mecánica entre los idiomas que hablan ha contribuido en gran medida al desarrollo de su pensamiento, liberando al concepto del burdo poder de las palabras con las que los hombres se expresan. Comparen la filosofía de los terrícolas con la de nuestros ancestros capitalistas. La filosofía de la Tierra no es solo más variada, sino también más refinada; no solo se basa en un material más complejo, sino que, en sus mejores escuelas, lo analiza con mayor profundidad y exactitud, estableciendo el vínculo entre los hechos y los conceptos. Por supuesto, toda filosofía es expresión de la debilidad y de la falta de unidad del conocimiento, de la insuficiencia del desarrollo científico; es un intento de ofrecer un cuadro unificado del ser llenando con hipótesis las lagunas de la experiencia científica; por eso la filosofía será eliminada de la Tierra por la unidad de la ciencia, tal como sucedió en Marte. Pero vean cuántas proposiciones de esa filosofía creada por sus pensadores y luchadores de vanguardia anticipan a grandes rasgos los descubrimientos de nuestra ciencia; tal es el caso de casi toda la filosofía social de los socialistas. Es claro que pueblos que han superado a nuestros ancestros en la creación filosófica podrán más tarde superarnos a nosotros en la creación científica.

¡Y Sterni quiere medir esa humanidad por el número de hombres justos, de socialistas conscientes que existen en ella; quiere juzgarla por sus contradicciones actuales, no por las fuerzas que las han engendrado y que, a su tiempo, las resolverán; quiere desecar para siempre ese tempestuoso pero bello océano de vida!

Debemos responderle con firmeza y resolución: ¡Jamás!

Debemos preparar nuestra futura unión con la humanidad de la Tierra. No podemos acelerar significativamente su transición a un orden social libre, pero lo poco que podamos hacer, debemos hacerlo. Y si no hemos sido capaces de proteger a nuestro primer enviado de la Tierra del sufrimiento innecesario de la enfermedad, eso no nos hace honor. Por suerte, se restableció pronto, e incluso si al final muere por una interacción demasiado rápida con una forma de vida extraña a la suya, tendrá tiempo de hacer mucho aún por la futura unión de nuestros mundos.

Debemos vencer nuestras propias dificultades y peligros por otros medios. Debemos concentrar nuestras nuevas fuerzas científicas en la química de la albúmina; preparar, en la medida de lo posible, la colonización de Venus. Si no logramos resolver estos problemas en el breve plazo que nos queda, deberemos reducir temporalmente la reproducción. ¿Qué partero sensato no sacrificaría la vida de un bebé para preservar la vida de la madre? Si es necesario, deberemos sacrificar de igual modo una parte de esa vida nuestra que aún no existe en favor de aquella aún extraña que sí existe y se desarrolla. La unión de los mundos compensará infinitamente ese sacrificio.

¡La unidad de la vida es el objetivo supremo, y el amor la suprema razón!

(Profundo silencio. Luego toma la palabra Menni).

Menni

-He observado con atención las reacciones de los camaradas y veo que la gran mayoría está del lado de Netti, lo cual me alegra mucho, porque mi punto de vista es más o menos el mismo. Añado solo una consideración práctica que me parece muy importante. Existe el grave peligro de que, actualmente, no nos alcancen siquiera los recursos técnicos para intentar la colonización masiva de otros planetas.

Podemos construir decenas de miles de grandes eterónefos y darse el caso de que no tengamos con qué ponerlos en marcha. Tendríamos que gastar cientos de veces más que hasta ahora la materia radiactiva que sirve para moverlos. A todo esto, los yacimientos que conocemos se están agotando y cada vez se descubren menos nuevos.

No hay que olvidar que la materia radiactiva la necesitamos no solo para conferir a los eterónefos su vertiginosa velocidad. Saben ustedes que toda nuestra química se basa ahora en esas sustancias. Las usamos para obtener "materia negativa", sin la cual los propios eterónefos y nuestros innumerables aeroplanos serían pesadas cajas inservibles. Esa aplicación necesaria de la materia activa no puede ser sacrificada.

Pero lo peor de todo es que la única alternativa posible a la colonización -la síntesis de albúmina- puede resultar irrealizable debido a la falta de sustancias radiactivas. Con los viejos métodos de agregación progresiva es imposible llegar a una síntesis de la albúmina técnicamente simple y cómoda para la producción en serie, debido a la complejidad de su composición. Con ese método, como ya saben, logramos hace unos años obtener albúmina artificial, pero en cantidades insignificantes y con enormes gastos de tiempo y energía, de modo que ese trabajo tiene solo valor teórico. La producción en masa de albúmina a partir de materia inorgánica solo es posible mediante esas modificaciones rápidas y bruscas de las composiciones químicas que los elementos inestables provocan en la materia estable. Para alcanzar el éxito en esta dirección, decenas de miles de trabajadores deberían dedicarse a investigar la síntesis de la albúmina y realizar millones de nuevos y variados experimentos. Para ello, y luego, en caso de éxito, para la producción masiva de albúmina, otra vez sería necesario gastar inmensas cantidades de materia activa de las que hoy no disponemos.

Por tanto, cualquiera sea el punto de vista, podemos resolver la cuestión que nos ocupa solo en caso de que hallemos nuevas fuentes de elementos radiactivos. Pero ¿dónde hallarlos? Es evidente que en otros planetas, es decir, o bien en la Tierra o bien en Venus, y para mí es indudable que el primer intento conviene hacerlo en Venus.

Con respecto a la Tierra, cabe suponer que allí hay grandes reservas de elementos activos. Con respecto a Venus, eso ya está del todo probado. Los yacimientos terrestres no los conocemos porque aquellos hallados por los científicos de allí, por desgracia, no tienen ningún valor. Los yacimientos de Venus los hemos descubierto nosotros mismos desde el primer momento de nuestra expedición. En la Tierra, al parecer, los yacimientos están situados igual que en Marte, es decir, muy por debajo de la superficie. En Venus, algunos de ellos se encuentran tan cerca de la superficie que su radiación fue detectada de inmediato por medio de fotografías. Si buscamos radio en la Tierra, tendremos que cavar en sus tierras emergidas del mismo modo en que lo hemos hecho en nuestro planeta; eso puede requerir decenas de años, y existe el riesgo de engañarnos en las expectativas. En Venus solo hay que extraer lo que ya hemos hallado, y eso puede hacerse sin dilación alguna.

Por eso, sin importar cómo resolvamos más tarde la cuestión de la colonización masiva, ahora, para garantizar la posibilidad de esa resolución, debemos cuanto antes, según mi profunda convicción, llevar adelante una colonización pequeña y quizás temporal de Venus, con el único objetivo de extraer materia activa.

Los obstáculos naturales, desde luego, son inmensos, pero en esta etapa no estamos obligados a sortearlos por entero. Basta con que nos apropiemos de una pequeña parcela del planeta. En rigor, todo se reduce a una gran expedición que deberá pasar allí no meses, como nuestras expediciones anteriores, sino años enteros extrayendo radio. Por supuesto, también tendremos que librar una enérgica lucha con las condiciones naturales, protegernos del funesto clima, de enfermedades desconocidas y otros peligros. Habrá muchas víctimas; es posible que solo una pequeña parte de la expedición regrese. Pero es indispensable hacer el intento.

Según los datos que hemos reunido, el sitio más apropiado para comenzar es la Isla de las Tempestades Ardientes. He estudiado en detalle su naturaleza y he preparado un plan minucioso para organizar esta empresa. Si ustedes, camaradas, consideran necesario discutirlo ahora, se los expondré ya mismo.

(Nadie hace objeción alguna, y Menni pasa a exponer su plan, examinando con detenimiento todos los detalles técnicos. Al terminar su discurso intervienen otros oradores, pero todos hablan exclusivamente de su plan, analizando los pormenores. Algunos manifiestan su desconfianza respecto al éxito de la expedición, pero todos están de acuerdo en la necesidad de intentarlo. Por último, se adopta la resolución propuesta por Menni).

El asesinato

La profunda estupefacción en la que me hallaba excluía siquiera el intento de ordenar mis pensamientos. Solo sentía un dolor frío, como un anillo de acero oprimiendo mi corazón, y ante mi conciencia apareció, con la claridad de una alucinación, la enorme figura de Sterni y su rostro inflexible y sereno. Todo lo demás se confundía y perdía en un caos penoso y oscuro.

Como un autómata, salí de la biblioteca y me subí a la góndola. El viento frío que provocaba mi rápido vuelo me obligó a envolverme en mi abrigo, y eso pareció sugerirme un nuevo pensamiento que enseguida se cristalizó en mi conciencia y se volvió indudable: debía estar solo. Cuando llegué a casa, puse de inmediato ese pensamiento en práctica, siempre mecánicamente, como si no fuera yo quien actuaba, sino otro.

Escribí al colegio de dirección de la fábrica para decir que por un tiempo me ausentaría del trabajo. A Enno le dije que ahora debíamos separarnos. Ella me echó una mirada alarmada y escrutadora y palideció, pero no dijo una palabra. Solo después, en el momento mismo de mi partida, me preguntó si no deseaba ver a Nella. Yo respondí: "No" y besé a Enno por última vez.

Después me sumí en un inerte estupor. Solo había frío dolor y fragmentos de ideas. De las palabras de Netti y Menni quedaba un recuerdo pálido, indiferente, como si todo aquello careciera de importancia e interés. Solo una vez surcó mi cabeza este pensamiento: "Sí, por eso Netti se marchó; de la expedición depende todo". Lo que emergía nítida y claramente eran algunas expresiones y frases enteras de Sterni: "Debemos comprender la necesidad… varios millones de seres embrionarios… exterminio de la humanidad terrestre… padecía un serio trastorno psicológico…". Pero no había ilación ni conclusiones. Por momentos el exterminio de la humanidad se me figuraba como un hecho ya consumado, pero en forma vaga y abstracta. El dolor en mi corazón se agudizaba, y me pareció que yo era el culpable de aquel exterminio. Por momentos también caía en la cuenta de que no había nada de aquello y de que quizás nunca lo habría. El dolor, sin embargo, no cesaba, y el pensamiento otra vez constataba: "Todos morirán… y Anna Nikoláievna… y el obrero Vania… y Netti… no, Netti quedará, ella es marciana… pero todos morirán… y no habrá crueldad, ya que no habrá sufrimiento… sí, así dijo Sterni… pero todos morirán porque yo me enfermé… entonces yo soy el culpable…". Esos fragmentos de luctuosas ideas se solidificaban y congelaban en mi conciencia, fríos, inmóviles. Y fue como si el tiempo se hubiera detenido con ellos.

Era un delirio penoso, incesante, sin salida. No había fantasmas fuera de mí. Había un solo fantasma negro en el interior de mi alma, pero ahí estaba, y eso era todo. Y no podía abandonarme, porque el tiempo se había detenido.

Surgió la idea del suicidio y se fue extendiendo lentamente, pero no colmó la conciencia. El suicidio parecía inútil y aburrido, ¿acaso podía interrumpir ese negro dolor que lo era todo? No tenía fe en el suicidio porque no tenía fe en mi propia existencia. Había angustia, frío, aquel todo odioso, pero mi "yo" se perdía en ello como algo imperceptible, minúsculo, infinitamente pequeño. No había "yo".

Por momentos mi conciencia se hacía tan insoportable que me daban unas ganas invencibles de arrojarme sobre todo lo que me rodeaba, lo vivo y lo muerto, golpear, destruir, aniquilar sin dejar rastro. Pero aún comprendía que aquello sería absurdo e infantil; apretaba los dientes y me contenía.

La imagen de Sterni regresaba a cada momento y se detenía inmóvil en mi conciencia. Entonces era como el centro de toda mi angustia y dolor. Poco a poco, lenta pero incesantemente, junto a ese centro comenzó a formarse una intención que luego se convirtió en una resolución inquebrantable: "Tengo que ver a Sterni". Verlo para qué, con qué razón, no habría podido decirlo. Solo sabía que debía hacerlo. Y, al mismo tiempo, me era muy difícil salir de aquella inmovilidad para llevar a cabo mi decisión.

Por fin llegó el día en que reuní fuerzas para vencer esa resistencia interior. Subí a mi góndola y me dirigí al observatorio que dirigía Sterni. En el camino intenté pensar bien qué le diría, pero el frío en el corazón y el frío exterior paralizaban el pensamiento. Tres horas después llegué allí.

Entré a la gran sala del observatorio y dije a uno de los camaradas que allí trabajaban: "Tengo que ver a Sterni". El camarada fue a buscarlo, regresó al minuto y me informó que Sterni estaba ocupado verificando unos instrumentos, que en un cuarto de hora se liberaría, y que me sería más cómodo esperarlo en su despacho. Me condujo allí, me senté en un sillón ante el escritorio y me puse a esperar. El despacho estaba lleno de diferentes aparatos y máquinas, algunos de los cuales ya conocía y otros no. A la derecha de mi sillón había un pequeño instrumento sobre un pesado soporte metálico que terminaba en tres patas; sobre el escritorio yacía un libro abierto sobre la Tierra y sus habitantes. Empecé maquinalmente a leerlo, pero me detuve en las primeras frases y caí en un estado semejante a mi anterior estupor, solo que ahora en mi pecho, junto con la habitual angustia, se sentía una inquietud indefinida y febril. Así pasó no sé cuánto tiempo.

En el pasillo se oyeron unos pasos pesados y en la habitación entró Sterni con su aspecto sereno y práctico de costumbre; se dejó caer en el sillón del otro lado del escritorio y me lanzó una mirada inquisitiva. Yo guardaba silencio. Esperó un momento y se dirigió a mí con una pregunta directa:

-¿En qué puedo servirle?

Yo seguía callado e inmóvil, mirándolo como un objeto inanimado. Se encogió apenas de hombros y se acomodó en el sillón con actitud expectante.

-El marido de Netti… -dije por fin con esfuerzo y semiconsciente, sin dirigirme a él en realidad.

-Yo fui el marido de Netti -corrigió con calma-. Nos separamos hace mucho.

-… Exterminio… no será… con crueldad… -continué, repitiendo con la misma lentitud y semiconciencia el pensamiento que se había petrificado en mi cerebro.

-¡Ah, de eso se trata! -dijo tranquilo-. Pero ahora no cabe ni hablar de ello. Como usted ya sabe, la resolución preliminar que se adoptó es completamente distinta.

-La resolución preliminar… -repetí maquinalmente.

-En cuanto a mi plan de entonces -añadió Sterni-, si bien no lo he rechazado por completo, debo decirle que ahora no podría defenderlo con la misma seguridad.

-Por completo… -repetí yo.

-Su recuperación y participación en nuestro trabajo común han acabado en parte con mi argumentación…

-Exterminio… en parte -interrumpí yo, y por lo visto toda mi angustia y pesar se reflejaron demasiado en mi inconsciente ironía. Sterni se puso pálido y me miró alarmado. Se produjo un silencio.

Y de pronto, el frío anillo del dolor oprimió mi corazón con una fuerza inaudita e inenarrable. Me eché hacia el respaldo del sillón para retener un grito demencial. Los dedos de mi mano tomaron compulsivamente algo duro y frío. Sentí un arma fría en mi mano, y el dolor salvaje e invencible se convirtió en furiosa desesperación. Salté del sillón y le di un tremendo golpe a Sterni. Una de las patas del trípode impactó en su sien, y Sterni, sin lanzar un solo grito ni un gemido, se inclinó hacia un costado como un cuerpo inerte. Arrojé mi arma, que tintineó y retumbó contra las máquinas. Todo había terminado.

Salí al pasillo y dije al primer camarada que encontré: "He matado a Sterni". Aquel palideció y entró de inmediato en el despacho, pero allí, por lo visto, se persuadió de que ya no hacía falta pedir ayuda, y regresó hacia mí. Me llevó a su habitación, le pidió a otro camarada que había allí que llamara a un médico y fuera al despacho de Sterni y se quedó conmigo a solas. No se decidía a hablarme. Yo le pregunté:

-¿Está Enno aquí?

-No -respondió-, se fue unos días a casa de Nella.

Luego otra vez reinó el silencio hasta que apareció el doctor. Este intentó interrogarme sobre lo sucedido; yo dije que no deseaba conversar. Entonces me llevó a la clínica de salud mental más cercana.

Allí me dieron un sitio grande y cómodo y por largo tiempo no me molestaron. Era todo lo que yo podía desear.

La situación me parecía clara. Había matado a Sterni y estropeado todo el asunto. Los marcianos veían en los hechos qué cabía esperar de su acercamiento a los terrícolas. Veían que incluso aquel a quien consideraban más capaz de integrarse en su vida no podía proporcionarles más que violencia y muerte. Sterni estaba muerto, su idea resucitaría. La última esperanza se esfumaba, el mundo terrestre estaba condenado. Y yo tenía la culpa de todo.

Esas ideas acudieron rápidamente a mi cabeza tras el asesinato y permanecieron allí, inmóviles, junto con su recuerdo. Al principio hubo algo tranquilizador en su fría certidumbre. Pero luego la angustia y el dolor volvieron a agudizarse, esta vez sin límite.

A ello se agregaba una profunda aversión por mí mismo. Me sentía el traidor de toda la humanidad. Tuve la vaga esperanza de que los marcianos me matarían, pero enseguida pensé que les inspiraba demasiado asco y que su desprecio les impediría hacer eso. Ellos, en verdad, ocultaban su aversión hacia mí, pero yo la percibía claramente, a pesar de sus esfuerzos.

No sé cuánto tiempo pasó así. Por último, el médico vino a mi habitación y me dijo que yo necesitaba cambiar de ambiente, que volvería a la Tierra. Yo pensé que tras esas palabras se escondía mi inminente ejecución, pero no tenía nada en contra. Solo pedí que mi cuerpo fuera arrojado lo más lejos posible de todos los planetas, ya que podía mancillarlos.

Los recuerdos que me quedan de mi viaje de regreso son muy vagos. No había rostros familiares en torno mío, no hablé con nadie. Mi conciencia estaba lúcida, pero yo no reparaba en nada de lo que me rodeaba. Todo me daba igual.

Cuarta parte

En lo de Werner

No recuerdo cómo acabé en la clínica del doctor Werner, uno de mis antiguos camaradas. Era un hospital de distrito en una región del norte, que conocía ya por las cartas de Werner; se encontraba a varios kilómetros de la capital provincial, estaba muy mal acondicionado y siempre rebosaba de pacientes; el administrador era muy hábil, pero el personal médico era insuficiente y no daba abasto. El doctor Werner libraba una tenaz batalla contra el concejo regional, muy liberal, a causa del administrador, de los pabellones adicionales que se mostraba renuente a construir, de la iglesia que quería terminar a cualquier precio, de la paga de los empleados, etc. Los pacientes, en vez de reponerse, pasaban con éxito a la idiotez absoluta, y también morían de tuberculosis a consecuencia de la falta de aire puro y alimentos. El propio Werner, desde luego, haría tiempo que se habría marchado de allí si no lo obligaran a quedarse circunstancias muy singulares ligadas a su pasado revolucionario.

Pero a mí los encantos del hospital de distrito no me afectaron en absoluto. Werner era un buen camarada y no dudó en sacrificar por mí su comodidad. En su amplio departamento, que le habían asignado como médico principal, dispuso para mí dos cuartos; en un tercero, contiguo, alojó a un joven enfermero; en un cuarto, a guisa de criado que cuidaba a los pacientes, a un camarada que allí se escondía. Yo, por supuesto, no gozaba ya del confort anterior, y la vigilancia de los jóvenes camaradas, a pesar de su delicadeza, era mucho más burda y evidente que la de los marcianos, pero a mí todo eso me dejaba por completo indiferente.

El doctor Werner, al igual que los médicos de Marte, casi no me curaba; solo me daba de vez en cuando algún somnífero; su principal preocupación era que yo estuviera cómodo y tranquilo. Todas las mañanas y tardes pasaba a verme después del baño que me preparaban los solícitos camaradas; se quedaba apenas un minuto y se limitaba a preguntarme si necesitaba algo. Yo, tras largos meses de convalecencia, me había desacostumbrado por entero a conversar y solo le respondía "no" o directamente no le respondía. No obstante, la atención que me dispensaba me conmovía; a la vez, yo pensaba que no me merecía en absoluto ese trato y que debía decírselo. Por fin, logré reunir las fuerzas suficientes para confesarle que era un asesino y un traidor, y que por mí sucumbiría toda la humanidad. Él no hizo ninguna objeción, solo sonrió y tras aquello empezó a visitarme más seguido.

Poco a poco, el cambio de ambiente empezó a tener su efecto benéfico. El dolor oprimía mi corazón con menos intensidad, la angustia menguaba, los pensamientos ganaban dinamismo y color. Empecé a salir de la habitación, a pasear por el jardín y el bosque. Uno de mis camaradas siempre se mantenía cerca; eso me desagradaba, pero entendía que no se podía dejar pasear solo a un asesino; a veces yo mismo entablaba conversación con ellos, pero sobre asuntos triviales, desde luego.

Era el comienzo de la primavera, y el renacer de la vida en torno mío no exacerbaba ya mis penosos recuerdos; al oír el gorjeo de los pájaros sentía incluso una suerte de triste sosiego en la idea de que ellos permanecerían y sobrevivirían, que solo los hombres estaban condenados a la muerte. Una vez, cerca del bosque, salió a mi encuentro un enfermo mental que se dirigía a trabajar al campo con una pala. Enseguida se presentó, y con singular orgullo -tenía manía de grandeza-, como suboficial de cosacos, al parecer la máxima autoridad que había conocido en libertad. Por primera vez en toda mi convalecencia lancé una risa involuntaria. Sentí la patria a mi alrededor y, como Anteo, iba recobrando fuerzas -muy lentamente, por cierto- gracias a mi contacto con la tierra natal.

¿Sucedió o no sucedió?

Cuando empecé a pensar en quienes me rodeaban, quise saber si Werner o mis otros camaradas sabían lo que me había ocurrido y lo que yo había hecho. Le pregunté a Werner quién me había llevado al hospital. Me respondió que había llegado con dos jóvenes desconocidos que no pudieron decirle nada relevante sobre mi dolencia. Dijeron que me habían encontrado casualmente en la capital, muy enfermo, que me conocían de antes de la revolución, que ya entonces les había hablado del doctor Werner y que por eso decidieron recurrir a él. Se marcharon ese mismo día. A Werner le parecieron personas confiables a las que no había por qué no dar crédito. Él mismo me había perdido de vista unos años antes y nadie había podido acercarle noticias sobre mí...

Quería contarle a Werner la historia del crimen que había cometido, pero me resultaba muy difícil en virtud de su complejidad y de un sinfín de circunstancias que, a cualquier persona imparcial, deberían parecer muy extrañas. Le expliqué mi dificultad a Werner y obtuve de él una respuesta inesperada:

-Lo mejor será si ahora no me cuenta nada. Eso no sería útil para su recuperación. No voy a discutir con usted, por supuesto, pero en esa historia suya igualmente no creería. Tiene usted melancolía, una enfermedad que lleva a la gente a atribuirse con toda sinceridad crímenes insólitos, y su memoria, adaptándose al delirio, crea falsos recuerdos. Pero usted tampoco me creerá hasta que no se recupere, y por eso es mejor aplazar su relato para ese entonces.

Si esa conversación se hubiera producido unos meses antes, es indudable que yo habría visto en las palabras de Werner un grandísimo recelo y desprecio hacia mí. Pero ahora, cuando mi alma ya estaba en busca de descanso y sosiego, tomé una actitud bien distinta. Me era grato pensar que los camaradas ignoraban mi crimen y que el propio hecho podía ser legítimamente puesto en duda. Empecé a pensar en él con menor frecuencia.

La recuperación se aceleró; solo muy de vez en cuando regresaban los ataques de angustia, y siempre eran breves. Werner estaba muy contento conmigo y casi me retiró la vigilancia. Una vez recordé su opinión sobre mi "delirio" y le pedí que me permitiera leer una historia típica de una enfermedad similar a la mía, entre las que él había observado y registrado en el hospital. Con gran vacilación y manifiesto desgano accedió a mi pedido. De la pila de historias que tenía ante mis ojos tomó una y me la dio.

En ella se hablaba de un campesino de una aldea perdida y retirada al que la necesidad lo obligó a buscar dinero en la capital, en una de las fábricas más grandes. Por lo visto, la vida de la gran ciudad lo perturbó, y, según palabras de su esposa, largo tiempo anduvo "como fuera de sí". Después aquello pasó y el hombre vivió y trabajó como todos los demás. Cuando en la fábrica se declaró una huelga, cerró filas con sus camaradas. La huelga fue larga y tenaz, por lo qué él, su esposa y su hijo pasaron mucha hambre. De pronto el campesino "se entristeció", empezó a reprocharse el haberse casado y tenido un hijo, y en general el haber vivido "fuera de Dios". Después comenzó a "divagar" y lo llevaron al hospital, y de allí a la clínica del distrito del que era oriundo. Afirmaba que había roto la huelga y traicionado a sus compañeros, y también a un "buen ingeniero" que apoyaba en secreto la huelga y había sido ahorcado por el gobierno. Por casualidad, yo conocía bien la historia de esa huelga; en ese entonces trabajaba en la capital. En realidad, no había ocurrido allí ninguna traición, y al "buen ingeniero" no solo no lo ejecutaron, sino que ni siquiera lo arrestaron. El campesino terminó curándose.

Esa historia dio un nuevo matiz a mis pensamientos. Empezó a surgirme la duda de si en efecto había cometido un crimen o si acaso, como decía Werner, ello había sido una "adaptación de mi memoria al delirio melancólico". Para entonces todos mis recuerdos sobre la vida entre los marcianos se habían vuelto extrañamente vagos y pálidos, incluso fragmentarios e incompletos; y si bien la imagen del crimen era lo que más claro se recortaba, ella también se confundía y opacaba ante las sencillas y claras impresiones del presente. Por momentos arrojaba esas dudas pusilánimes y tranquilizadoras y comprendía cabalmente que todo aquello había sucedido y era imposible cambiarlo. Pero luego las dudas y los sofismos regresaban y me ayudaban a dejar de pensar en el pasado. La gente cree tan gustosa en lo que le agrada… Y aunque en lo profundo de mi alma sabía que eso era una mentira, me entregaba a ella con obstinación, como uno se entrega a los sueños placenteros.

Ahora creo que sin esa autosugestión engañosa mi recuperación no habría sido tan rápida ni tan plena.

La vida de la patria

Werner alejaba escrupulosamente de mí toda impresión que pudiera ser "inútil" para mi salud. No me permitía ir a visitarlo a la clínica, y de todos los enfermos mentales que allí había solo podía ver a los locos incurables que se paseaban con libertad y realizaban tareas en el campo, en el bosque, en el jardín; y eso, a decir verdad, no me interesaba: no me gusta para nada lo irremediable, lo innecesario y lo condenado. Quería ver a los enfermos agudos, y precisamente a aquellos que podían curarse, sobre todo a los melancólicos y a los maniáticos. Werner me había prometido mostrármelos cuando mi recuperación ya estuviera bastante avanzada, pero siempre dilataba el momento, así que al final no llegamos a hacerlo.

Más empeño aún ponía Werner en mantenerme aislado de la vida política de mi patria. Por lo visto, suponía que la propia dolencia había surgido bajo las graves impresiones de la revolución; no sospechaba que durante todo ese tiempo yo había estado separado de mi patria y que ni siquiera podía saber qué había ocurrido en ella. Consideraba esa ignorancia absoluta un simple olvido causado por mi enfermedad, y pensaba que era muy saludable para mí; no solo no me contaba nada sobre ese tema, sino que prohibió a mis custodios hablar de él; en toda la habitación no había ni un solo libro, ni un solo periódico o revista de los años recientes; todo eso lo guardaba en su despacho de la clínica. Yo debía vivir en una isla desierta de política.

Al principio, cuando lo único que deseaba era paz y silencio, esa situación me gustaba. Pero después, a medida que cobraba fuerzas, empecé a sofocarme más y más en ese encierro; acribillaba de preguntas a mis compañeros, y estos, fieles a la orden del doctor, se negaban a responderme. Aquello era enojoso y aburrido. Comencé a buscar el medio de escapar de esa cuarentena política e intenté convencer a Werner de que ya me sentía bastante bien para leer periódicos. Pero todo fue inútil: Werner me explicó que eso aún era prematuro y que él mismo decidiría cuándo podría modificar mi dieta intelectual.

No quedaba más que recurrir a la astucia. Debía hallar a algún cómplice entre quienes me rodeaban. Poner de mi lado al enfermero sería muy difícil, ya que tenía una opinión demasiado elevada de su deber profesional. Dirigí mis esfuerzos al otro custodio, el camarada Vladímir, que no ofreció mayor resistencia.

Vladímir había sido obrero. Era aún un muchacho, poco instruido; había integrado las filas de la revolución, pero ya era un soldado con experiencia. Durante un célebre pogromo en el que muchos camaradas habían caído bajo las balas y las llamas de un incendio, se abrió camino entre los represores, disparó a varios de ellos y, de casualidad, no recibió ninguna herida. Después vagabundeó de manera ilegal entre distintas ciudades y aldeas, desempeñando la humilde y peligrosa tarea de transportar armas y panfletos. Por fin, la tierra se había puesto muy caliente bajo sus pies y se vio obligado a refugiarse en lo de Werner. Todo esto, por supuesto, yo lo supe después. Pero desde un principio había advertido que al joven lo abrumaba la falta de educación y la dificultad para estudiar por su cuenta, ya que no contaba con una disciplina escolar previa. Empecé a ocuparme de él y todo marchó bien; muy pronto había conquistado para siempre su corazón. El resto fue fácil; Vladímir no entendía gran cosa de las prescripciones médicas y armamos una pequeña confabulación para mitigar la severidad de Werner. Las historias de Vladímir, los periódicos, las revistas y los folletos políticos que me traía en secreto desplegaron enseguida ante mí la vida de la patria durante mis años de ausencia.

La revolución avanzaba de modo desigual y se prolongaba penosamente. La clase obrera, que había tomado la iniciativa, había conseguido victorias rutilantes gracias al impulso de su ofensiva, pero luego, al no verse apoyada en el momento decisivo por las masas campesinas, había sufrido una dura derrota ante las fuerzas unidas de la reacción. Mientras recobraba fuerzas para una nueva batalla y aguardaba la retaguardia de la revolución -el campesinado-, entre el antiguo poder terrateniente y la burguesía se habían iniciado conversaciones, intentos de negociación a fin de alcanzar un acuerdo que permitiera acabar con la revolución. Esos intentos cobraron la forma de una comedia parlamentaria; terminaban siempre en fracaso a causa de la intransigencia de los reaccionarios terratenientes. Parlamentos de juguete eran convocados y bruscamente disueltos, uno tras otro. La burguesía, extenuada por la tormenta revolucionaria, asustada ante la independencia y energía de los primeros embates del proletariado, se volcaba cada vez más hacia la derecha. El campesinado, cuyos ánimos eran propensos a la revolución, asimilaba despacio la experiencia política, y la llama de los innumerables incendios alumbraba su camino hacia formas superiores de lucha. El antiguo poder, junto a la sangrienta represión del campesinado, intentó sobornar una parte de él mediante la venta de parcelas, pero aquello se hizo en dimensiones tan minúsculas y con tanta torpeza que se quedó con las manos vacías. Los movimientos de insurrección de distintos partisanos y grupos crecían día a día. En el país reinaba un doble terror, sin precedentes en el mundo: desde arriba y desde abajo.

El país, por lo visto, marchaba hacia combates nuevos y decisivos. Pero el camino era tan largo y estaba tan lleno de vacilaciones que muchos se hartaron e incluso desesperaron. Los intelectuales radicales, que participaban en la lucha sobre todo por simpatía, la traicionaron casi por completo. Por supuesto, no había en ello nada que lamentar. Pero incluso varios de mis antiguos camaradas habían caído en el abatimiento y la desesperanza. Ese hecho me permitió juzgar hasta qué punto había sido penosa y agotadora la vida revolucionaria en el último tiempo. Yo mismo, un hombre joven que recordaba la época prerrevolucionaria y el comienzo de la lucha pero que aún no había sentido sobre sus hombros todo el peso de las ulteriores derrotas, veía claramente cuán absurdo era enterrar la revolución; veía cuánto había cambiado todo en estos años, cuántos nuevos elementos se habían sumado a la lucha y cuán imposible era mantener en el tiempo ese equilibro aparente. Una nueva ola revolucionaria era inevitable e inminente.

Sin embargo, había que esperar. Yo comprendía qué penoso y arduo era el trabajo de mis camaradas en esas circunstancias, pero no tenía prisa en ir con ellos, más allá incluso de lo que pensara Werner. Creía que era mejor reunir fuerzas para cuando hubiera plena necesidad de ellas.

Durante mis largos paseos en el bosque evaluamos con Vladímir las chances y condiciones de la lucha futura. Me conmovían profundamente sus planes y sueños heroicos e inocentes; me parecía un niño noble, entrañable, destinado a una muerte de combatiente, tan bella, sencilla y sin pretensiones como había sido su joven vida. ¡La revolución se cobra víctimas valiosas y tiñe con sangre justa su estandarte proletario!

Pero no solo Vladímir me parecía un niño. Notaba ahora que había mucho de inocente e infantil en los otros camaradas que recordaba, y también en Werner, viejo trabajador de la revolución. Toda la gente que conocía en la Tierra se me antojaba adolescente, casi infantil, con una percepción muy vaga de su vida interior y exterior, librada sin clara conciencia a los impulsos internos y externos. En ese sentimiento no había ni una gota de indulgencia o desprecio, sino una profunda simpatía y un interés fraternal por esos seres embrionarios, niños de la joven humanidad.

El sobre

El cálido sol del verano pareció derretir el hielo que cubría la vida del país. Este despertó y los fulgores de una nueva tormenta ya resplandecían en el horizonte, y otra vez un sordo fragor comenzó a extenderse desde abajo. Ese sol y ese despertar calentaron mi alma e hicieron renacer mis fuerzas, y sentí que pronto tendría una salud más vigorosa que nunca.

En ese estado de vaga jovialidad no quería pensar en el pasado, y me era grata la conciencia de que todo el mundo me había olvidado… Calculaba resucitar para mis camaradas cuando ya a nadie se le ocurriera preguntarme por los años de ausencia, cuando ya nadie se interesara en ello y mi pasado hubiera sucumbido en las agitadas olas de un nuevo asalto. Cuando advertía circunstancias que me hacían dudar de mi esperanza en tales cálculos era presa de la angustia, la inquietud y una hostilidad indefinida hacia todos los que aún pudieran acordarse de mí.

Una mañana de verano, Werner, tras regresar de su ronda en el hospital, no salió al jardín a descansar, como solía hacer (esas rondas lo fatigaban lo indecible), sino que vino a verme y empezó a hacerme preguntas muy detalladas sobre cómo me sentía. Me pareció que memorizaba mis respuestas. Aquello no era del todo habitual, y al principio pensé que de alguna manera había descubierto el secreto de nuestra pequeña confabulación. Pero por la conversación no tardé en ver que no albergaba ninguna sospecha. Después se retiró y, en lugar de dirigirse al jardín, se metió en su despacho; solo media hora más tarde lo vi desde mi ventana paseando por una alameda oscura, su favorita. Yo no podía no pensar en esos detalles, ya que en torno mío no sucedía nada importante. Tras largo conjeturar, me detuve en la muy probable suposición de que alguien había solicitado un informe minucioso sobre mi estado de salud, y Werner se disponía a redactarlo. Siempre le traían la correspondencia por la mañana a su despacho en la clínica, y esa vez debe haber recibido una carta preguntando por mí.

Necesitaba saber cuanto antes, para mi tranquilidad, quién había escrito esa carta y con qué fin. Preguntárselo a Werner era inútil; por alguna razón, evidentemente, no consideró factible decírmelo, si no me lo hubiera dicho él mismo sin que yo se lo preguntara. ¿No sabría algo Vladímir? No, resultó que no sabía nada. Empecé a elucubrar un medio para llegar a la verdad.

Vladímir estaba dispuesto a hacerme cualquier favor. Estimó que mi curiosidad era legítima y que el secretismo de Werner no tenía fundamento. Sin pensarlo, efectuó un registro en las habitaciones y en el consultorio de Werner, pero no halló nada interesante.

-Hay que suponer -dijo Vladímir- que lleva esa carta consigo o que la rompió y la tiró.

-¿Y dónde suele tirar las cartas y los papeles? -pregunté.

-En la cesta que tiene en el despacho, bajo el escritorio -respondió Vladímir.

-Bien, en ese caso, tráigame todos los trozos de papel que encuentre en esa cesta.

Vladímir salió y regresó enseguida.

-No hay ningún trozo de papel -me informó-. Esto es lo que encontré, el sobre de una carta recibida hoy, a juzgar por el sello.

Tomé el sobre y miré la dirección. El suelo vaciló bajo mis pies y las paredes se me vinieron encima…

¡La letra de Netti!

Balance

En medio del caos de recuerdos y pensamientos que se agitó en mi alma cuando vi que Netti estaba en la Tierra y no quería verme, lo único claro al principio fue una conclusión terminante. Surgió, diríase, por sí sola, sin ningún encadenamiento lógico, y estaba fuera de toda duda. Pero yo no podía limitarme a ponerla de inmediato en práctica. Quería hallarle una justificación suficiente y precisa para mí mismo y para los demás. Sobre todo, no podía avenirme al hecho de que Netti tampoco me comprendiera y tomara por un simple arrebato sentimental aquello que se derivaba lógica e inevitablemente de mi historia.

Por eso, antes que nada debo contar mi historia en el orden en que ocurrió, contarla para mis camaradas, para mí, para Netti… Tal es el origen de este manuscrito. Werner, quien será el primero en leerlo -un día después de que Vladímir y yo desaparezcamos-, se ocupará de imprimirlo (por supuesto, con todos los cambios necesarios para no revelar nuestra identidad). Este es el único testamento que le dejo. Lamento mucho no poder estrecharle la mano en mi despedida.

A medida que escribía estos recuerdos, el pasado se aclaró ante mí, el caos cedió su lugar a la certidumbre, mi papel y mi situación se dibujaron con precisión en mi conciencia. En mi sano juicio y con firme memoria puedo ahora hacer el balance…

Es indiscutible que la misión que me fue encomendada resultó superior a mis fuerzas. ¿En qué residió la causa del fracaso? ¿Y cómo explicar el error del psicólogo Menni, tan sagaz y profundo, a la hora de hacer una elección tan desafortunada?

Recuerdo la conversación que tuve con Menni a propósito de dicha elección, conversación mantenida en una época feliz para mí, cuando el amor de Netti me insuflaba una fe ilimitada en mis fuerzas.

-Menni -pregunté-, ¿cómo llegó usted a la conclusión de que entre la multitud de personas tan diversas que habitan nuestro país yo era el más apropiado para el papel de representante de la Tierra?

-No había tantas opciones -me respondió-. Por empezar, la elección debía limitarse a los representantes del socialismo científico revolucionario; todas las otras concepciones del mundo están muy atrasadas con respecto a nuestro mundo.

-Supongamos que así sea. Sin embargo, no dudo de que entre sus miembros habría encontrado hombres mucho más enérgicos y talentosos que yo. ¿Ha conocido al que, en broma, llamamos "el viejo de la Montaña"? ¿Ha conocido a nuestro camarada el poeta?

-Sí, todos fueron escrupulosamente observados. Pero su "viejo de la Montaña" no es más que un hombre de lucha y de revolución; no se habría adaptado a nuestro mundo. Es un hombre de hierro, y los hombres de hierro no son flexibles; tienen demasiado conservadurismo espontáneo. En cuanto a su poeta, su salud no es tan fuerte. Se ha pasado la vida vagando entre los distintos estratos sociales de su mundo y le habría sido difícil sobrevivir a una transición más hacia el nuestro. Además, tanto el jefe político como el maestro de la palabra, escuchados por millones, son elementos indispensables para la lucha que tiene lugar entre ustedes.

-Este último argumento es del todo convincente. De todas formas, quisiera recordarle al filósofo Mirski. Su hábito profesional de adoptar los más diversos puntos de vista, compararlos y conciliarlos le habrían simplificado mucho las dificultades de la tarea, a mi modo de ver.

-Es cierto, pero él es ante todo un hombre de pensamientos abstractos. Dudo que su mente conserve la frescura suficiente para adaptarse a esa nueva existencia. Por otra parte, me dio la impresión de ser un hombre fatigado, lo que representa una gran desventaja, como usted bien sabe.[3]

-Pero ¿no le habría sido más fácil encontrar a quien necesitaba entre los proletarios que constituyen la base y la fuerza principal de nuestro movimiento?

-Sí, buscar allí era lo más confiable. Pero… esas personas a menudo carecen de una condición que yo consideraba imprescindible: una formación vasta y variada que lo situara en la cúspide de su cultura. Eso orientó mi búsqueda en una dirección distinta.

Así dijo Menni. Sus cálculos fueron erróneos. ¿Significaba eso que no había nadie adecuado para esa misión, que la diferencia entre ambas civilizaciones era un abismo insalvable para un individuo particular, abismo que solo podía superar la sociedad? Pensar así habría sido quizás un consuelo para mí, pero me quedaban serias dudas. Supongo que Menni debería reconsiderar su último argumento, el que concierne a los camaradas obreros.

¿En qué exactamente había fracasado yo?

Primero sucedió que la ola de impresiones de aquella vida extraña y su inmensa riqueza inundó y desbordó las márgenes de mi conciencia. Con ayuda de Netti me sobrepuse a la crisis, pero ¿no se había agravado y magnificado esa crisis por la hipersensibilidad, esa refinada percepción propia de las personas que se dedican al análisis social y al trabajo intelectual? Quizás para una naturaleza un poco más primitiva, un poco menos compleja, pero orgánicamente más estable y firme, todo habría sido más fácil y la adaptación menos

---

[3]Desde "Sin embargo, no dudo de que…" hasta "…como usted bien sabe": pasaje omitido en ediciones posteriores. En el contexto de la época, las referencias eran claras: el "viejo de la Montaña" es Lenin, el "poeta" es Gorki y Mirski es Plejánov. [N. del T.]

traumática. Quizás para un proletario con poca formación ingresar en un modo de vida nuevo y superior no habría sido tan difícil, puesto que, si bien habría tenido que aprender muchas cosas desde el principio, habría tenido también que desaprender muchas menos, y eso es justamente lo más arduo... Me parece que sí, y creo que Menni incurrió en un error de cálculo al atribuir al nivel de educación más valor que a la capacidad de ser educado.

Lo segundo que desbarató mis facultades mentales fue el propio carácter de esa cultura en la que yo traté de insertarme con todo mi ser; me apabulló su altura, la profundidad de sus vínculos sociales, la pureza y transparencia de las relaciones entre las personas. El discurso de Sterni, que expresaba en forma brusca la incompatibilidad entre ambos tipos de vida, fue solo el pretexto, el último empujón que me arrojó en el oscuro abismo al que entonces me había llevado, espontánea e irrefrenablemente, la contradicción entre mi vida interior y todo el medio social, en la fábrica, en la familia, en las relaciones con los amigos. Y otra vez, ¿no había sido esa contradicción mucho más intensa y aguda para mí, un intelectual revolucionario que en nueve de cada diez casos desempeñaba su trabajo en soledad o en condiciones de superioridad respecto a sus camaradas y colaboradores, en calidad de maestro o de dirigente, es decir, en situaciones en las que mi persona se veía aislada de la de los otros? ¿No habría sido menos acusada y grave esa contradicción para una persona que hubiera pasado nueve de cada diez horas de su vida laboral en un medio, si se quiere, primitivo y poco desarrollado, pero impregnado de un espíritu de camaradería, un ambiente en el que la igualdad, aunque tosca, fuera real? Me parece que sí, y supongo que Menni debería renovar su intento, pero ya en otra dirección...

Y luego me queda lo que sucedió entre los dos colapsos, aquello que me dio energía y hombría para la larga lucha, aquello que también ahora me permite hacer el balance sin sentimientos de humillación. El amor de Netti.

Sin dudas, el amor de Netti fue un malentendido, un error provocado por su fogosa y noble imaginación. Pero ese error fue posible, eso ya nada ni nadie podrá cambiarlo. En él residía la garantía de un verdadero acercamiento entre ambos mundos, de su futura unión en un mundo de armonía y belleza inauditas.

En cuanto a mí… pero aquí no hay ningún balance que hacer. La nueva vida me es inaccesible, y la vieja ya no la quiero; no pertenezco más a ella, ni con mis pensamientos ni con mis sentimientos. La salida es clara.

Es hora de terminar. Mi cómplice me espera en el jardín; allí está su señal. Mañana estaremos lejos de aquí, en marcha hacia un lugar donde la vida bulle y rebosa, donde tan fácil será para mí borrar la odiosa frontera entre el pasado y el futuro. ¡Adiós, Werner, viejo y buen camarada!

¡Viva la vida nueva y mejor! ¡Salud a ti, radiante espectro del futuro, Netti mía!

De la carta del doctor Werner al escritor Mirski
(Carta sin fecha, seguramente por distracción de Werner)

El cañoneo había cesado ya hacía tiempo, pero seguían trayendo más y más heridos. En su gran mayoría, no eran policías ni soldados, sino pacíficos civiles; había muchas mujeres, incluso niños; todos los ciudadanos son iguales ante el fuego de metralla. A mi hospital, cercano al campo de batalla, trajeron más que nada a policías y soldados. Muchos heridos de metralla y esquirlas de granada me conmovieron incluso a mí, médico veterano que en otro tiempo supo desempeñarse como cirujano. No obstante, sobre todo ese horror flotaba y reinaba un sentimiento luminoso, una palabra alegre: "¡Victoria!".

Es esta nuestra primera victoria en un combate verdaderamente grande. Cualquiera comprende que ha sido decisiva. Los platillos de la balanza se han inclinado hacia el otro lado. El paso a nuestras filas de regimientos enteros de artillería es una señal inequívoca. El Juicio Final ha comenzado. La sentencia será implacable, pero justa. Hacía tiempo que era preciso poner un fin…

En las calles hay sangre y despojos. El sol se ha teñido de rojo por el humo de los incendios y de los cañones. Pero a nuestros ojos no es siniestro, sino alegre y temible. En el alma resuena un canto de combate, un canto de victoria.

……………………………………………………………………………

A Leonid lo trajeron a mi hospital cerca del mediodía. Tenía una grave herida en el pecho y varias heridas leves, casi rasguños. En medio de la noche se había dirigido con cinco "granaderos" a aquellos sectores de la ciudad que estaban en poder del enemigo; la misión consistía en provocar alarma y desmoralización mediante varios ataques desesperados. Él mismo propuso ese plan y se ofreció a ejecutarlo. Como era un hombre que anteriormente había trabajado aquí y conocía bien todos los rincones de la ciudad, podía llevar adelante esa desesperada empresa mejor que los demás, y el jefe principal de la policía, tras alguna vacilación, aceptó. Logró llegar con sus granadas hasta una batería del enemigo y, desde un tejado, hizo explotar varios cajones de municiones. En medio del pánico generado por las detonaciones bajó, inutilizó el cañón e hizo volar las restantes municiones. Mientras hacía eso, Leonid recibió varias heridas leves provocadas por esquirlas. Después, durante la rápida fuga, tropezó con un destacamento de dragones enemigos. Leonid cedió el mando a Vladímir, su ayudante de campo, y con las últimas dos granadas se deslizó hacia el portón más cercano; se quedó allí para tender una emboscada mientras los otros retrocedían cubriéndose como podían e intercambiando feroces disparos. Dejó pasar la parte más grande del destacamento enemigo y arrojó la primera granada a un oficial, y la segunda al grupo más cercano de dragones. El destacamento huyó en desorden; los nuestros regresaron y recogieron a Leonid, gravemente herido por una esquirla de su propia granada. Lograron traerlo hasta nuestras filas antes del amanecer y lo dejaron a mi cuidado.

La esquirla pude extraérsela enseguida, pero un pulmón había sido alcanzado y el estado del paciente era grave. Lo instalé lo mejor y más cómodo que pude, pero, por supuesto, había algo que no podía darle: el reposo absoluto que necesitaba. Al amanecer, la batalla se reanudó, su fragor se extendió con nitidez hasta nosotros, y la viva inquietud por su desarrollo agravó el estado febril de Leonid. Cuando empezaron a traer a otros heridos, se agitó aún más y me vi obligado a aislarlo con los medios que tenía a mano, con biombos, para que por lo menos no pudiera verlos.

A eso de las cuatro de la tarde el combate acabó y su resultado era evidente. Yo estaba ocupado examinando y asignando camas a los heridos. En ese momento me alcanzaron la tarjeta de la persona que unas semanas atrás me había preguntado por escrito acerca de la salud de Leonid; esa misma persona se había presentado en mi despacho tras la huida de Leonid y debía ir a verlo a usted, con mi recomendación, para mostrarle el manuscrito que él había dejado. Como esa señora era sin duda una camarada y, por lo visto, también doctora, la hice pasar directamente al pabellón. Al igual que la última vez que la había visto, llevaba un velo oscuro que le ocultaba las facciones del rostro.

-¿Leonid está aquí? -me preguntó sin saludarme.

-Sí -respondí yo-, pero no hay motivo para alarmarse; si bien su herida es grave, estimo que podrá recuperarse.

Me hizo algunas preguntas rápidas y concisas para averiguar el estado del paciente. Luego me dijo que quería verlo.

-¿Y esa cita no podrá inquietarlo? -objeté.

-Sí, sin dudas -fue su respuesta-, pero le hará más bien que mal. Se lo garantizo.

Su tono era muy resuelto y seguro. Sentí que sabía lo que decía y no pude negarme. Entramos en el pabellón donde yacía Leonid y, con un gesto, le indiqué que pasara tras el biombo; yo me quedé cerca, junto a la cama de otro herido grave que de todas formas debía examinar. Quería oír toda su conversación con Leonid para intervenir si era necesario.

Cuando pasó tras el biombo, se levantó un poco el velo. Yo veía su silueta a través de la tela semitransparente del biombo y pude distinguir cómo se inclinaba sobre el enfermo.

-Una máscara… -dijo la débil voz de Leonid.

-¡Tu Netti! -respondió ella. Había tanta dulzura y ternura en esas dos palabras pronunciadas con voz queda y melódica que mi viejo corazón se estremeció en mi pecho, herido por una jovial simpatía.

Ella hizo un movimiento brusco con la mano, como si se desabrochara el cuello, y, según me pareció, se quitó el sombrero y el velo; después se inclinó aún más hacia Leonid. Hubo un momentáneo silencio.

-¿Significa esto que estoy muriendo? -dijo él, en voz baja y tono inquisitivo.

-No, Lenni, tenemos la vida por delante. Tu herida no es mortal, ni siquiera grave…

-¿Y el asesinato? -objetó él con febril inquietud.

-Fue culpa de tu enfermedad, querido Lenni. Quédate tranquilo, ese ataque de pánico nunca se interpondrá entre nosotros ni nos apartará del camino hacia nuestro gran objetivo común. Lo alcanzaremos, querido Lenni…

Un ligero gemido se escapó de su pecho, pero no era un gemido de dolor. Yo me retiré, porque ya había averiguado lo que necesitaba acerca de mi paciente y no había razón ni excusas para seguir espiando. A los pocos minutos, la desconocida, otra vez con sombrero y velo, me volvió a llamar.

-Me llevo a Leonid conmigo -me informó-. El propio Leonid así lo desea, y las condiciones que yo le ofrezco para su recuperación son mejores que las de aquí, así que puede quedarse tranquilo. Dos camaradas me están esperando abajo; ellos lo trasladarán a mi casa. Ordene que nos den una camilla.

No hacía falta discutir; en nuestro hospital, en efecto, las condiciones no eran brillantes. Le pedí su dirección -era muy cerca de aquí- y decidí ir a visitar a Leonid al día siguiente. Dos obreros vinieron y, con cuidado, se lo llevaron en camilla.

....

(Nota añadida al otro día)

Leonid y Netti han desaparecido sin dejar rastro. Acabo de pasar por su departamento; las puertas estaban abiertas, las habitaciones vacías. En el escritorio de una gran sala con los enormes ventanales abiertos de par en par hallé una nota dirigida a mí. En ella, con letra temblorosa, no había más que unas pocas palabras:

"Un saludo a los camaradas. Hasta la vista. Suyo, Leonid".

Era extraño, pero no sentí ninguna inquietud. Estaba mortalmente cansado tras aquellos días, había visto mucha sangre, muchos sufrimientos que no pude aliviar; estaba harto de ver muerte y destrucción, pero en mi alma había alegría y luz.

Lo peor ha quedado atrás. La lucha ha sido larga y penosa, pero la victoria nos aguarda… La nueva lucha será más leve…

Índice

La Biblioteca Militante se compondrá de un total de 250 títulos divididos en seis colecciones. Con este emprendimiento, *Razón y Revolución* se propone contribuir a la formación política y cultural de sus lectores, brindando una amplia selección de títulos y autores, de lectura ágil y gran importancia, a un precio irrisorio para lo que es actualmente el mercado editorial. La Biblioteca quiere militar por el socialismo en el sentido más general: demostrando que existe como una potencia siempre latente en el alma humana. Autores de los más diversos traerán mes a mes un aspecto, un elemento y una perspectiva de la realidad que buscarán enriquecer la mirada del lector y ayudarlo a construir una cultura socialista.

La Colección Literatura del Futuro está dedicada a las obras nacidas de la Revolución (la de Octubre y las otras). Aquellas que reflejaron las tensiones, los problemas y las contradicciones propias de un momento histórico excepcional. Con un espíritu amplio, pondremos en manos del lector la obra de los más variados autores: los que estuvieron a favor o en contra, los que la vieron pasar y los que la construyeron. Muchos de ellos olvidados por el canon, construido por una clase que prefiere olvidar días peligrosos para su dominio. Una literatura que constituye un termostato de la vida en años turbulentos. Que nos trae, en sus páginas, la Revolución viva.

Colección Historia Argentina

Juan Carlos Torre: *La vieja guardia sindical y Perón*
Edgardo Bilsky: *La semana trágica*
Raúl Dargoltz: *El Santiagueñazo. Gestación y crónica de una pueblada argentina*
Jorge Roze: *Conflictos agrarios en Argentina. El proceso liguista*
Alberto Bonnet, Adolfo Gilly y Alan Woods: *La izquierda y la guerra de Malvinas*
Julio Frydenberg y Miguel Ruffo: *La semana roja de 1909*
Natalia Duval: *Los sindicatos clasistas. SiTraC (1970-71)*
Hiroshi Matsushita: *Movimiento Obrero Argentino 1930-1945*
Daniel Pereyra: *Memorias de un militante internacionalista*

Próximamente

Marcial Luna: *Telefonistas. Las obreras torturadas durante el primer gobierno de Perón*
Ian Rutledge: *Cambio agrario e integración. El desarrollo del capitalismo en Jujuy: 1550-1960*

Colección Arte y Filosofía

Alex Callinicos: *Contra el posmodernismo*
Paul Lafargue: *En defensa del materialismo histórico*
Ernest Mandel: *Crimen delicioso*
Karl Marx y Bruno Bauer: *Sobre la liberación humana*
Paul Lidsky: *Los escritores contra la Comuna*
Ellen Meiksins Wood: *¿Una política sin clases? El post-marxismo y su legado*
Mario Luciano Robles Baez: *Dialéctica y capital*
Richard Lewontin y Richard Levins: *El biólogo dialéctico*

Próximamente

....

José Mariategui: *Critica Literaria*
George Politzer: *Principios elementales de filosofía*
Ernst Mandel: *Historia del movimiento obrero*

Colección Básicos del Socialismo

Daniel Guérin: *La lucha de clases en el apogeo de la Revolución Francesa*
Víctor Serge: *El año I de la Revolución Rusa*
Guillermo Lora: *Revolución y foquismo*
Maximilien Rubel: *Karl Marx: Ensayo de biografía intelectual*
Paul Mattick: *Marx y Keynes. Los límites de la economía mixta*
CLR James: *Los jacobinos negros*

Próximamente

....

Federico Engels: *Los bakuninistas en acción*
Ernest Mandel: *Sobre la historia del movimiento obrero*
Victor Serge: *Memorias de mundos desaparecidos*

Colección Problemas Contemporáneos

Daniel Pereyra: *Del Moncada a Chiapas. Historia de la Lucha Armada en América Latina*
Lillian Hellman: *Tiempo de Canallas*
Alejandro Valle Baeza y Gloria Martínez González: *México, otro capitalismo fallido*
Roberto Montoya: *La impunidad imperial*

Hal Draper: *La revuelta de Berkeley*
Vo Nguyen Giap, Hoang Quoc Viet, Le Van Luong y Truong Chinh: *Los orígenes de la Revolución Vietnamita, 1930-1945*
Andreas Doeswijk: *Vivir es muy peligroso. Mesiánicos y cangaceiros en los sertones brasileños, 1890-1940*

Próximamente

Minqui Li: *Desarrollo del capitalismo y lucha de clases en China*
Doug Henwood: *Cómo funciona Wall Street*

Colección Literatura en Acción

David Viñas: *En la semana*
Andrés Rivera: *El precio*
César Vallejo: *El tungsteno y otros relatos*
José González Castillo: *Los invertidos y otras obras*
Andrés Rivera: *Los que no mueren*
P. Esteve, W. Operto y R. Monti: *Máscaras rojas. El teatro político en los años '70, volumen I*
AA.VV.: *Después de la tormenta. La escena teatral post 2001*

Próximamente

David Viñas: *Cayó sobre su rostro*
David Viñas: *Dar la cara*
Emile Zola: *Germinal*
Henri Barbusse: *El fuego*
Dardo Dorronzoro: *Poesía*

Colección Literatura del Futuro

Aleksandr Bogdánov: *Estrella Roja*

Próximamente

Boris Pilniak: *El año desnudo*
Vladimir Zazubrin: *La astilla*